科幻文学群星榜

华语实力科幻作品
群星奖大满贯

收割童年

阿　缺——著

民主与建设出版社
·北京·

图书在版编目（CIP）数据

收割童年 / 阿缺著 . — 北京 : 民主与建设出版社，2022.1

ISBN 978-7-5139-2674-4

Ⅰ. ①收… Ⅱ. ①阿… Ⅲ. ①幻想小说—小说集—中国—当代 Ⅳ. ① I247.7

中国版本图书馆 CIP 数据核字（2022）第 015809 号

收割童年

SHOUGE TONGNIAN

著　　者	阿　缺
责任编辑	刘　芳
封面设计	宋双成
出版发行	民主与建设出版社有限责任公司
电　　话	（010）59417747　59419778
社　　址	北京市海淀区西三环中路 10 号望海楼 E 座 7 层
邮　　编	100142
印　　刷	三河市冠宏印刷装订有限公司
版　　次	2022 年 1 月第 1 版
印　　次	2022 年 4 月第 1 次印刷
开　　本	880mm × 1300mm　1/32
印　　张	9.5
字　　数	226 千字
书　　号	ISBN 978-7-5139-2674-4
定　　价	36.80 元

注：如有印、装质量问题，请与出版社联系。

《科幻文学群星榜》编委会

总序

想象新时代

“科幻文学群星榜”是由中国科普作家协会科幻专业委员会联合其他科幻组织共同推出的一套科幻书系。这是一个规模庞大的工程，目前来看，也是独一无二的工程，基本囊括了中华人民共和国成立以来老中青几代具有代表性的科幻作家的佳作。这些作家的年龄，最早的是20世纪20年代出生的，最晚的是“90后”。

科幻文学作为一种年轻的文学品类，本身就是现代化的产物。1818年，世界上第一部科幻小说《弗兰肯斯坦》诞生在第一个实现革命的国家——英国。然后，科幻文学在法国、美国、日本等工业化国家繁荣起来，进入蓬勃发展的黄金时代。科幻作品反映着科技时代人类社会的变迁和走向，反思当代人类面临的多重困境，力图打破所谓世界末日的预言，最终描绘出一个五彩斑斓、生机勃勃的新未来。

早在20世纪初，中国的一些有识之士便把科幻作品译介进来，掀起了第一次科幻热潮。它承载起“导中国人群以行进”“改变中国人的梦”的使命。20世纪50年代至60年代，随着中国的工业和科技体系的建立，科幻作家们以满腔热情擘画了一个欣欣向荣的新世界。1978年改革开放后，中国再次向现代化进军，科幻迎来新的勃兴。作家们满怀豪情地书写科学技术为实现现代化，为谋求人民的幸福生活所创造出的神奇美景。进入21世纪，随着新时代的来临，这个文学门类也进入成长的新阶段。随着《三体》等作品的问世，中国科幻迎来了新一轮热潮。作家们描绘着古老的中华民族在实现全面小康和建成现代化强国的过程中所面临的新机遇、新挑战，谱写着中国走向世界、步入太阳系舞台中央并参与宇宙演化的新篇章。

科幻文学的发展折射着中国国运的巨大变迁。当今，海内外不同领域的人们对中国的科幻文学的空前关注，实际上是关注中国的未来，关注世界第二大经济体将如何持续演进，关注14亿人的创造力将怎样影响这个星球。从现实意义上来说，这套书系不但包含这些丰富的信息，而且集中梳理了新中国科幻文学取得的辉煌成就，整理出新中国科幻文学发展的广阔脉络；而且从一个特殊的侧面，反映了中华民族从站起来、富起来到强起来的进程，见证着中国走向更加灿烂辉煌的未来。

这套书系具有以下三个特点。

一是权威性。它由中国科普作家协会科幻专业委员会主持编选，并与国内多个科幻文化组织合作，得到了包括中国科普作家协会科学文艺专业委员会、《科幻世界》杂志社、南方科技大学科学与人类想象力研究中心、未来事务管理局、八光分文化、重庆钓鱼城科幻中心等的鼎力相助。编者从中华人民共和国成立以来的海量科幻文学作品中，精选出足以体现时代特征的作品。收入书系的作者，涵盖了雨果奖、银河奖、星云奖、晨星奖、光年奖、未来科幻大师奖、引力奖、水滴奖、冷湖奖、原石奖、坐标奖、星空奖等中外各类科幻大奖的获得者。

二是系统性。它收集了中华人民共和国成立以来不同时期作家的代表作。作者中有新中国科幻奠基者和老一代作家，如郑文光、童恩正、萧建亨、刘兴诗、潘家铮、金涛、程嘉梓、张静等，也有改革开放后崛起的新生代作家，如刘慈欣、王晋康、何夕、韩松、星河、杨鹏、杨平、刘维佳、赵海虹、凌晨、潘海天、万象峰年等，以及以“80后”为主体的更新代作家，如陈楸帆、飞氘、江波、迟卉、宝树、张冉、程婧波、罗隆翔、七月、长铗、梁清散、拉拉、陈茜等，还有在21世纪崛起的全新代作家，如杨晚晴、刘洋、双翅目、石黑曜、王诺诺、孙望路、滕野、阿缺、顾适等，从而构成比较完整而连续的新中国科幻光谱，同时也是对中国科幻文学发展历史的一次系统检阅。

三是丰富性。它比较全面地展现了广域时空中新中国的科幻生态和创作风格。这里面既有科普型的，也有偏重文学意象的；既有以自然科学为主体的“硬”科幻，也有侧重社会现象的“软”科幻；既有代表科幻未来主义的，也有反映科幻现实主义的；既有传统风格的写法，也有实验性质的探索。作品的主题涵盖了中国科技、社会、文化和民生的热点。从中可以看到，一个曾经积弱的民族，如今正活跃在地球内外、大洋上下、宇宙太空、虚拟世界、纳米单元、时间航线、大脑意识等各个空间。这里有中国政府和人民引领抗击全球灾难的描述，有脱贫的中国农民以新姿态迈出太阳系的故事，也有星际飞船和机器人在银河系中奏唱国际歌的传奇。

这套书系力求构建起一个灿烂的星空，并以此映射人们敏感而多样的心灵。爱因斯坦说，想象力比知识更重要。科幻是相伴人类发展进步而产生的新兴事物，是一个民族想象力的集中反映，是科技创新的艺术表达，在人们面前呈现出一幅幅奔向明天、憧憬和创建未来的美好画卷。许许多多杰出的科学家、工程师和企业家在年轻时受科幻文学的熏陶和影响，因此走上了创造神奇新世界的道路。中国正在稳步建设创新型国家，需要更多富有创造力的人才。科幻文学也肩负着实现中国梦的责任，在点燃青少年科学梦想、激发民族想象力和创造力方面，起着不可或缺的作用。

这套书系将为广大读者，尤其是年轻人打开中国科幻和未来世界的门户，有助于人们拓宽视野、开阔思想、激发灵感、探索未知、明达见识。它也将进一步促进中外科幻、科技、文化和文明的交流，为人类的共同发展做出中国的一份独特贡献。

中国科普作家协会科幻专业委员会

2020年10月1日

创作谈

1

熟悉我的朋友可能知道，当年我借着“90后科幻作家”的名头，在发表和获奖上占了不少便宜；但如今，后浪翻涌，我未红先糊，也成了被拍死在沙滩上的蜉蝣烂虾。

如今，迈入中年，一去不回，万劫不复，喝枸杞泡咖啡，专心培养啤酒肚。但油腻之余，也会想起：今年是我创作科幻作品的第八个年头，那么，是什么支撑我写到现在？毕竟，写作真的是一件漫长、孤独、快乐匮乏，又收益甚低的事情。

反思许久，终于模糊找到了结果。借入选这次书香文雅做的科幻大合集的机会，占用宝地，抒发一下真正能够激励我不断科幻创作的根源，也表达感谢。

需要感谢的，是一个叫三猫老师的人。她身上的品质，是科幻魅力的最好诠释。事实上，如果不是在她身上发现科幻的美好和正能量，或许我也无法坚持到现在。因此请允许我以她为题，来完成这篇创作感想。希望科幻繁荣昌盛，希望三猫老师青春不衰。

2

2017年赫尔辛基的夏天，《科幻世界》举办了一场酒会，来蹭酒的人都大有来头：有从深圳坐了七天火车来北欧，以至于股颤臀裂的张冉老师（也入选了本次大合集），有不久前大热电影《降临》的原著作者特德·姜先生，还有《冰与火之歌》的作者乔治·马丁先生……噢，好像他没来，是在隔壁举办他的Loser Party。总之是一个很热闹的聚会，没有门槛，所有参加worldcon的幻迷都可以加入，酒不限量，拥挤而喧嚣。狭小的空间，塞了数百人。人们端着酒杯，挤在一个个锥形酒台前，七八个人凑近了聊天，要是话不投机，也可以转到别的酒台。

后来我在国内也看到类似的聚会，有些地方叫作流水席，在我们四川，称之为坝坝宴。

由于外国人居多，我只能羡慕地看着其他人游刃有余地社交，比如流利切换各种语言的顾适老师。他一会儿跟法国人讨论建筑，一会儿跟日本人交流动漫，一会儿又用英腔吟诵诗歌。还有宝树老师，他倚着吧台，把酒会变成了讲座，漫不经心地聊着哲学，周围的人却都听得如痴如醉。

而我没有英文交流能力，只能笨拙地重复“How is the weather today?”“Do you like pandas, too?”和“This is my book and pay me in cash.”这三句话，同时在各个酒台流窜，直到我听到熟悉的中文。

在一个角落的酒台前，几个中国人正挤在一起，小声聊着什么，三猫老师就在其中。

这就是我印象里最初的三猫老师了。穿着一件露肩的晚礼服，格外开心的样子，别人聊什么她都很开心。那件礼服也应该是她最暴露的衣服了，因为后来在其他活动中，我见过她几次，都是宽松的短袖。

我也加入了其中。角落里，边缘人，都是我最熟悉的。

当时我就对她很好奇。因为不远万里来worldcon的中国人，大都是带着目的来的，比如我，就是因公出差——感谢微像文化。其余人，也大都是科幻世界、凤凰新闻或豆瓣阅读的员工。来这里要么是为了申办大会，要么是版权采买，要么是拓展人脉资源。但她，很面生。

于是我直接问："你是哪家公司的？"

"一个小公司。"她有些不好意思。

"哦，也挺好的。"我点点头，然后准备离开。

"腾讯。"她说。

"您好您好，这是我的名片。"我递上名片。名片由微像文化印制，上面是我的真名和银行卡账号。

但问过之后，我才知道，腾讯并没有留意到这个异国海滨城市的小小聚会。她是在网上看到worldcon的消息，请假且自费过来的。这里的所有人，来之前，她一个都没见过。

但她读过很多本《科幻世界》杂志，酒会里科幻作家的名字，她早已熟悉。

"刘慈欣、何夕、大角、夏笳、宝树、张冉、陈楸帆、江波……"她扫视酒会，在密集的人群里，能轻易将这些科幻作家们认出来。

"那么，"我谨慎地问道："你听过一个姓阿的科幻作家吗？"

"阿西莫夫？"

"不是不是……另一个，名气比阿西莫夫差一点点，但差不了太多。"

"阿尔弗雷德·贝斯特？"

"算了算了。"我心灰意冷，转身离开。

总之，这就是我对第一次见到三猫老师的回忆。细节或许因时间久远而有其偏差，但她留下的印象太过深刻，因此历历在目：她应该是在场真正完全享受科幻氛围的人。她跟人聊着宇宙和时间，未来和过去，机器人和外星人。而对我们来说，这些话题都太过陈旧，反复书写与讨论，不再有兴趣。我们只是来完成工作，越热闹，就会越烦扰。

就连张冉老师，在酒会中途也借口自己某些部位不舒服，回去休息了。后面的几天，他一直缩在被子里，连雨果奖颁奖典礼都没有参加。我告诉他《三体3》落选了，他才伸出头，“哦”了一声，又缩进被子去了，不知在作甚。

张冉老师就是这样，一直保持着遗世独立……哦，不对，这篇是讲三猫老师的。让我们把话题拉回去。

3

在赫尔辛基的后面几天，三猫老师参加了很多科幻圈的活动，有时是聚餐，有时是听座谈，她还作为志愿者，帮我们看摊儿，热情地售卖我们从中国带来的科幻小周边。说起来，北欧人民还真有钱，国内一个五毛钱的塑料饰品，在大会上能卖四欧元，并且迅速脱销。2017年的中国科幻总产值里，三猫老师应该有着不容忽视的一笔贡献。

这个过程中，我也逐渐与三猫老师熟悉了起来，并在张冉老师的帮助下，加上了她的微信。但还没聊几句，她就要回国了。在机场，等候起飞时，她在微信里向每一个人含泪道别。

后来我才知道，那段时间她似乎有些不太好的遭遇，比较难过。但参加完worldcon后，她才见到这么多跟她一样都喜欢科幻的人，还交到了很好的朋友。回去后，哪怕要重新面对烦冗的表格，要处理复杂的职场关系，要经常熬到凌晨两点多才下班，也有勇气来面对。

4

再后来，我对三猫老师的印象就变得零星而依稀起来了。

大家都很忙，她尤其忙。要在腾讯这种公司里生存，自己的生活就得放弃四分之三，何况她还要照顾猫。我能了解到她的渠道，只有微博，但可以看到，这么忙碌的情况下，她也没有舍弃科幻。她会读大家的书，科幻活动也经常参加，碰到流星雨和日食这种天文现象，甚至会再次跋山涉水，跑到智利去看。

后来2018年日本科幻大赏，三猫老师也去了，跟她的朋友们——侃瑜、Emily和素素，四个年轻女孩子，浸泡在群马县星光下的温泉池里，喝酒、聊天。可惜我当时身在成都，处理一些烂糟事儿，无缘去到那个温泉池，看——哦，不，听她们聊天，真是毕生遗憾!

我也曾好奇过，这么天南海北不计成本地奔波，是家里特别有钱吧。但后来有一次我在深圳一家饭店里，不小心遇到三猫老师，听到她和朋友聊天，她提到刚刚参加火人节，路费也是需要从微贷上短期借的。

所以，应该是真的热爱吧。

而最神奇的是，从认识到现在，过了这么久，三猫老师似乎一直保持着年轻，从未变过。我从青年步入了中年，老气横秋，沮丧颓废，而她却永远有一副鲜活的少女感，这让我分外不解。尤其是我还听到，三猫老师的工作经历比较复杂，这种生活持续了很久，但她一直没有变化。是时间墨彩的疏忽，忘了将她涂抹吗？我想，或许这就是科幻的力量吧，让她有了对生活的热情，永远追逐自己感兴趣的事物，没有步入我们循规蹈矩的生活。而这种生活，既是温床，又是陷阱。

也得益于她这样的奔波，让我见识到了她完全不同的青春姿态。2018年成都银河奖，她也来参会了，坐在台下，听科幻作家们无趣的座谈。离开的时候，要去机场，但她手机没电了，也忘了登机的具体时间。我恰好遇见她，送她上车，看着网约车驶入车流，暗暗心想：值得吗？这样匆忙又没有回报的旅程？

但她一直这么傻白甜，毫无保留地燃烧热情和赤诚吗？也不像。因为有一次在一辆出租车里，我不小心遇到她，她和她的朋友坐在后排聊天，我听到她用冷静和干练的语气，聊到她们在工作中遇到的事。同事都是英文名，合同里布满陷阱，谁水平高，谁满嘴大话但不做实事，谁背着谁对谁使了绊子……这些令我头疼的职场罗生门，她们却轻松自如地剖析着。

所以，她当然知道这个世界运行的规则、人性的复杂和各种利益角力的险恶。只是她不予理会，对她来说，一直爱着科幻，头顶就永远是闪亮的星辰。这些人类世界的龃龉和幽暗，又算得了什么呢？

这大概就是科幻与青春之间的关系吧。科幻提供了这样的视界，能让人以全新的角度来审视人生，不必循规蹈矩，身上从内而外地散发着光芒。在这种光芒下，即使时间流逝，但青春从未逝去。

“永远愤怒，永远热泪盈眶”这句烂俗的话，在三猫老师身上能够得到印证。只是，对她来说，“永远科幻，永远青春”才更适合。

5

最后一次不小心遇到三猫老师，是在深圳的达利展上。她是志愿解说员，戴着耳麦，跟游客们讲解达利的生平和技术特点。我佩服不已。又听到她和她朋友聊起才知道，原来这些知识，也是临时抱佛脚背下来的。但总之，这对她来说，又是一个全新的挑战，推广艺术跟推广科幻一样，都让她喜悦。

我也由衷高兴，驻足在门口，目送她被游客的人海淹没。

在那之后，我就再没有见过三猫老师了。

6

其实很多时候，身为科幻作家，我们也扮演了布道者的角色，到处跟人吹嘘科幻的好处。比如在高校讲座时，常说科幻跟推理，在文学上并无高下之分，但你去面试时，说爱科幻，就会显得格调有点儿高。比如你说脑袋里装着星辰大海，面试官会对你颇为欣赏；而你说心里琢磨着密室谋杀，恐怕会让老板们笑容僵硬。

但私心里，如果不是从业者，爱科幻真的有用吗？回首我这八年创作，时常汲取负能量，至今到处漂泊，除了银行卡里的巨额数字，科幻到底带给了我什么呢？但认识三猫老师之后，我才真正看到，只要汲取科幻最本质的能量，保持好奇，永远纯善，就能一直享受科幻。

不久之后，我会回到课堂，当一名教师。到时希望能请三猫老师来给学生们讲课，不必教实用技能，只需要聊聊她那不知疲倦的奔波和永葆青春的秘诀，就能让人受益终生。

7

行文至此，也该结束了。

作为一篇创作感言，这篇文字自然有些跑偏且冗长。但关于科幻，关于青春，我认为它无比贴切，每个字词都是对科幻的由衷祝福，都是对青春的最好诠释。

感谢您阅读我的文字。

目录

Catalogue

云鲸记

飞船进入比蒙星大气层时，正是深夜。我被播报声吵醒，拉开遮光板，清朗朗的月光立刻照进来，睡在邻座的中年女人晃了下头，又继续沉睡。我凑近窗子向下望，鱼鳞一样的云层在飞船下铺展开来，延伸到视野尽头。一头白色的鲸在云层里游弋，巨大而优美的身躯翻舞出来，划出一道弧线，又一头扎进云里，再也看不见。

窗外，是三万英尺的高空，气温零下五十多度。不知这些在温暖的金色海里生长的生物，会不会感觉到寒冷。

我额头抵着窗，只看了几秒，便产生了眩晕感，手脚都抖了起来。为了阿叶，我鼓起勇气，咬着牙，穿越星海来到这颗位于黄金航线末端的星球，但这并不代表我克服了航行恐惧症。在漫长的航行中，它无时无刻不在折磨着我。

幸好，这已是最后一程，我马上就能拥抱阿叶了。

飞船穿越厚厚的云层，降落在比蒙星七号港口。这个由纯钢铁建成的庞然大物，直插云霄，上千个船坞不停地吞吐着飞船，其中，超过90%的都是货船。它是一个巨型水蛭，每一个船坞都是快速收缩的吸盘，吮吸这颗星球的资源——从矿石到木材，从走兽到鱼群。甚至连金色海的海水，都被从外空间垂下的高轨甬道一刻不停地抽走。

人类走出群星，靠的正是这种永无止歇的榨取和掠夺。

“你来比蒙星打算做什么？”出港疫检时，消瘦的黑人检察官一边问我，一边低着头看我的个人信息。他的头发很短，掺着星星点点的白。

“我来带回我的女朋友。”

“噢，她在这颗星球上做什么？”

“她是行星生物学家，主要在比蒙星上研究云鲸的生理习性。”

黑人抬起头，做出一个夸张的表情：“真厉害！这里的人都是来淘金的，你女朋友却与众不同。不过她做这么厉害的事，你为什么要把她带回去呢？”

“因为她死了，”我沉默了一会儿，“我要把她的骨灰带回地球——她的家乡，我们相遇的地方。”

黑人闭上嘴，上下打量着我，好半天才说：“可是，先生，你知道根据《星际疫情防范法》，公民若在哪颗星球上死亡，无论是正常还是非正常，都必须埋葬在当地。如果你带着骨灰，是不能从港口通过的，也不会有人愿意跟你坐同一艘飞船。”

“我知道。”

黑人看了我一会儿，叹口气，在我的通关材料上盖下了电子章。我向他道谢，提着包走向过关通道。

“先生，祝你好运。”他在我身后说，“你会需要的。”

刚出港口，我就看到了迈克尔。

尽管我们从未谋面，但我一眼就在人群里认出了他——这得多亏阿叶的社交主页。阿叶是那种向世界敞开怀抱的女人，每天都会在主页上更新动态，有他们在实验室里相遇的照片，在酒吧里聊天的照片，在云鲸背上穿梭云层大声欢呼的照片。多少个夜里，我把这些全息照片点开，光和影勾勒出他们的模样，在我面前栩栩如生，却又触不可及。

现在，他穿着旧夹克，举着一个牌子，上面歪歪斜斜地写着我的中文名字。他是一个高大的男人，但面色很憔悴，几天没刮脸了，胡子拉碴。

我向他走过去，他看到我，指了指外面，然后转身拨开人群向外走。我跟在他后面，我们没有说话，我们也不会说话。对于这个男人，我一直矛盾——我不知道该恨他，责怪他得到了阿叶却没有照顾好她，还是应该给予他同情，一起缅怀我们共同的爱人。他肯定也有同样的矛盾，所以沉默是我们最好的选择。

我跟着他走出灯火通明的港口，黑暗向我们涌过来。他开着科研谷的车，有些破旧，反重力引擎发动了好几次才喷出稳定的淡蓝色离子流，悬在低空半米处。我坐上副驾驶，有点儿挤，就把座位调低。迈克尔看了，想说什么，但最终没有开口，专心开着车。

我突然意识到，阿叶要是跟迈克尔一起外出科考，也是坐在我现在的位置。她如此娇小，所以座位会调得很高。这个联想让我鼻子一酸，格外压抑，只能扭头看着车窗外。

我们正在快速远离城市，进入山野，地势由平缓变得陡峭，山石嶙峋，群峰突起。车贴着地形，上上下下。车灯一闪一闪，微弱地照亮前路，在浓黑的夜里如一只迷途的萤虫。

科研谷名副其实，十几层的大楼倚山谷而建，混凝土做主体，外围以钢铁加固，但已经很老旧了，估计是比蒙星刚被发现时建的。历经了数百年风沙和潮湿的侵袭，钢铁锈得厉害，有些与两岸岸坡接驳的地方都出现了裂缝。

时近深夜，山风很大。我们穿上防护服，下了车，夜风拍打在我们身上。我呼吸的是头盔内供氧泵输出的氧气，但仍感觉到了风中的咸味，一愣，看向西边。

虽有浓云聚集，月光还是穿过云层，微微照亮了这个夜晚。但西边，是一大团黏稠无比的黑暗，似乎连光线都被吞噬了。

金色海。

原来科研谷离金色海海岸不远，难怪潮湿得这么严重。

我远眺了好久，迈克尔咳嗽了一声，我才跟着进了他宿舍。他收拾出一张床，说："今晚你睡我这里，我出去住。"

"阿叶的——"我顿了顿，"阿叶呢？"

迈克尔转身出去，不一会儿抱着一个黑布包裹住的金属盒子进来，放在桌子上。

我知道盒子里是阿叶的骨灰，一时有些站立不稳。

"骨灰不能过海关，我给你联系了别的船。你什么时候走？"

"明天早上。"我的声音如同梦呓。

"嗯。他们早上会来接你。"迈克尔退出房间，把门合上。

我捧着骨灰盒，坐在床边。即使已经有过无数次预想，但真的看到鲜活美丽的阿叶变成灰烬，收拢在冰冷的盒子里，我还是觉得一切都不真实。

"放心，"我把骨灰盒放在脸侧，轻声说，"阿叶，我带你回家。"

我在床上辗转，试了很多种方法入眠，都没有效果后，索性起床。这时已经是凌晨，整栋大楼的灯都熄灭了，但我路过一间还亮着的实验室时，透过窗子，看到了迈克尔落寞的身影。

他独自坐在实验室的墙角里，面无表情，手上拿着啤酒，不时灌一口。他脚边已经横七竖八倒了十来个空酒瓶了。

我摇摇头，离开了大楼。外面并不冷，便只戴了面罩，走到海边，坐在沙滩上。风很大，吹散了云，吹得我透体发凉。潮水起伏，有时会舔到我的脚。金色海的海水，在夜里是温暖的。

比蒙星有六颗卫星会在夜晚反射恒星的光，但很少有人能看到六月凌空的奇景。今晚我也没有这个运气，西边天空垂着三轮月亮，另外三轮被云遮住了。

月下有一群白鲸，在海天之间游弋着，几头幼鲸上下追逐，发出悠扬的鲸咏。它们速度不快，在天空中如同一个个风筝，但当它们飞过我头顶，投下巨大的阴影时，我才意识到这是这颗星球上最为庞大的物种。我仰望着它们向东飘去，掠过科研谷，消失在一片黑暗里。

真好，它们可以飞翔。

可惜人类的狩猎船飞得更快，且无处不在，云鲸再也飞翔不了多久。

太晚了，我起身回去。迈克尔还在实验室里，已经喝醉，枕着墙壁沉沉入睡了，嘴里在说着什么，但含混不清。

我扶他回到宿舍，把他扔在床上，自己也累极了，趴在桌子上。时差带来的困倦让我很快入睡，又很早醒来。天还没亮，我抱着阿叶的骨灰来到大楼顶层，在晨风中等待。

离开房间的时候，迈克尔还在熟睡。我想，我再也不会见到他了。

一艘“鬼三”级飞船悬在楼顶，跳下来一个秃头大汉和一个穿得破破烂烂的瘦子。透过呼吸面罩，我看到瘦子的右眼眶是空的，有些瘆人。他用一只独眼上下打量我，问了我的名字，说：“就是你要回地球？”

我在晨风中瑟瑟发抖，连忙点头。

“迈克尔呢？”

“在里面睡着。”

独眼点点头，说：“上去吧，找个空位坐着，远着呢，得好几天。”见我露出疑惑的目光，继续道，“我们要去二号港口，那里有熟人，检查松些。”

我把骨灰盒抱在怀里，准备登船。

“等等，”秃子突然拦住我，朝我怀中点了点下巴，“这里面装的是什么？”

他的手臂比我的大腿还粗，裸露在清晨的寒风中，肌肉虬结，上面还有一道伤疤。我抬头与他对视。他冷着脸，说：“怎么，想惹麻烦？”

独眼瘦子干笑两声，过来拉开秃子，说：“迈克尔给了钱，管他带的是什么，只要不是炸弹，我们就顺路给运回地球。”

秃子哼了一声，扭头上了飞船。独眼凑到我耳边，小声说：“别跟人说这里面是骨灰，我们跑偷猎的，迷信得很，最怕晦气的东西。”

“你怎么不怕？”

“呵呵，比起晦气，”独眼笑起来，“我更怕没钱。”

“鬼三”级的飞船很小，只有二十几平方米大，像个扁平的房间。现在，这个房间被数百个金属桶塞满了。我弯腰走到角落里，一屁股坐下来。周围还有七八个人，也跟我一样，木然着脸，抱膝而坐。这些都是要偷渡的人，出于各种各样的原因，我不知道，也不关心。

秃子坐在驾驶位，独眼则笑嘻嘻地数那些铁桶，越数脸上笑意越浓，说：“一共322桶，光头，这一笔我们要挣疯了。”

“你都数了十几遍了。”秃子启动飞船，专心驾驶，头也没转过来。

“数多少遍都乐意。现在行情好了，云鲸血涨到了十个联盟点一斤，一桶就是一百五，这一趟，”他用手指敲着金属桶壁，算了半天，“能挣四万多呢。到时候我们一人一半分掉。”

“阿泽的那份儿呢，你想吞掉？”

“他死都死了，我帮他个忙，帮他把钱花了。”

“不行，要不是他，我们估计早就被那怪物给吞了。他还有家人，拿四成给他那个瞎眼老娘吧。”

“四成太多，一成就够了。”

“也行。”

独眼点点头，又笑嘻嘻地数起来。

我终于明白过来，原来我旁边这些全是保温桶，里面装的都是云鲸的血。

即使远在地球，我也听说过云鲸血的交易。在浩瀚的金色海里，有一种被称为“F937”的神奇元素，其单质能抵消重力。现在被广泛应用的反重力引擎，都是利用了这种元素。F937的获取，有两种途径——一种是直接从海水中萃取，但萃取所需的环境极端苛刻，比蒙星根本达不到，只有靠高轨空间站抽取海水，在真空零重力实验室中操作。一千立方米的海水，大概能萃取出十微克的F937单质。另一种方法，便是从云鲸血中提炼。

云鲸是一种神奇的生物，刚发现它们时，人们对它们的习性感到既费解又着迷，这种兴趣至今还吸引着生物学家前赴后继地来到比蒙星——其中包括阿叶。

云鲸出生在遥远的科尔星海洋里，每年一度的卫星掠过时，星球引力会被抵消，云鲸便会从海洋里一跃而起，进入星际空间。它们会在漫长的黄金航线上洄游，途经七颗行星，靠张开身上的薄膜获取加速度，同时躲避神出鬼没的龙狰兽，直至游到比蒙星的金色海中，进行第二次蜕变。这条艰辛的航线上，有无数故事发生，无数云鲸的尸体静静漂浮。成功抵达的云鲸少之又少，蜕变后的云鲸没了薄膜，却能吸收海水中的F937，融入血液，凭此彻底摆脱重力的束缚，游弋天际，栖于风中，眠于云间。

而正是这F937含量百万倍于普通海水的血液，给云鲸带来了灭顶之灾。人类驾驶着全副武装的飞船，捕杀云鲸，用抽水泵抽干它们的血液。不到百年，比蒙星上的云鲸被屠得险些灭绝。幸好随后联盟把云鲸列入保护物种，出台了禁猎令，只供研究，它们的生存状况才略有缓和。但仍然有不少偷猎者在活动，显然，我所在的这艘船，目的正是偷猎云鲸，将其血运到黑市售卖，顺便接收我这样的偷渡客，挣点儿外快。

从这艘船里云鲸血的数量来看，至少有十头云鲸被抽成了干尸。

想到这里，我耳边隐隐传来了昨夜听到的鲸咏，如幽魂呜咽。我下意识抱紧阿叶，往角落里缩了缩。

这个动作救了我一命。

一阵巨大冲撞袭击了飞船。我所在的这一侧墙壁，被生生撞出了凸起，旁边一个贴墙睡觉的男人正好被凸起击中。在这场碰撞中，他的脑袋输给了金属，于是，我看到他的头上绽开了一朵血色的花。

如果不是我刚才缩了头，这朵花也会在我头上开出来。

飞船在空中被撞得剧烈翻滚，金属桶漫天横飞，有两个人被当场砸死，我的左腿也被砸中，骨折的声音在一片混乱中清晰可闻。我紧紧抓住护杠，好歹没掉进这一片翻滚中，秃子的反应也很迅速，撞击的一瞬间趴在操作台上，同时打开了平衡调制器。

飞船两侧的一百七十个制动引擎逆着翻滚的方向开启，以最大功率运转，共同抵消撞击带来的冲量。

三秒钟后，飞船稳在空中。

“是它！”秃子满脸是血，大吼道，“它一直在跟着我们！”

但没人回应他。

独眼歪歪斜斜地躺在座位上，断裂的操纵杆贯入了他的腹部，而真正的致命伤，是一个金属罐的撞击。伤口很诡异，右边太阳穴凹了进去，像是新开的一只眼睛。

第二次撞击转瞬即至，但这次秃子有了准备，猛地下沉，飞船与那巨大的阴影堪堪滑过。

透过破碎的舷窗，我看到了一头云鲸。

一头愤怒的云鲸。

我发誓，在此之前，我从来没有把愤怒这种情绪跟云鲸联系在一起。在所有的研究报告里，云鲸都是温驯的，面对屠杀只会逃窜，一边被抽干鲜血，一边悲鸣。它们曾经对人类表示友好，当血流得足够多之后，也仅仅学会了防范。这是我第一次见到它们攻击人类。

我感到呼吸困难，在四周看了一圈，扑过去把骨灰盒抢到怀里。幸好，它没有被损坏。然后我戴上了呼吸面罩。这时，天空中的云鲸已经滑行到百米外，巨尾一摆，划出一道弧线，掉转方向，向飞船俯冲过来。

秃子喊了几声独眼，确信他已经死了，他再回身环顾，满舱狼藉，金属桶被撞破，淡金色的云鲸血淌了一地。偷渡的人全在撞击中丧生，只有我活着，但他的视线扫过我，没有任何停留，仿佛我跟那些尸体无异。

我从他眼中看出一丝不祥。

“不要啊！”我大喊。

但秃子听也未听，眼眶充血，大吼一声：“你要赶尽杀绝，老子跟你拼了！”他用力按住加速器，飞船“嗡嗡”震动起来，旋即猛向前蹿。

“鬼三”级飞船不大，厉害的是机动性，能很快加速到极限。它在三秒内把自己变成了一颗子弹，破风呼啸。我也在这三秒内扑进了救生舱，按下按钮，缓冲泡沫立刻充斥了全身。

而那头云鲸，丝毫不惧。它的身躯上流满了金色的血液，像有一个太阳在从它体内喷薄出来。它张嗞嗞吼，四野震动，巨尾如蒲扇般摆动，也俯冲过来。越来越近。它是如此巨大，眼睛就高过了我，飞船甚至比不过它的头。

我听阿叶说过，当云鲸难得暴躁时，瞳孔会由白色呈现出罕见的灰色。但现在，我看得清清楚楚，面前这头云鲸的双眼，是纯黑的。

黑得如同梦魇。

下一瞬间，云鲸与飞船相撞。

救生舱还未弹出，我在缓冲泡沫中天旋地转，意识迅速流失。昏迷之前，我唯一记得的事情，就是把阿叶的骨灰盒紧紧抱在怀里。

阿叶离开我的那天，我也是这么紧紧抱着她的。仿佛再用力一点儿，阿叶就会被勒进我的怀里，骨头相连，血液相融，再也不会离开。

但她不动声色地，一点一点地挣开我的怀抱，后退一步，说："以后你好好照顾自己。天冷了记得加衣服，饿了要叫外卖，最好自己做着吃。别宅在家里了，设计是做不完的，多认识别的女生，你去跟她们聊天气、食物和艺术，她们就会照顾你。"

"我不要她们，我只要你。"

或许是我可怜兮兮的样子打动了她，她犹豫了一下，说："那你跟我一起走吧。"

我几乎就要答应了，可这时一艘去往天鹅座KP90的飞船升起来了，巨大的引擎轰鸣传来。我的眼角跳了跳，肩膀下意识地缩起。

阿叶说："你克服不了飞行恐惧的，而我要去遥远的比蒙星，每天都要用到飞船。我在空中的时候比踩在地上的时间多，你适应不了。"

"再给我一点儿时间，"我哀求道，"再过半年，要是我还克服不了，不能跟你一起去，我就让你走，好不好？"

“我已经给了你五年，你还是每次听到引擎的声音就会颤抖。你不要勉强，在地球上待着也没错，远航时代之前，人们都是在地球上过完一生的。”

“那你为什么不能……”

“我说过了，因为，”她打断我的嗫嚅，抬起头，视线穿过伦敦港独特的透明穹顶，穿过如萤火虫般起起落落的飞船，投到了夜幕深处，“因为我的征途是星辰大海呀。”

她的眼里盈出星星点点的渴望。在我看来，夜空是如此深不可测，但在她眼里，想必如瑰玉般迷人。我知道她的离去已不可挽回，但还是做了最后的努力，握住她的手，说：“宇宙这么危险，你要是出事了该怎么办呢？”

“不要紧，那是我的归宿。”她把我的手指一根根掰开，提起行李，走了几步，转头看见满脸沮丧的我，笑着说，“那我给你一个任务吧，要是我真的死在群星间了，你就把我的骨灰带回来，带回地球。”

说完，她向我扬了扬眉毛：“要记得哦。”她转身走向登机口，人潮迅速淹没了她。

那时我伸出手，穹顶的星光落在手指上。我就这样僵硬了很久，似乎这样一直伸着，阿叶就会从人群里又钻出来，再次拥抱我。但直到人群散去，直到星光敛隐，我都没有再见到她。我再也没有见过她了。

我睁开眼睛，泪水在脸上流淌，模糊了视线。浑身的痛楚弥漫，我弓起身子，大口呼吸，过了好一阵子才弄清此时的处境。

救生舱掉在一片荒野里，已经散架，但缓冲泡沫替我抵消了大部分冲击。我挣扎着看去，不远处有一座硕大的山丘。此时已经入夜，四野空旷而黑暗，这说明我至少昏睡了十个比蒙时。我的呼吸面罩还能用，但定位器出了问题，我全身至少有十几处伤口，其中包括左小腿骨折。我在身上摸了半天，没发现致命伤口，刚要松口气，又立刻紧张得屏住呼吸——我也没有摸到骨灰盒。

阿叶不见了。

我发出一声惊惶惨叫，一下子站起来，随即又因左腿爆发出的剧痛摔倒。我用手撑着，在干硬黑暗的地面上摸索。

阿叶，阿叶，我怎么能失去你，怎么能辜负你嘱托给我的最后一件事？

但我摸到的，永远是硬土、枯草，间或有石头划破手指。我感觉不到疼痛。摸索了一会儿，眼睛渐渐适应黑暗，隐约见到前方有一团阴影。我凑过去，三只蓝幽幽的眼睛突然张开，像夜空里突然点燃了三团火焰。我吓了一跳，手上一软，又摔在地上——我看到一张毛茸茸的脸上，三只眼睛在脸盘上均匀铺开，中间是一张密布着两圈利牙的口器。眼睛放出的蓝光还残留在牙齿上，流转泛光，一股腥臭涌出来。

这是三目兽，学名克科尔罗盘尼兽，或者是克科尔肉斑兽——名字很拗口，我没有记住。要是阿叶在，一定对它的名字脱口而出，并让我赶紧跑。这种习性暴躁的肉食性动物，最擅长做的事情，就是用外圈牙齿咬住猎物，用内圈牙齿把它们的肉剐下来吞进去。

我不能死在这里，我要把阿叶找回来！

我两手撑着，外加一只脚蹬地，向后拖着身体。三目兽不紧不慢地跟着，三只眼睛在夜里闪出蓝光，形成了一个诡异的正三角形。

它在试探，在确定我是否落单。它短小但强健的六条腿行在地上时，发出令人头皮发麻的沙沙声。

退了几分钟，我的背部靠到那座山丘，再也无路可退。

三目兽的六条腿全部弯曲，中间大嘴张开，发出嗞嗞声。它要扑过来了。我在地上摸到一块石头，颤巍巍拿在手里。这时，身后传来一声巨大的吼叫，如同飓风从深渊中狂啸而出，带着颤音，让我心胆欲裂，刚抓稳的石头又丢了。

我转头去看，借着夜空露出的星光，看清了这座本来黑黝黝的山丘——这哪里是山丘，明明是一头鲸鱼！

那头追踪飞船并将之撞毁的云鲸。

此时，它张开了巨嘴，滚雷般的吼声从那黑暗食道里奔涌而出，沿着肥大的舌头，震碎了这个夜晚。三目兽的腿部灵活地反向弯曲，瞬间向后弹跑，嗖的一声消失在夜色里。

我也被鲸吼掠起的风吹得歪倒，但倒下之前，瞥见了熟悉的东西。

骨灰盒。

它在云鲸舌头右侧的下颌处，被几块软骨卡住了，我不顾危险，扑过去，但这时云鲸闭上了嘴。似乎这一声吼叫花光了它所有的力气，它一动不动，在黑夜里重新恢复了山的姿态。

“张嘴啊。”我努力站起来，但踮起脚也够不着它的下唇，只能勉强够到下颚。它的下颚上长满了瘤状凸起，每个都有我的脑袋大，我拍上去软绵绵的，像某种囊。它无动于衷。

“你张张嘴，把阿叶还给我。”我用石头去扔云鲸，试了半天也毫无反应。我累得气喘吁吁，坐在这个庞然大物面前，才反应过来我刚才的举动有多么可笑。

在云鲸看来，大概就像一只蚂蚁在拼命用灰尘砸人类的脚一样。它甚至懒得张嘴吹口气把我赶走。

再醒过来，天已经亮了。头顶一轮烈日暴晒，东边天幕垂着一颗小一点的，南边还有两颗。灼热在皮肤上流淌。

但我不是被热醒的，而是被饿醒的。

我爬起来，首先去撬云鲸的嘴，但又是徒劳无功。我这才发现，它身上布满了可怖的伤口，有的伤口血都凝固了，有的还在冒着金色的血。按秃子的话说，它早先就跟飞船交过手，然后千里跟踪，再直接撞毁飞船。就算它有再强的生命力，到此时也撑不住了。我把耳朵贴在它身上，很认真才能听到它身体里传来的细微震动，像是脉搏，又像潮汐。

它还在微弱地呼吸，但应该撑不了多久。昨晚，它还用最后的嘶吼救了我。不过我转念又想，恐怕也不见得是救我，它如此恨着人类——多半是巧合，三目兽袭击我的时候，它正好到了生命的尽头，只能对着漆黑夜幕和惨烈世界发出最后的怒吼。

试了一阵，腹中的饥饿更加强烈了，我爬到云鲸的背上，举目四眺。

我正好是在荒原的低陷处，周围像小型盆地一样渐渐往上斜。我环视一周，发现盆地外散落着飞船的零件。

我爬过去，在零件里翻找，万幸找到了一些压缩食物，狼吞虎咽之后，还发现了几件散乱的防护服。居然有一件能用，我连忙穿上——比蒙星的大气层虽然挡住了绝大多数有害的宇宙射线，但肌肤直接裸露在四轮太阳的暴晒之下，也很危险。

穿上衣服后，我感觉恢复了些力气，又从零件中找了一块断掉的钢板，断面很尖。我用手试了一下，足够锋利。

我一瘸一拐地回到低陷处。太阳更烈了，地面上的石头都被晒得灼热，云鲸白色的身躯竟散射着阳光。

“大哥，别怪我呀。”我拍了拍云鲸的下颚，拿起钢板，“你不把阿叶还给我，我只能用你和我都不喜欢的办法了……”

云鲸沉默着，呼吸断断续续。

我咬咬牙，两手扣住钢板，闭眼就刺向云鲸。在刺到它的皮肤之前，我又停下了。我算了算位置，从下颚挖要多花很多功夫。按照骨灰盒卡住的地方，最直接的路线应该是从它右眼下侧下手挖。

我爬到它背上，这一路，那些密布的伤口更加触目惊心。尤其是脑袋上那条伤痕，简直像是被铁犁犁过一样，粉色的肉翻开，一些白色的虫已经开始滋生。

这应该是与飞船对撞造成的。

我暗自叹息，小心地爬到它脑袋右侧，坐在它的眼皮上。

“对不住了，我知道人类对你们很残忍，那个秃子和独眼抽三百多桶血，估计杀了十几头鲸，说不定其中有你的亲人。但是我没有在你们身上花过钱，没有买卖，就没有杀害。对对对，我没有伤害过你们。”我颤巍巍地举起钢板，断口上阳光流转，继续念叨，“但我一定要把阿叶带回去的。你不知道，我真的很爱她，虽然没有留住她，但这是她求我的最后一件事，我一定要完成。你能理解的，是不是？”

它能理解吗？它不能的，我心里很清楚。它目睹了所有的杀戮，对于我这样的种族，只有仇恨，所以眼睛才会变成完全的黑色。

但无论它能不能理解，这一刀，一定要插下去。阿叶，我默念这个名字，阿叶，阿叶，我带你回家。

这时，云鲸睁了睁眼。它没有把眼睛全部睁开的力气，只是睁开了一条缝。但这一刻，我看到了它一丝灰白色的瞳仁——不再是黑色了，仿佛它的恨意随着生命一起都在流失殆尽。

这一抹瞳仁露出的神色，我很熟悉。

因为那是阿叶离开我之后，我每次照镜子都能看到的眼神。

有些痛楚，有些哀伤。

阿叶离开我的第一天，我觉得生活并没有什么改变——除了屋子空了一些，床的面积大了一些。我依然在家里干活儿，用全息投影和光感手套来设计“大风”级飞船的布线和驾驶舱排列。晚上睡觉时，我下意识地去抱右边，结果手直接落到了床单上。这一瞬间，手指有针扎一样的痛，但转瞬即逝。

我第二天起来得很晚，开始玩游戏。我化身中世纪的刺客，不停地杀杀杀，饿了就吃冰箱里的食物。有些是阿叶做的，我把它们倒掉，吃速冻的。我从下午玩到凌晨，育碧的健康系统检测到我的身体已经极度疲劳，于是将我强制下线。

第三天，我一直在沉睡，做了很多梦。梦里光怪陆离，梦里没有阿叶。

第四天，我拉开窗帘，阳光迎面扑来。我打算出去走走，换上了衣服，穿好鞋子，乘电梯下楼。但在楼底的出口处，我浑身颤抖，不敢踏入阳光之中。

第五天，朋友实在忍不住，组了局，拉我出门。他特意叫了个女孩子，挺漂亮，对我的收入很满意，还能懂我的那些冷笑话。我们聊得很愉快。傍晚时，我送女孩回家，但进她家门之前，一股战栗袭来，我的脚无论如何迈不进去。“怎么了？”她回头看我，手指绕着乌黑发尾。我落荒而逃。

第六天，我在社交网站上把阿叶从黑名单中移除，发现她已经将状态从“恋爱”改为“单身”。她上传了最新照片，有一张照片是她和一头云鲸的合影，全息影像里，她笑得格外开心。我伸手去摸，只有冷冰冰的空气。

第七天，我缩在阳台的角落里，在紫罗兰和玉兰花中间，呜咽不已。晚上照镜子时，眼睛勉强睁开，里面一片阴影，就像这头云鲸一闪而过的眼神。

这是失恋的标准程序。无论人类怎么进化，从在地球上爬行到乘飞船遍布宇宙，文明开枝散叶，有些东西从来都没有更改。

比如失恋，比如同病相怜。

“见鬼了！”我暗骂一声，把钢板扔在旁边，拍拍云鲸的眼皮，“你快点儿死，死了我再动手！”

云鲸浑然不动，但还是传来若有若无的呼吸。在这样失水和流血的情况下，它活不到明天早上，到时我再把骨灰盒挖出来。

但挖出来之后呢？这里荒无一人，通信系统也坏了，我该怎么回到人类居住区呢？

我摇摇头，把这个忧虑抛出脑袋，翻个身躺在云鲸背上。

傍晚，四轮太阳垂在天边，荒野上蒙了一层奇异的瑰红色，仿佛泛起的雾。空气有些燥热，远处云很稀薄，也压得很低，在傍晚霞光的浸染下，像一抹红色的笔轻轻点过。除了太阳，还隐约看得到几颗卫星的轮廓，其中一个有陨石带组成的环，静静旋转。

真是美啊，我在心里默默赞叹，难怪阿叶会抛开地球的舒适，来到如此荒芜的星球。

太阳次第沉下，光线一缕缕收进去。我用手枕着后脑勺，右腿平放，左腿屈起，看着四轮斜阳一个个消失，瑰丽的景象渐渐被黑暗吞噬，突然恍惚起来。

“我们真是难兄难弟啊，”我拍了拍身下的云鲸，“都被困在这里了。”云鲸依旧无声无息，有一阵我都以为它没有呼吸了，但吹过来一阵风，把灰尘带进它的鼻腔中，它吭哧打了个喷嚏，然后继续保持着沉默。

一个垂死的人，一头垂死的鲸，在异星球的黄昏中，等待黑夜的降临。

与黑夜一同降临的，还有暴雨。

雨从夜幕中落下来，初时还细小温润，很快就狂暴起来了，大滴大滴，打在身上生疼。我坐起来，瞧了瞧天色，雨丝毫没有停歇的迹象。于是我从云鲸背上爬下来，躲到它的颚下。

乌云集卷，电闪雷鸣，雨越来越大，在脚下都积成了水洼。这里是个凹地，地势低，四周的雨水全部汇聚到这里。按照这趋势，不到一个比蒙时，水就要漫过我的脖子了。

我刚想离开这里，一道闪电划过，照亮了一个黑暗的影子。

三目兽!

它站在凹地边缘的坡上，浑身被雨水打湿，三只眼睛更加幽蓝，正居高临下地看着我。

昨晚被云鲸吓走之后，这只三目兽并没有放弃，此时趁夜色又来了。但它只是观望着，不敢下来，应该是在忌惮云鲸。

既然如此，我就不上去了，继续坐在云鲸颚下。但水越来越深，漫过我的腰，我不得不站了起来，准备爬到云鲸背上。

一声尖厉的啸叫突然响起，听得我浑身一颤，牙齿发酸。那是三目兽的号叫，在雨夜中远远荡开。我心里升起一丝不祥的感觉。

果然，这声号叫引来了更多的三目兽。它们在凹地边站成一圈，蓝幽幽的眼睛望着我，两圈利齿被蓝光沾染，像是一个个噩梦。我颤巍巍数了一下，数到二十只的时候，就停了下来。

它们的目标恐怕不只是我，还有这头云鲸，毕竟是上千吨肉。我扶着云鲸下颚上的瘤状凸起，心惊胆战地想。

最先的那头三目兽谨慎地从坡上走下来，涉着水，绕云鲸走了一圈。它眼中的蓝光游移不定，突然上前，一口咬住了云鲸的侧面，然后立刻跳开。只这一瞬，云鲸便被撕下了一块肉，金色的血流了下来。

三目兽仰起头，云鲸肉落进它脸中间的口器里，两圈牙齿张合着，把肉绞成了碎片。吃完了，云鲸也一动不动。三目兽再次发出一声号叫，坡上的同伴都迈步而下。

完了完了，我几乎站立不稳，早知道会葬身在野兽腹中，还不如直接在飞船上被炸死。

这时，我手上传来了怪异的感觉——云鲸下颚上的瘤状凸起渐渐膨胀起来了。我惊讶地看去，没错，这些瘤本身只有我脑袋大小，很快就涨大了四五倍。而同时，地上的水开始变浅，本来已漫至我腰间，只过了几秒，就重新退回到我的膝盖深。

云鲸在吸水！

三目兽们也被惊到了，停止前进。夜幕上云层卷过，这个雨夜里最剧烈的惊雷爆发出来，与此同时，一直沉默的云鲸张嘴怒吼，威势更胜雷声。地上的水在一瞬间被吸得干干净净。

我在云鲸张嘴时，猛扑进它嘴里，向它右边下颌爬过去。阿叶，阿叶，我念着这两个字，顶住云鲸怒吼时夹带着的腥臭的风，扑到骨灰盒前。骨灰盒卡得太紧，我不顾左腿骨折的痛，用脚蹬住云鲸墙壁似的口腔内侧，使出吃奶的劲，终于把骨灰盒拉了出来。

这时，云鲸闭上了嘴，彻底的黑暗袭来。我向它的食道滑去，还没进去，冰凉的水又将我包围。一阵天旋地转。我已经失去了思考能力，凭着本能抱紧骨灰盒。

我被水流裹挟着，打转、上升，突然冲出了云鲸的嘴，像喷泉里的鱼一样冲向夜空。

是云鲸在喷水。

我上升了七八米，又摔下来，落在云鲸背上，惊魂还未定，又感到了一阵摇晃。这次的摇晃，来自云鲸的身体，它喷出了所有的水后，身体离开了地面，但离地还没一米高，就又落了下去。大地震了震。

这一瞬，我流出了眼泪。我爬到它眼睛中间，用力拍着，声音嘶哑，吼道："飞呀，飞起来啊！"

云鲸睁开眼睛，粗重的呼吸如同喘息。

"你是云鲸啊，要么死在海里，要么死在天上，不能被这些畜生吃掉啊——飞起来！"

它喷出长长的气息，鸣声悠扬，身体再次震动。大雨滂沱之下，这头鲸飘离地面，越升越高，突然加速向斜上方飞去。地上的三目兽被震慑住了，在积水中缩成一团，发出胆怯的呜咽。

"这就对了！"我趴在云鲸背上，抓紧它眼睛旁的褶皱，泪流满面，哈哈大笑，"飞起来了，飞得越高越好！"

它一路冲进云层，继续往上，浓云中有闪电划过。其中一道枝状闪电离我们特别近，我吓得闭上了眼睛。云鲸摆动尾巴，速度加快，穿过了厚厚的云层，如跃出海面，停在了云海之上。

我睁开眼，被眼前的景象震撼得不能呼吸。暴雨雷电在身下远去，云海上一片平静，六轮月亮排成一条线，悬挂在天边。清辉迎面扑来。

"阿叶，"我把骨灰盒举起来，"你看到了吗，我们飞到天上了？我再也不害怕了，我也飞起来了，你看到了吗？"

对于飞翔，阿叶有一种近乎执拗的迷恋。

尽管她有一双无敌长腿，但她觉得这是她身上最没有用的部位，因为她厌恶走路。

“我承认腿在人类进化中的作用，我们从海里爬到陆地上时，鳍进化成双腿，这确实是自然的奥妙。但为什么进化之路就此止住了呢？”她一边说着，一边愤愤不平地敲打着自己的腿，“现在，我们已经从陆地飞到了天空，却依然是靠一双腿！”

我无言以对，只是心疼她的腿——那么修长、白皙，仿佛由古老的玉砌成。

“我们应该飞起来啊，小豆豆，”阿叶叫着她给我起的小名，“我们应该像云鲸一样飞起来，在天之下，在云之上，而不是一步步踩在泥泞的地上。小豆豆，你都不知道我的脚有多疼……”

听到这句话后，我格外心疼。我花了一个月工资给她买了一双高跟鞋。

那是奢侈品柜里最中心的一双鞋，顶级设计师制作，镶钻带彩，奢华高调。当阿叶从盒子里拿出它们时，我都看到她的脸被照亮了。但我不知道是因为她高兴，还是只是钻石彩带的光华照耀。

“傻瓜。”阿叶把鞋放下，“你买这种鞋，我没地方用啊。”

但很快，这双鞋就派上用场了。

阿叶是在太空新生物种研究所工作，主要研究云鲸习性，大部分经费由疆域公司赞助。秋天的时候，疆域公司举办庆功晚宴，作为一群工科男女中唯一一个形象出众的研究员，阿叶自然要出席。

她一袭盛装，踩着高跟鞋出门，并叮嘱我十一点的时候去接她。

然而，九点半的时候，我就接到了阿叶的电话。外面下着大雨，我好不容易赶到疆域公司大厦时，看到阿叶站在公交站牌下，一脸沮丧，漏下来的雨水打湿了她的裙摆。她赤脚踩在泥水里，周围全是驶过的车辆和藏在黑伞下面行色匆匆的人们。

后来我才知道，在舞会上，疆域公司提供了一种透着淡淡金色的饮料。阿叶饮了一小口，口感清凉，入喉却温润。她正好奇是什么饮料时，一个疆域公司的中层走过来，微笑着同阿叶说话。

“像你这样漂亮的女孩子，”他轻轻晃着手里的酒，金色液体泛着光泽，“很难想象会一天到晚待在研究所里。”

阿叶漫不经心地回道：“在实验室工作也很有趣的。”

“也是，感谢你们的工作。不少外星新物种的研究成果，都能够被直接商业化。”西装革履的男人微笑起来，举起手里的酒杯，“比如这种酒，你知道里面掺了什么吗？”

阿叶从他的微笑里看到了一丝残忍，还未回话，就听他继续说道：“是云鲸血。你们研究出来的成果：云鲸血里的微量F937，配合适当的酒精，不但让口感更好，也能改善体质。哈哈，当然了，这是不能大规模使用的，但在这样高档的酒会上，我们会准备这样的美酒，以招待尊贵的……”

后面的话阿叶没有听清，因为她感觉到了胃部传来的抽搐。她强忍着去了卫生间，干呕一阵，但什么都没有吐出来。于是她给我打了电话，失魂落魄地下楼，下楼时鞋跟断了，脚被扭伤。

我当时不知道这些，只觉得心疼，上前抱住了她。她在我怀里颤抖，小声哭泣。

离我们一米之外的街道旁，污水横流，那双断了的高跟鞋被淹没在水里。

云鲸的飞行时高时低，有时高踞云上，有时它自己钻进云中滑行，把我露在云层的表面。

那些烟雾般的云就在手边，我伸手去摸，云便被划得散开，又很快在我身后愈合，像是泛起了涟漪。六轮月亮都垂得很低，又大又圆，看久了会让我有一种马上就要飞到月亮上的错觉。月光在云上被散射出星星点点，很像海面上的波光。

或许，对云鲸来说，云也是它们的另一种海吧。

我沉浸在美景的震撼中，过了好久才恢复过来，向身下的云鲸问道："喂，你要去哪里啊？要不找个地方放我下来？"

云鲸当然不会回答我。它如此恨着人类，肯定不会落在人类居住地，而我一直待在城市里，没有野外生存能力——更别说荒芜且布满危险的比蒙星腹地了。

这么一想，我倒是没什么可忧虑的了，反正自己无力改变，随遇而安吧。

云鲸闭上眼睛，睡着了，在云上稳稳地飘着。我也被一股睡意袭击，打了个哈欠，躺在它背上，也很快入睡了。

醒来时已经是第二天了，云开雨霁，我们飘在晴朗的天空下。身下已经由荒野变成了森林，比蒙星上的植物都比地球要茂盛，且颜色绚烂。云鲸飞行了一夜，显出疲态，开始下降，庞大的身子掠过树林，压断了许多树枝，一些兽类也被惊走。最后它落在一条河里。

这河还不及它的身躯宽，潜不下去，一边用瘤状囊吸水，一边发出哀鸣。

它的声音充满了痛苦，我站起来，巡视一圈，才发现它背上的伤口已经溃烂了，肉虫密布。如果不是有呼吸面罩，我肯定会闻到令人欲呕的腐臭味。

我取下挂在腰间的钢板，割掉腐肉，把拼命往肉里钻的虫子拽出来。这种虫子恶心极了，肉色的，肥嘟嘟，没有眼睛却长满了脚，像是肥大版的猪肉绦虫和蜈蚣的结合体。如果是平时，我一定会远离这种恶心的生物，但现在，在这个陌生的星球上，在这样绝望的处境里，云鲸是我唯一的依靠了。

清理了烂肉和上百条腐虫后，云鲸停止了哀鸣，只吭哧吭哧地呼吸。我则累得浑身是汗，又累又饿，摸遍了全身也没找到食物，身下的河水也不能喝。我精疲力竭地躺下来，喘着气。过了好一阵，云鲸再次起飞，比之前稳了很多。

飞起来吧，我迷迷糊糊地想，飞回地球，带阿叶回家。

接下来的一天一夜，我处于一片昏沉中，一动不动地躺着，眼睛时而睁开时而闭上，看天空从明到暗，再到明。这是身体因饥饿做出的应激反应，减少消耗，我屈从于它。

如果不是一阵鲸鸣响起，恐怕我会陷进这种昏沉中，再也醒不过来。

我勉强睁开眼，撑起身子，看到这头云鲸身边不知何时飞来了十几头小很多的云鲸。它们簇拥在下方，呜呜鸣叫，声音并不凄厉，却浑厚，在天地间远远传开。

看它们的体型，恐怕还是未成年的云鲸。它们随母亲穿过漫长的黄金航线，在星月光辉下游历，但来到金色海之后，还未长大，母亲就被人类捕杀，只能鸣叫着在云海间游弋。这非常危险，如果遇到捕猎飞船，它们唯一的下场便是死亡。

但好在，它们先遇到了我们。

作为回应，我身下的云鲸也昂首嘶鸣。这是我跟它在一起这两天多时间里，唯一一次听到它的鸣叫中带着温情。

小云鲸们纷纷发出鲸咏，在它周围上下翻飞。我发现不管它们怎么飞，都没有高过我所在的位置。

“嘿，大灰灰，看不出来，”我艰难地敲了敲云鲸的脑袋，干涩的嘴角扯出一抹笑容，“原来你混得不错啊，这么多小弟。”

说完我便愣住——我给它取了名字？

我第一次见到阿叶时，就在心里给她取了这个名字——我也不知道为什么，或许是看到湖边柳叶摇摆，或许是预见了日后她飘零远去的结局。

但当她知道我给她取了名字后，郑重地告诉我，以后不要随便取名，因为这是一种赋予，赋予其独有的属性，所以取了名字，便有了责任。

后来阿叶住到了我家里，给我的每一个盆栽、每一个电器和每一张桌椅都取了名字。我记得很清楚，电脑叫方方，书柜叫詹米，洗衣机叫滚滚，卧室的门叫小黑，马桶叫阿缺，沙发叫长脚……她逐一取完名字后，看着我说：“你就叫小豆豆，因为你喜欢吃豆子。现在这里每一个物品都被我取了名字，都是我的了，你放心，我会对你们负责，一直照顾你们的。”

但后来比蒙星征召云鲸研究员时，她义无反顾地报了名。她离开的时候太匆忙，甚至没有来得及向她的方方、詹米、滚滚、阿缺和长脚道一声别。

我把骨灰盒放在耳边，风声簌簌，像是里面传来了低语。我听了一会儿，听不太清，便侧过头，看向四周的小云鲸们。

云鲸们通体泛白，如同云气凝结，但细看的话还是会发现各不一样。我闲得无聊，就一一给它们都取了名字，比如两个鳍特别长的，就叫大雁，有头飞得特别快的叫闪闪，旁边那头鲸尾特别短小的，叫作小短短……

“呜！”

一声惨嘶突然打断了我的兴致，我挣扎着朝声音发出的方向看去：名叫小短短的小云鲸被炮弹击中，却没有产生爆炸，而是散出几十个电极，贴在小短短的背上。炮弹背后有一根线，顺着线看过去，云缓缓散开，露出一直藏在云后面的城堡般的飞船。

是“大风三”级别的飞船。

一声巨大的“咚”从飞船上传来，是强电压输出的声音。几乎是同时，小短短浑身一震，停止惨嘶，被电得晕了过去，飘在空中。随后两艘“鬼四”飞船射出来，悬在它两侧，探出怀抱粗的探头，扎进小短短的身体里，高压泵发出轰隆隆的声音，云鲸血被抽出来，顺着探头后面的管道流进飞船里。

这种泵的功率很大，只要半个小时，就能把小短短的血完全抽干。云鲸没有了富含F937的血，也就失去了在天空的支撑，会轰然坠地——是的，人类在榨干它们生命的同时，也剥夺了它们的信仰。

剧痛让小短短醒了过来，但残余的电流依然让它大部分身体麻痹，挣脱不开。

它摆动短小的尾巴，发出一阵阵的哀鸣，声音凄惨，像是哀求，又像是挽歌。

“停下来啊！”我眼睛都快裂开了，拼尽全身力气大喊，但风太大，吹散了我的呼喊。我只能用脚踹大灰的背，嘶着嗓子叫道，“快跑啊，还愣着干什么！”

云鲸们似乎这才反应过来，呜叫着向四面飞去，但“大风三”像产卵般地射出几十个小飞船，分工有序地各自追击。

从他们的熟稔程度来看，都是专业的偷猎者，这些云鲸只怕一头都逃不掉。

大灰的眼睛颜色开始变浓，荫翳加深，长鸣一声，逃窜的小云鲸们似乎听到指引，向它这边汇聚过来。然后它猛地向下倾斜，开始下坠，其余鲸也跟上。

它的下坠让我猝不及防，一下没抓稳，从云鲸背上摔了下去。耳畔风声呼啸。这下完了，我只来得及抱紧骨灰盒。闭上眼睛，但意料中的粉身碎骨并没有到来。

我摔在一片温暖的海水里。

金色海。

大灰从荒原起飞，千里迢迢，原来是要回到这片海里。就像我千里迢迢要带着阿叶回到地球一样。

大灰和十几条小云鲸一头扎进海水里，迅速下潜，只留下一个个漩涡。漩涡差点把我吞噬了，我扑腾着，好容易游到边缘，环视海面，只有一根根巨型管道散落着，从海面直升入天空。这是高轨道空间站在抽取海水。除此之外，海面已经没有了云鲸的身影。我暗自松了口气。

“鬼四”飞船们划出一道弧线，堪堪掠过海面。有一艘经过我身旁时，我大声喊，它停了下来。在我许诺给里面的驾驶员一千联盟点后，他放了探爪将我从水里带出来。

进了舱室，里面只有驾驶员，他给我丢了一件新防护服、几瓶水和一块压缩饼干。在我狼吞虎咽的时候，这个脸上有伤疤的高大男人抱着肩膀，饶有兴趣地看着我：“哥们儿，怎么一个人掉进海里了？飞船毁了？”

我大口灌水，点点头。

“那你运气真好，遇到了我们。刚才我们在追一群云鲸，差点就追上它们了。”他摇摇头，“不过这群鲸领头的那个，似乎是鬼眼鲸，抓不到也正常。”

“鬼眼鲸？”我停止吞咽，问道。

驾驶员点点头，说：“它的眼睛会变黑，像灌了墨一样。这头鲸在我们偷猎者中很有名的，我们杀鲸，它杀我们。嘿嘿，厉害着呢，‘刃’级飞船它直接咬在嘴里，连人带船吞下去，‘鬼’级的它撞毁了十几艘，听说它还搞炸了一艘‘大风’级的，现在它在黑市里的悬赏已经到了百万联盟点了。”

“它为什么要专门跟你们过不去？”

“听说它原来是一个鲸群的头头儿，带着一群鲸穿越黄金航线，来到比蒙星。结果从金色海出来第一次起飞时，被我的同行发现了。”说到这里，他露出羡慕的笑容，“那一笔可挣得多啊，五十多头鲸，据说抽血抽了一天一夜，最后保温桶都不够用了，血直接灌进船舱里，漫到了大腿这么深。后来卖钱的时候，他们把裤子都脱了——上面凝固的云鲸血也值几个点呢。”他比了一下自己的大腿，脸上的笑容牵动了刀疤，显得狰狞，“当时就只有这头鲸逃走了，它的后代和伴侣全部被杀，它就开始报复我们了。说真的，刚才追它时，我还有点儿害怕——对了，隔得近的时候，我好像看到它背上有个什么东西，你在海里看到了吗？”

我摇摇头，继续啃压缩饼干。这时，通信模块里传来声音：“刀疤你停在那里干吗？快上来。”

刀疤冲我眨眨眼，示意我不要说话，对模块回道：“上面怎么样？”

“没定位到那群鲸，幸好还是抓到了一条，等抽完血就回去休息。跑了一夜，早累得不行了。”

“不落空就好。”刀疤点点头，转身去操控台启动飞船。

我的肚子不再饥饿，我的嘴里也不再干涩，我搂着骨灰盒，抱紧了，它坚硬的棱角硌到了我的胸口。我深吸一口气，走到刀疤身后，抡起骨灰盒砸向他的后脑勺。

他一声不响地晕了过去。

我把骨灰盒放在操作台上，轻声说：“阿叶，原谅我。”

我是从阿叶的社交页面上看出端倪的。

阿叶居然连着三天没有更新状态，我不停地刷新，渐渐感到一阵不安。阿叶，阿叶，我焦躁地念叨着，最后忍不住给她留了言。

但回复我的，是一个叫迈克尔的男人。我点进他的社交页面，看到了许多他和阿叶的照片，原来，他就是阿叶的新男友。

他点开了全息视频通信，我犹豫了好一会儿，还是接通了。

“你好，”他说，“你是小豆豆吧，阿叶经常提到你。”

他也叫她阿叶！我心里没来由地冒火，但转念一想，肯定是阿叶让他们这么叫的。她远在光年之外，还用着我给她取的名字，说明她没有忘了我。我又涌起了一阵甜蜜，急切地问道：“阿叶呢？”

“阿叶，”他顿了顿，“阿叶遇难了。”

我一时没反应过来，“什么？”

“阿叶死了。死了三天了。”

“你胡说！怎么会……不可能！”

迈克尔站在全息影像里，沉默地看着我，他的视线又冷又悲伤，像是午夜卷起的潮水。他不是在开玩笑，但我拒绝相信。又过了一阵，我张开嘴，但没发出声音，于是敲了敲胸膛，沉闷的回声终于冲开了喉咙：“阿叶死了？”

“阿叶死了。”

这四个字在我脑袋里扭成了利刃，一下一下地切割着。阿叶死了，一座火山爆发了，浓烟遮天蔽日；阿叶死了，一场地震袭击了整个城市，高楼大厦积木般倾倒；阿叶死了，一颗行星从遥远幽深的宇宙中呼啸而来，气势汹汹地撞击比蒙星，排山倒海般的冲击波席卷全球。

我脑袋剧痛，坐倒在地。

迈克尔告诉我，阿叶是为了救云鲸而死的。她在例行野外考察过后，独自回科研谷的途中，发现了一群搁浅的云鲸。

那是七八头小云鲸围着一头母鲸，母鲸受了严重的伤，下腹有一道触目惊心的伤口，血正汩汩流出，将山石染得金黄。它试图飞起来，但血流太多，每次堪堪飞起来就摔了下去。小云鲸们围绕着它哀鸣。

阿叶当即向科研谷发了消息，请求派人过来支援，但母鲸已经奄奄一息，无法支撑到科研队两个小时后的援救。阿叶焦急如焚，私自做了决定——用绳索吊着母鲸，把它运到一公里外的河流中。

捆住母鲸并不复杂。她趁母鲸拼命飞起来时，向地面喷射了三条承重带，母鲸落下后，头尾和腹部便被捆住了。刚才这一跃，已经花掉了它最后的力气，它安静地躺着，身上的承重带被逐渐收紧也无力挣扎。但困难在于，阿叶的科研车只是轻量级，不能进行重达两百吨的运输。

但阿叶听着四周不绝的悲鸣声，一咬牙，不顾通信频道里迈克尔的阻止，把反重力引擎开到最大功率，摇摇晃晃地吊起母鲸，向河流飞去。小云鲸们停止鸣叫，缓缓跟在她们后面。

阿叶小心操作，短短一公里，花了半个小时。飞到河流上空时，她松开了承重带，云鲸坠向河面。这条河通向金色海，水里也有F937。

意外也就是在这一刻发生的。

超负荷运行的反重力引擎急剧发热，熔断了一块已经老化的电路板。整个飞车发出几声类似咳嗽的声音，突然失去了动力，也落到了河里。这一切只在电光石火间，阿叶没有来得及从车里逃出来，河水充斥了整个车厢，她泡在水里，被捞出来时已经泛白，已经冰凉，已经没有了呼吸。

“这里面有很大一部分是我的错，如果我的语气强烈一点儿，她或许会听我的话，不去救云鲸。但我当时也想让她施救，虽然是违规操作……我们都没有预料到引擎会出意外……”

我已经听不进迈克尔的话了，呆滞了很久，突然想起阿叶离别时说的话，挣扎着站起来，说：“阿叶呢，你们把她怎么样了？”

“阿叶已经死了……”迈克尔的声音哽了一下。

我使劲摇头：“我是说——她的尸体呢？”

“我们把她火化了，很快会葬在科研谷对面的山坡上。”

“不！”我发出一声嘶吼，“我要把她带回来！”

迈克尔愣了愣，说：“按照联盟法律，在比蒙——”

“去他的联盟，我要把阿叶带回来！这是她说的，如果她客死在群星间，要我把她的骨灰带回来，埋在柳树下！”

我的执着和疯狂吓到了迈克尔。他考虑了很久，最终答应了。毕竟我是跟阿叶生活过最长时间的人，他得到了阿叶最后的爱，而我也必须执行阿叶最后的嘱托。

“但我没有时间把她送回来，而且，那也是非法的。”迈克尔有些歉意。

我立刻说：“我自己来取！”

我将第一次在无边无际的宇宙中穿行，飞翔的恐惧会一直折磨我。但一想到阿叶躺在冰冷的骨灰盒里，我便顾不得害怕。

我一定要把她带回来，即使跨越星海！

“那群鲸后来怎么样了？”我突然问道。

“阿叶遇难的第二天，有人发现了它们，在离金色海只有一百多英里的地方。”迈克尔停了一会儿，说，“它们的血被人抽干了。”

我一直不理解，阿叶为什么这么喜欢云鲸。但现在，在大灰背上飞行了这么久之后，我终于明白了，因为这种生物，就是她的化身啊。

从全是海水的科尔星中孕育，在漫长的黄金航线中洄游，最终落入金色海——云鲸的一生，始于海，终于云，挣脱了重力，陪伴它们的只有风和星光，永远不会踏足陆地。这是阿叶魂牵梦萦的生活啊！所以她才会离开我，风尘仆仆地来到这里，追随云鲸的踪影。

或许，她并没有爱过我，也没有爱过迈克尔。她真正喜欢的，是恣意翱翔的云鲸。

我终于意识到，阿叶让我把她带回去，只是安慰我而已。对她来说，登上去往比蒙星的飞船，并不是离开，而是一种归来。

这里才是她真正的归宿。

“刀疤，你还磨蹭什么！”通信模块里的声音十分不耐烦，我回过神来，盯着操作台。

疆域公司的飞船操作系统，我都有参与设计，知道声控操作需要验证声纹，但手势操作不需要。

我的手在操作台上投出的全景模拟影像中移动，飞船随之启动，飞到天空中。

小短短还在被抽血，悲鸣声已经微弱下来了。最多再过十分钟，它就会被完全抽干血，坠落在海里，成为海上浮尸。

“挺住。”我默念道，启动所有引擎，然后右掌插进全息影像中，绕了一个U形轨迹，又回到我胸前。

飞船严格同步了这个动作——它像一柄剑一样切断了小短短右侧的抽血管，绕过它的头，又返回来切断左侧管道。云鲸血的传输被中断，洒在空中，被风吹得很薄，像秋天的金色树叶。

小短短发出一声尖啸，摆动尾巴，向海里落去。

抽云鲸血的那两艘飞船立刻向下去追，我直接撞了过去，他们闪避开。

这一耽搁，小短短就落得远了。它的身下是浩瀚无际的金色海，温暖的海水会重新流进它的血管，治愈它的伤口。

它会再次飞起来。是的，飞起来，没有任何东西可以拦得住它翱翔。

“刀疤，你疯了！”

“你刚才差点儿害死老子！”

“怎么回事！回话啊！”

……

通信模块里传来嘈杂的声音，有人疑惑，也有人咒骂。我沉默着，抬头看了看舷窗外，凌晨已至，夜色虽依旧沉暗，但一丝微弱的晨曦在天际露了出来。一场黎明正在酝酿着，即将喷薄而出。

“大风”级飞船缓缓下沉，停在离我三十米处，像一个坚不可摧的古老城堡。它在黎明前的黑暗中，投下更加黑暗的阴影，将我笼罩。几十艘“鬼”级飞船在它身边错落地散开。

我抚摸着骨灰盒，心想，一群偷猎的，搞得跟军队对峙一样，有必要吗？

“咳咳，”一阵低沉的咳嗽声响起来，所有的嘈杂都消失了，寂静持续了几秒钟，“刀疤，再给你最后十秒，不回复的话，我们就要强行回收飞船了。”

我的手掌传来灼热感，阿叶，你也支持我的，对吧？

“十。”偷猎者的领头开始倒数。

窗外依旧是黑夜，我眯着眼睛看，那抹晨曦太微弱了，似乎随时会被黑暗碾断。天什么时候亮呢？

“……七，六，五……”倒数声不疾不徐。

天际似乎闪了一下，黑暗没有那么浓了，天幕呈现出一种黛蓝色。

“……三，二——”通信模块里的声音突然顿了顿，出现了一丝慌张，“那是什么！”

“是……云鲸？”有人结结巴巴地说。

“不可能！”另一人惊疑道，“怎么可能有这么多？”

“真的是云鲸，天哪！”

我掉转飞船，看到身后的景象时，眼睛顿时涌出热泪。“阿叶，你一定要看看，”我抱起骨灰盒，凑到舷窗前，喃喃道，“你看到了吗？”

在我们面前，数不清的云鲸悬停着，几百头，不，恐怕有上千头了。它们有大有小，高高低低，大灰排在最前头，而比它个头还大的也有好几头，沉默地飘在空中，与偷猎者的飞船对峙。

晨曦终于从天际突破进来，像一柄剑一样刺穿了重重黑暗。金黄的光辉浸染在每一头鲸身上，从鲸尾到鲸头，像是给它们披上了一件件黄金铠甲。

大灰张嘴嘶吼，所有的云鲸都吼了起来。水面被震得泛起波浪，夜晚碎了、退了，我捂着耳朵，泪流满面。

即使是堡垒一样的“大风”级战舰，面对这样的云鲸，也没有丝毫胜算。他们慢慢后退，退到安全距离以外后，再转过方向，喷出一道道离子束，很快就消失了。

于是，只有我还留在海面上。

大灰飞到飞船下面，嗡嗡叫着，我穿上宇航服，从飞船上跳下去。大灰接住了我，长鸣一声，陡然加速，其余鲸也跟上来，冲向东边那两轮正在升起的太阳。

长夜已逝，黎明渐至。灿烂的晨光洒在海面上，伴随着波浪，聚散离合，如鱼鳞般泛起。太阳升得高了些，像在融化。光太烈了，我的眼睛有些睁不开，于是低下头，把骨灰盒打开。

“阿叶，接下来的路，”我低声说，“我就要一个人走了，谢谢你的陪伴。”

我把盒子横着，在空中划过一道轨迹，骨灰撒了出来，撒成一蓬泛起的白雾。

阿叶，飞起来吧！飞起来了就不要再落下去！

仿佛听到了我的呼唤，一阵晨风突然刮起来，烈烈呼啸。本来快要落下的骨灰被风托起，越升越高，无处不在。这一刻，我的阿叶是晨风，是朝阳，是金色海浩瀚无边的波浪。她终于完全融化在了这颗星球上。

贩卖战争

午夜刚过，这群客人就陆续来了，走到大厅的北角，沉默地坐下。他们来自不同的星球，有着迥异的体型，但都穿着黑色长袍，袍面上有星云漩涡流转的图样。他们走起路来悄无声息，如同幽灵午夜归来。

这间星际酒吧里的其他客人纷纷看向他们，低声议论。一个年轻的多足星人不满地撇撇嘴，嘀咕道："他们是什么人啊，这么没有礼貌？"他一边说，一边用两只手拿起酒杯，另外的十八只手则叮叮当当地敲击着金属地板。

"礼貌？"回答他的，是一个来自鼻虫星的酒客，"他们可不管礼貌，他们管的是战争。"

"难道是联盟的将军们？"

"嘿……"酒客抽了抽鼻子，紫色的黏液流出来又被吸回去——这是鼻虫表示不屑的特有形式。"星际联盟里那群满肚子肥肠的家伙们才管不了战争呢！那些将军们，都是战争的傀儡，而他们……"他没有眼睛，但鼻子朝着那群黑袍客人抽动，"他们才是战争的主人。"

多足星人来了兴趣，二十只手同时举起来，叫道："再来几瓶玫瑰血！"

酒保端着调好的酒过来，说："先生，您的酒。"

这声音沉稳而温和，让多足星人有了几分好感，于是，他从肢关节里掏出几枚通用币，递给酒保。酒保微笑着道谢，伸手接过。

多足星人给鼻虫端了一杯酒，问：“那他们到底是谁？”

鼻虫把酒一饮而尽，霎时间浑身赤红，颤抖不已。这种景象持续了几分钟，才缓慢消退，鼻虫喷出一口长气：“舒服啊……”

多足星人又问了一遍，其余客人也凑过来，等着鼻虫的下一句。

“你们，知道联盟里面最神秘的部门是什么吗？”

“哦……”有人恍然大悟，“战争贩卖局？”

这五个字说出来，所有人都安静了一刹那。他们各自坐回座位，端起酒，不再说话。但他们的目光都汇聚在那群人身上。

“大家都来了吧？”二号问。

“只有九个，七号没有来。”三号环视一周，说。确实，角落里只有九个黑袍，而非往年的十个。

二号皱着眉，红褐色的皮肤一层层叠起来，哼道：“连一年一度的贩卖者聚会他也不来，难道连续八年的‘优秀贩卖者’这个称号已经让他忘记了谦卑和团结吗？”

四号提醒道：“他连今年的战争交易会也没有来。他的许多主顾都在打听他的消息，其中有些人宁愿不交易，也不把战争贩给我们。今年的交易额比去年下降了十三个百分点。”

二号猛地拍了拍桌子，鼻子喷出带着火光的气息，有些火星落到黑袍上，立刻灼出几个洞。

这拍桌子的声音在酒吧里格外刺耳，三号往四周看，发现其他客人都望着这边，于是按住二号的手，低声说：“你不要生气。”他又打了个响指，叫来酒保，“来一箱蓝啤酒。”

酒保低着头，把酒搬来后，就转身离开了。

“你们有谁知道七号到底出了什么问题吗？”说话的是一号。他一直微眯着眼睛，隐在黑袍的阴影里，没有多少存在感，但只要一开口，所有人恭敬的目光就向他汇聚过来。

“我也不知道，不过，三年前，我和他合作过，”五号伸出触须，卷起一瓶啤酒，“在昆克星。”

昆克星处在宇宙一个特殊的空间里。由于强大的混合引力，它的表面产生了折叠效果，因此，有着机械身躯的昆克星人居住在两个平行的空间里。

因为平行，两个空间没有上下之分。但人们习惯性地把居住着贵族的空间叫作上域，把居住着平民的空间叫作下域。

局里给五号和七号的任务，是潜入上域，说服贵族们对下域发动战争。这并不难，技术部的人把他们的意识刻在了芯片里，然后通过虫洞直接送到上域。

上域完全是一个钢铁世界，整个城市都是由金属构成的，底下有铁轮，必要时，城市能够成为活动机体。但与冷冰冰的金属环境相矛盾的是，昆克星人唯一热爱的，是艺术。他们生命不会终结，身体老迈了，只需将芯片换到新的机械躯体里就行了。永恒的生命，他们只能靠钻研博大精深的艺术来度过。

而七号恰巧对艺术有独特的见解，依靠这一点，他很快就取得了议员的资格。在他参与的第一届议会上，他就提出了战争议案。

“很抱歉，我的声波处理系统可能出了点问题。”议长敲了敲耳朵，一脸迷糊，“你刚才说了什么？”

“我说，对下域发动战争。”七号镇定地说。

议会顿时沉默了，所有人都在公共频道里议论纷纷。

“战争是什么？”

“战争是杀戮，是断裂的肢体，是闪烁的火花，是粉碎的晶片。”

“啊，这简直是噩梦！”

“这个家伙疯了！”

“他是怎么混进来的？”

“他画了一幅画，天空寂静，城市着火了，一只鸟在高楼间飞过，羽毛和鲜血掉落下来。”

“哦，那倒是很美的意境——但这不能成为丧心病狂的理由。”

随后所有议员睁开眼睛，开口说：“驳回！”

当时五号在场外，看到会议直播，顿时着急起来。

但七号没有气馁，他早料到事情不会这么简单。他还有后招儿。战争贩卖局拥有整个联盟最尖端的技术支持，在委派任务的时候，局长就给了他一个U盘，叮嘱说：“如果能不用，就不要用。”

但现在，是用的时候了。他没有说话，背过身，悄悄地把U盘插进座位下的通用接口。“嘀”，轻微的响声如春花开放又凋落。

在场的几千个议员同时停滞了一瞬间。

就在这短暂的时间里，所有人的数据盘里都多了几串诡异的编码。它们初时温顺无害，混在庞大的数据流里，骗过了一层层防火墙。在抵达最核心的空间后，它们立刻露出了狰狞面目，开始疯狂复制，夺取内存，侵占了每一个处理单元。

“我希望，对下域发动战争。”七号再次重复道。

议会又沉默了，所有人都在公共频道里议论纷纷。

“战争是什么？”

“战争是进化的动力，是文化的融合，是广阔的疆域，是异类的驱逐。”

“啊，这真是美丽的场景。”

随后所有议员睁开眼睛，开口说：“赞同！”

于是，战争就开始了。

上域的所有人都奉献出了自己的处理器，并把身躯镶嵌进城市的各个枢纽。一台以整座城市为单元、千万处理器集中运行的巨型机器诞生了，它脚下有无数履带运转，行动迅捷，遮天蔽日。

平行空间的壁垒被撕裂，数百座城市蜂拥而入，五号和七号藏在阵列之前，率先看到了下域。

下域也是由钢铁建成的，但它是上域的另一个极端。它简陋、灰败、锈迹斑斑，许多由破旧部件组装而成的机器人缓缓移动。他们大多数十分可笑，因为组成他们身体的部件并不适配，有的浑身纤细却顶着个硕大的液晶屏幕当脑袋，有的浑身长满了斑点一样的锈迹，有的没有四肢只能在地上缓慢蠕行。

看到像山一样的巨型机械时，他们十分迷惑，仰头观看。上域下域向来井水不犯河水，从无联系，他们不明白高高在上的上域机器人来干什么。但当履带碾碎第一个下域机器人时，他们的迷惑就变成了恐惧。他们发出哀号的电波，四处逃窜，但怎么也逃不出几百座城市的碾压。他们的死亡只不过是电火花零星的闪烁。

当然，下域机器人也曾试图展开反击，但在悬殊的科技实力差之下，他们的破旧元件毫无反抗能力。城市行进的道路，就是他们粉身碎骨的轨迹。

五号十分高兴，这种景象，是他最乐于看到的。战争贩卖员的任务就是将战争带到指定的地方，但他没想到任务会这么简单。

“嗯，那我下达另一个指令。”他按下隐藏的按钮，一道经过重重加密的电波随即射出，冲破大气层，来到外空间的某个军事基地。几分钟后，难以计数的军队开始移动。

下域的杀戮持续了很长时间，直到城市的能源快要枯竭时，他们才停下来。此时的下域，已经被完全碾平了，尸骸遍地，油污横流。有些机器人还活着，虽然没有被完全碾压，但都失去了一些部件。其中一些机器人失去了手，晃着膀子悲伤地仰望着。还有一些机器人失去了腿，躺在地上，摸着同伴的尸体哭泣。另外一些机器人没了头，不能仰望也不能哭泣，就在地上漫无目的地走着。

“咦，你怎么不高兴？”五号竟然察觉到七号的异样。七号俯视着地上的疮痍，竟然在微微颤抖。

“我有点儿后悔了，”他说，“这些人全是因我们而死亡。”

“不过是些铁疙瘩罢了。”五号不以为然地耸耸肩。

上域的机械城市完成了杀戮，开始撤离。

空间裂缝再次被高能粒子撞开，城市一座接一座地驶进去。然而，在踏进上域的那一瞬间，他们遭遇到了袭击。

光子弹、高能射线、电光磁块、石头、鸡蛋……所有能想象到的武器全部向城市袭来。由于此前的杀戮让城市能源几近枯竭，履带停止运转，防护罩升不起来，武器不能启动，上域的居民几乎是看着自己被轰炸成碎片的。

攻击的一方来自另一个星球在外空间布置的军事基地。当然，他们中也混有战争贩卖员，在收到了上域毫无防守的消息后，军队立刻向这里袭击。这是一次联合行动，战争贩卖局打的主意并不是单纯地让上域进攻下域，而是准备了第二重战争。

攻击者高效率地把数百座城市轰成碎渣之后，才启动飞船，离开了这颗支离破碎的星球。

幸存下来的昆克星人仰头看着离去的飞船，愤怒的电火花闪耀，发射出咆哮的电波。很长一段时间内，这些电波无家可归，幽魂般在宇宙里飘荡，令每一个接收到的人感到脊背发凉。

“好了，这个大单子完成了。”五号长舒一口气，“局里会表扬我们的。”

七号却低着头，没有说话。看着底下愤怒的人们，他知道，从此以后，这颗星球上的人们不会再钻研诗歌书画了，复仇将是他们唯一的目标。

艺术在这颗星球上死亡了。

“嗯，我记得那个任务。”一号点点头，“昆克星人有着精密的身体，能高速运算，而且生命漫长，是十分有潜力的星球。但他们沉迷于艺术，科技一度停滞，所以局里才会把战争贩卖给他们。”

“事实证明，这次贩卖很成功，收到了巨大的效益。昆克星人放弃了艺术，开始钻研武器，不到两年，联盟的武器储备已经上升了一个层次。”五号赞同道。

“所以，”一号举起酒杯，“为了战争。”

“为了战争。”所有人一饮而尽。

九号抹了抹嘴巴，说：“说起来，我也和七号碰过面。”

这时，二号把酒保叫过来，又要了几瓶酒，然后说：“九号，那你告诉我们吧。”

酒保把酒摆好，一直低着头。九号弯腰去拿酒，无意间看到酒保，愣了愣。

“怎么了？”

“哦，没事，最近眼睛不好，可能需要休息了。”九号敲敲桌子，说，“去年，我在树星见过他。”

树星，名副其实，是由树构成的行星。但它的奇特之处在于，整个星球，只由一棵树构成。

星球史学家们曾对树星的形成进行过大量研究，有诸多猜想，其中最为人们接受的说法是：在某个时间点，一颗种子流落到了未知名的小行星上。由于宇宙射线的作用，种子发生了突变，以令人瞠目结舌的速度在行星上萌发着。它的根系包裹住行星，而因为没有重力限制，树的枝干向着四面八方伸展。它从宇宙射线中获取能量，凭借巨大的质量来俘获气体和土壤……最后，一颗直径三万多公里的巨型木质行星形成了。

这是宇宙的奇迹。

联盟疆域辽阔，纵横亿万光年，但记录在册的全木质行星，就只有这么一颗。

但很遗憾，它处于罗斯福航道的必经之路。罗斯福航道是联盟首脑们一致通过的大工程，耗资万亿，要在每个节点设置虫洞，以便航舰进行超空间跳跃。

所以，树星必须从航道图上抹去。

因此，战争就要降临到树星上。

这个任务本来是派给了七号，但一年过去了，树星毫无动静。为此，罗斯福航道的工程不得不停下了——毕竟不能当着所有联盟成员的面，把树星强行湮灭。

局里跟七号失去了联系，于是派出了九号。

树星人居住在树枝上，出行都是靠树藤摆动。这里的科技相对原始，因为金属稀少，文明的发展受到了很大限制。树星得以加入联盟，凭借的是无与伦比的手工艺，联盟富豪们都以能够收藏树星的木制品作为身份象征。

九号的伪装能力很强，很快就适应了在树枝上摆荡的生活。然后，他凭着局里装备的定位器，锁定了七号的住处。

在一个傍晚，九号在繁盛的枝叶间穿梭，几乎到了下半夜，才找到七号的住处。这是一所树屋，巧妙地用枝条勾连而成，看似松散，却坚韧异常。九号进去的时候，里面空无一人，看来正好七号出门了。

九号在屋里等得无聊，便向四周打量。这个屋子的摆设很简朴，一张木床，一个桌子，很难想象薪金优渥的战争贩卖员会住在这么清贫的地方。他的目光缓缓巡视着屋子，突然在木床下看到了一台便携式电脑。

九号突然感到呼吸急促。他朝四周看看，只有飒飒风声，枝叶扶苏。他咬咬牙，把电脑打开。

里面存满了照片，还有大段大段的文字。九号一一观看，越来越吃惊——这些图片和文字，全是在记录树星。树星的各个季节，繁盛时枝叶郁郁葱葱，凋敝时黄叶漫天飞舞，还有树星人的生活状态，都巨细无遗地被记录在内。

原来七号留在这儿一年多，都是在做这种无聊的事情！

九号正愤怒着，门外传来了脚步声。

“你是谁？”消瘦的身影站在门后，满是戒备。

“前辈好！”九号揭开身上用来伪装的苦灰色皮肤，说，“我是九号。”

“你来这里干什么？”

“局里失去了你的联系，派我来执行任务。罗斯福航道工程，已经不能再拖了。”

“我知道了，我会完成任务的，你先回去。”

“不，局长给我的任务是督促你完成任务，否则，我不能离开。如果你不行，就让我来。”

七号沉默了。

九号指了指扔在床上的电脑，语气里隐含讥诮：“看来，这一年来前辈没有少下功夫啊，对树星的观察这么仔细。任务完成了，我想前辈都能出版一本记录树星文化的书了，肯定很畅销。”

“你不了解这里，所以才会这么说。”七号打开树窗，让清新的浓氧吹进来——树星每时每刻都在进行光合作用，因此星球表面氧气浓度很高，“我刚来时，也想迅速完成任务。但我看到这里的人，无忧无虑，爱好和平；这里的景色，每个季节都不同，哪怕是寒风萧瑟，也独有风味。这里是宇宙中最美丽的地方，我喜欢这里，观察、记录着这里的点点滴滴，所以我一直没有动手。”

“我们售卖战争，走到哪里，都会带来血与火。我们不能喜欢任何一个地方或任何一个人。”九号冷哼，“这是职业守则第一条，前辈忘了吗？”

“我没忘。只不过，我已经不想当战争贩卖员了。”

“我们是不能够退休的。我们贩卖的战争，绝大多数属于联盟机密，不能被外界知道。我们退休的那一天，也就是死亡的那一天。”九号死死盯着七号，“这是职业守则第二条。”

七号注视着外面摆动的柔软树枝，许多树星人正在枝条上嬉戏，轻轻说道：“难道真的要将这些人全部杀死吗？树星人是无害的，一辈子生活在树上，喝树汁，欢笑。我在这里一年，他们很喜欢我，把我当作友好的客人。”

“如果他们知道你是战争贩卖员，就不会喜欢你了。他们会杀了你的。况且，罗斯福工程是造福整个联盟的好事，一旦修成，航舰就不用在布满黑洞、陨石带、死光的危险星域里航行了——要知道，这些地方，每年能吞噬几千万联盟居民。”

“一个人和一个世界，如果放在天平的两端，谁更重呢？如果拯救了世界，而那个人死了，那么这个世界对他又有什么意义呢？”

九号罕见地沉默了。他垂着头，踱着步子，最后才缓缓开口：“这个问题我回答不了。但是，战争是我们的工作，必须完成。你要知道，你拖不了很久的，总有人会完成这个任务。而到时候，作为办事不力者，前辈，你将会受到很可怕的责罚。”

“我知道了。”七号转过头去，轻轻地叹了口气。

第二天，七号完成了这项任务。这并不难，只是他此前一直不忍下手——他只是以高价购买了一批次等手工艺品。

在树星，别的都可以忍受，但对工艺品的鉴赏是不能被玷污的。其他手艺人纷纷质疑，七号乘势鼓吹这批工艺品的好处，并且让九号潜入别人的仓库，砸毁了所有上等品。在这种推波助澜下，树星人本来没有的愤怒被激发出来，一场小规模的争斗开始了。

而在树星，只需要那么一点点争斗，就可以毁灭整个星球。

杀红了眼的一个阵营，面对节节退败的形势，干脆一咬牙，使用了九号给他们留下的终极武器。

火。

高浓度的氧气，无处不在的木头，使得火焰很容易就能将整个星球点燃。因此，火种是作为人人恐惧的恶魔而被封藏在隐秘之地的。

现在，这个恶魔逃出来了。

最先是一根枝干被燃起，而后火势如逆龙席卷，迅速蔓延到树星各处。氧气被消耗，火焰燃起，温度加剧。

当九号和七号离开树星的时候，透过飞船的舷窗，他们看到，在漆黑的宇宙里，一颗星球正在熊熊燃烧。

“罗斯福工程现在正在接近尾声，一切都很顺利，这都归功于你们出色地完成了任务。”一号拍着手掌，“正因此，局里收到了联盟的嘉奖，你和七号双双被评为优秀贩卖员。”

“但我觉得，七号并没有跟我一样高兴。”

“嗯，我听出来了，”一号沉吟，“他对我们的职责产生了怀疑。”

讲到这里，先买的酒早就喝光了。酒保适时地端上酒来，三号伸手去拿，不小心碰翻了酒盘，酒保迅捷地稳住盘子，弯腰抄住摔下去的酒瓶。这一系列动作只发生在一瞬间，当贩卖员们反应过来时，酒已经被端到桌子上了，而酒保低着头离开，去招呼其他客人。

“咦，我怎么觉得很熟悉——”一直没有说话的二号突然开口，却被一号打断了。

“但无论如何，我们的工作都是为了联盟的利益。”一号再次举起酒杯，“为了战争。”

“为了战争。”九个人仰头痛饮。

一号伸出分叉的舌头，把酒沫舔净，吐出一口气道：“听你们这么说，那我可能是咱们中最后见到七号的一个。”

“怎么没听你说过？”

一号犹豫了一下，说：“因为我羞于说出口。我和他碰见是在去年，那是局里唯一没有完成任务的一次。”

另外八个人恍然大悟，齐声说：“难道是……”

"对，是在地球。"

严格来说，地球并不是联盟成员。它太落后，到现在为止科技还只停留在原子层面，远远不够格。因此，对地球来说，联盟的存在是隐形的。联盟只是派人观察过几次，留下了一些神迹或UFO之类的种种怪异传说。

但根据观察，联盟把地球的潜力等级定为一级，甚至超过了昆克星——要知道，在如此短暂的岁月里，地球生物由蒙昧的海洋藻类，自主进化成掌握了科技力量的智慧生物，这是多么不可思议！

因此，联盟决定破格接纳地球为新成员。

但首先，要使得地球的科技以爆炸般的速度增长。这一切，又要依靠战争。

战争贩卖局共出手过两次。第一次，他们唆使一个塞尔维亚族青年在萨拉热窝枪杀了奥匈帝国皇位继承人夫妇。第二次，他们找到了一个叫阿道夫·希特勒的年轻人，扶持他，让他获得权力。这两次都使战争如狂潮般席卷全球。尤其是第二次，从欧洲到亚洲，从大西洋到太平洋，先后有61个国家和地区、20亿以上的人口被卷入战争，作战区域面积达2200万平方千米。

现在，联盟决定进行第三次干预，由战争贩卖局里资格最老的一号亲自出马。

那是在一个春天，整个欧洲大地上都是春风和煦，明媚的阳光挥洒而下，花香吹遍诸国。然而这样明朗的天空下，却气氛肃杀，似乎随时会有浅灰色的战云聚集。

战云旋涡的中心，是一个半岛国家。

一号只身来到了这个国家的首都。这并不容易，因为E国和W国都陈兵于此，互相对峙，出入境守卫森严，卫兵是绝不容许一个有着分叉舌头、鲜红色皮肤和岩浆血液的外星人顺利通过的。所以，一号伪装成了一个地球人，富态的中年男子形象，以经商的名义混了进去。

他在首都广场附近定居下来。每天夜色降临时，他就去广场溜达，在无数人的细碎交谈中搜集情报。他的耳朵灵敏发达，接收着空气中的每一丝波动，连电波都没有放过。他的量子大脑精准地将这些波动处理成信息，滤去垃圾，将有用的归档。很快，他就了解了这个半岛国家的国情。

情况对他很有利。对峙的E国和W国都在争夺半岛国家的归属权，形势一触即发，整个地球的焦点都汇聚在这里。一号只需静观其变，在合适的时机做合适的事，就能轻易点燃战争的火种。

在广场搜集信息的过程中，他有时候也在观察这颗星球上生活的人们。广场是缩小版的社会，上演着人生百态。一号站在酒店的阳台上向下望，每天都能看见不忠的丈夫，手段低劣的小偷，忧心忡忡的学生，以及，那个男人。

那个总是低着头，看不清面容的男人。

他三十几岁，身形瘦削，面容普通，总是穿着一身灰色的大衣。他每天傍晚时分来到广场，在角落里放几十个塑料尖角，摆成圆形跑道，然后打开带来的音响，里面流淌出高昂的歌剧音乐声。只要歌剧开始播放，不一会儿，就会有家长带着孩子过来。孩子们大都七八岁，穿着溜冰鞋，膝盖手肘处绑着护套，有些还戴着头盔。

这个男人是广场上的滑冰老师。

孩子们一来齐，他就给自己换上溜冰鞋，领着孩子们在跑道里来回滑。有时候他还突然吹口哨，孩子们就扭动脚腕，立即停下。他再吹，孩子们又马上开始滑。

在战云笼罩的时节，这群孩子们总是玩得很开心，摔倒了也立刻爬起来。这种与时局格格不入的景象让许多人驻足观看。

而一到夜深，孩子们就都被家长领走了。男人便低下头，独自收拾音响和塑料尖角，放进包裹，然后走进灯光照不到的阴暗角落，到了第二天傍晚再出来。

有时候，一个女人会帮他收拾，那个女人也是带孩子来溜冰的。她帮男人的时候，她八岁的女儿就在一旁玩耍。明亮亮的月光罩在小女孩儿冰雕玉砌般的脸上，光晕流转，煞是可爱。

“安娜，谢谢你了。”收拾完后，男人对女人道谢。

“没什么的，很简单。”叫安娜的女人掠了掠脸颊边的头发，犹豫了一下，“我可能付不起这个月的费用了。我的房租还没有交，而薪水却一直拖着，没有发下来……”

“没关系，”男人摇摇头，“你可以迟一些时候再给我。”

“现在情况这么艰难，我本来打算不让卡拉来学溜冰了。但是她很喜欢溜冰，换上鞋子就会高兴，自从她爸爸离开之后，我就很少见到她笑了……”

“我明白，让她来吧。我也很喜欢她。”

然后两人告别。男人背着硕大的包裹，步履迟缓地走出广场。他像是夜晚的猎物，一出广场就被黑暗吞噬了，以一号的目力耳力，居然找不到他离开的方向。

而安娜则拉起小女孩卡拉的手，朝着另一个方向走去。月亮把她们的影子拉得很长，像是两根孤独的手指。

大概半个月之后，一号就大致完成了信息的采集。一个晚上，他把自己的脑袋跟地球网络接驳，在巨大的数据流中徜徉。他的大脑是基于量子算法来运转的，侵入各国网络的防火墙，就像用手指戳破窗户纸一样简单。

一号如同幽灵一样游弋，在获取机密情报的同时，也留下了一些意义明确的线索，这些线索会给他的任务提供帮助。比如第二天，M国突然收到了一份情报，显示C国正有大规模军事调动；X国情报网则被入侵，大量机密外泄，技术员昼夜分析，查出入侵者似乎是来自H国；Y国的冷血特工接到指令，前往W国暗杀了几名高官，却不幸被捕，Y国摆出了一贯的不回应的高傲姿态。但在内部，他们也相当纳闷，因为所有有权下达类似指令的官员都发誓赌咒说自己没有做过……

总之，全球局势进一步紧张起来。春日明媚的天空下，有暗云卷涌，杀机四伏，就像一个火药桶，只需一点儿火星就可以引爆。

这样的形势，也影响了广场上那个溜冰老师的生意。这个半岛国家位于战争旋涡的中心，人人自危，有能力的都离开了国家，没有能力的只能待在家里，瑟瑟发抖地等待第一声枪响。所以，渐渐地就没有小孩子来学溜冰了。

只有安娜偶尔带着卡拉过来。一见到她们，男人就显得高兴起来，给卡拉换鞋，然后带着她在跑道上滑行。安娜站在一旁，静静地看着，嘴角凝固着一抹微笑。

有时候，卡拉一个人练习，男人和安娜则坐在台阶上，一边看着卡拉欢快的身影，一边聊天。

“对不起，你的情况也不太好，都没有学生了，我却还付不起费用。”

“没关系。”

一阵沉默。

安娜咬着嘴唇，想了想，说：“你来自哪里？他们说你不是本地人，一个人来教孩子溜冰，学费收得很低，晚上住在巷子里。”

“我是从很远的地方来的。”男人的回答总是很简洁。

“其实以前这里挺热闹的，晚上会有许多人来跳舞，年轻的姑娘，热情的小伙子。那一排，”安娜指着远处的街道，“全部都是手工饰品的商铺。而现在，人们害怕战争，都不敢出门了。”

听到这里，一号扬起冷笑。哼，这些愚昧的原始生物，怎么能够理解战争的真正意义呢?

男人也没有回应。他似乎是缺乏社交经验，愣了很久，突然开口：“你是一个人抚养卡拉吗？”

“是啊，”女人的情绪明显黯淡了一些，手指绞着衣角，“我丈夫以前在特种部队服役，在一次战斗中牺牲了。他们赔给我一笔很少的抚恤金。那时候，我还怀着卡拉。我曾想把她打掉，但是……现在我的生活并不好，但我不后悔，她是个很可爱的孩子，是吗？”

男人点头表示赞同。

安娜欣慰地看着卡拉的小小身影，随即又忧心忡忡地低下头，说：“只是，如果战争真的来了的话，我和卡拉就不知道怎么办了。”

“放心，”男人安慰她，“不会有战争的。”

然后两人分别了。广场顿时变得空旷，只有风缓缓飘过，刮起地上的碎纸屑，“沙沙，沙沙”，令人寂寥的声音响起来。

在接下来的时间里，男人和安娜又碰过几次面。他们交谈的时间越来越长，但内容都没什么营养，无非是天气、食物和卡拉的成长状况等琐事。

一号对此嗤之以鼻。在联盟，人们才不会为了这些小事而浪费时间交谈。只有地球人才会，而他们这么做通常也只有一种目的，叫什么来着——爱情？

其实一号知道安娜是从事什么职业的。他曾经对安娜进行过定点观察，听取所有与她有关的波动。一次，他“听”到了安娜手机里收到的短信，内容是让她去某个酒店，有个年迈的客人要点她。

是的，安娜是个妓女。

这不难理解：她没有丈夫，独自抚养着女儿，难免会走上皮肉生意这条路——何况，她还算是颇有姿色的女人。但一号看得出来，她是真心喜欢那个教溜冰的男人，每当她悄悄看着男人的侧脸时，一号都能明显听出她的心跳在加速，一片酡红蒙上她的脸。

有一天，两人分别时，安娜鼓起勇气对男人说：“我做了派，你要不要去我家里吃？”

一号已经对地球人的生活状态有所了解，知道这种邀请代表着什么。他抚摸着下巴，饶有兴趣地看着事态往下发展。

然而，出乎意料地，男人拒绝了。“对不起，”男人把包背起来，一大团阴影顿时笼罩了他，“我今天很累，想早点儿休息。”

安娜咬着嘴，没有说话。

不远处的卡拉似乎也察觉到了气氛的僵硬，停止玩耍，好奇地看着两个相对而立的大人。

“你们先回去吧，注意安全。”男人的声音古井无波。

安娜有些颤抖，似乎不胜夜风寒凉。她的眼帘上沁出一层细碎的光，在月夜下闪烁。她牵起卡拉的手，快步走远，夜风中还传来卡拉有些不满的声音：“我都没有向叔叔说再见呢……”

男人沉默地看着母女俩走远，突然放下包裹，抬起头。

一号悚然一惊——男人的目光，竟然隔着遥远的距离，笔直地向自己这个方向看过来。

他兀自惊讶着，男人却收回了目光，提着包裹离开，很快就融化在夜色里。

打那之后，安娜再也没有出现过。男人彻底没了学生。

广场越来越冷清，行人寥寥，只有来自黑海的风缓缓掠过，带着略微的咸味。他还是把塑料尖角摆成跑道，播放歌剧音乐。但他坐在黑暗的台阶上等了很久，也没有小孩子出来。

他就这样等到深夜，然后独自收拾好一切，踽踽而去。

而这时，一号的计划正在有条不紊地进展着。他让各国都闻到了阴谋的味道，一旦E国开始强行占领这个半岛国家，势必与W国开战，其他各国肯定乘势而起。那样，战争的火焰就将熊熊燃烧，席卷这颗星球的每一片土壤。

而他要做的，就是让一点儿火星落到这个已经炙热的火药桶上。

形势的发展亦如他所料——为了控制这块地区，E国派来了一群雇佣兵，全副武装，招摇过市地进入首都驻扎下来。这引起了当地警察和群众的不满，他们前往交涉，希望雇佣兵们暂时把武器交出来，以免居民不安。雇佣兵态度蛮横地拒绝了，在推搡过程中，有人误开了一枪，情况顿时变得混乱……

这场交涉最终变成了武力冲突，有七八个人在冲突中丧生。尽管军队迅速介入，使其平息下来，但它依旧造成了恶劣的后果。它让首都的局势如同绷紧的弦，任何风吹草动都可能使弦上那支战争的箭射出去。

人们小心翼翼地过着日子。那个男人依旧跟以前一样每晚来广场，但依旧没有孩子来学溜冰，他的身影孤独起来。

夜晚已经没有了月亮，乌云汇聚，狂风卷动。男人的大衣在风中猎猎鼓荡，等到深夜，他轻轻叹息一声，关了音响，开始收拾东西。

这时，那个叫卡拉的小女孩跌跌撞撞地跑了过来，扑到男人怀里。男人诧异，正要开口问，卡拉突然哇哇大哭。

“妈妈……妈妈死啦……”

男人浑身剧颤，背上的包裹掉下来，塑料尖角撒了一地。

卡拉继续抽泣道：“他们说，妈妈从外面回来，路过……然后被流弹打中了……没有抢救过来。我只有妈妈，妈妈……”

“你不要哭，”男人顿了顿，叹息一声，说，“你还是哭吧……”

卡拉不再强忍，放声痛哭，眼泪和鼻涕一起擦在男人的大衣上。

“但是你不要担心，你还有我。”

男人把卡拉抱起来，一直抱到肩上，然后转身离开。这次，他没有走以前的那条黑暗路径，而是走向安娜的家。他没有管地上散落的包裹。

出于一号自己都不能理解的好奇心，他放大了视听范围，紧紧监视着男人。他“看”到男人抱着卡拉来到了一处破旧的公寓，里面空空荡荡，灯管年久失修，一闪一闪。水管也在漏水，滴水声回荡在空旷的屋子里，“嗒嗒”，清晰分明，如同寂寞的心跳。

走到里面的时候，卡拉也哭累了，伏在男人肩头上沉沉睡去。

男人把卡拉放到床上，替她盖好被子。被子虽然旧，却很干净，包裹着卡拉甜美的脸。她的脸上犹带泪痕，嘴角却勾出微笑的弧度，似乎在梦里又见到了妈妈。

男人环视屋子，手指在物件上一一滑过。当他摸到一个相框时，手指停了下来。

照片上，是年轻的安娜。她在夏天的阳光下绽放笑容，明眸皓齿，金黄的头发熠熠生辉。她的笑容里没有阴影，那么明净，眼神无邪，丝毫没有看到日后将笼罩她的悲惨命运。

男人把相框取下，贴在胸口，深深呼吸。

看到这里，一号收回目光，兴味索然地打了个哈欠——没什么新奇的，不过又是一出人类的爱情悲剧而已。

他不应该在这上面浪费时间，他要关注的是明天的游行。

第二天，不满政府无能的民众聚集到一起，举行了声势浩大的示威活动。旗帜遮天，口号如雷，整个广场如同沸腾的水。警察和军队都来维持秩序了，连雇佣兵也来凑热闹，而人群中间，更是混进了不少E国和W国的特工。

一号的目的，就是W国的特工。他也在人潮里，不断向特工靠近，袖子里的匕首尖刃闪着寒光。

只要他趁乱捅死W国特工，并把这柄只有E国军队才会配置的战术匕首留下，W国肯定会指责E国手段卑劣。随后E国会勃然大怒，以不能承受污名的借口宣战——而事实上，他们蓄谋已久，早就想武力侵占了。

一旦战争打响，先前埋下的引子就会起到作用。在利益牵扯下，其他各国会纷纷参战。

这就是一号能够在战争贩卖局里独当一面的原因。他擅长分析局势，找到其中最弱的环节，一举敲破。正如地球上的俗语："失了一颗马蹄钉，丢了一个马蹄铁；丢了一个马蹄铁，折了一匹战马；折了一匹战马，损了一位国王；损了一位国王，输了一场战争；输了一场战争，亡了一个帝国。”一号只要拔掉那颗钉子，就能左右战争的走向。

这听起来很简单，但放眼整个星际联盟，能做到的，也只有一号。

他已经靠近了W国特工，匕首滑下，在所有人视线的死角里，狠狠向特工刺过去。

一切就要结束了。

一号的脸上已经浮现出笑容。

但他的笑容瞬间凝固了——因为一只手伸过来，按住了他的手腕。一号抬头，看到了那个教小孩溜冰的男人。

男人依旧穿着灰色大衣，身形高瘦，面色冷峻。他横在一号身前，低声说：“前辈，你好。”

“你是——”一号瞬间明白了，这个男人跟自己有着相同的身份。

男人点点头，说：“我是七号。”

“既然是同事，为什么要拦我？”

“这是一颗美丽的星球，不应该被战火焚烧。”

“可是焚烧过后带来的，将是新生。”一号皱起眉头，不想继续这种幼稚的对话，“局里下达的指令，难道你要违背吗？”

七号摇摇头，说：“一旦战争开始，无数人会失去家园，失去亲人。谁来管这些人？联盟自然有联盟的大道理，但是，那些人的生活就活该被破坏吗？”

一号敏锐地察觉到了他话里的意思，问道：“是因为那个叫安娜的女人吗？”

七号不语。人潮汹涌，吵闹喧嚣，他却沉静得如同翻天巨浪下的岿然礁石。

“果然如此……可是你知不知道，安娜是个妓女！”

“我知道。”七号沉默了几秒，“但那又怎么样？如果不是战争，她还可以继续抱着女儿，看着卡拉成长。尽管生活艰难，但终究能活下去，而现在她死了。人一死，就什么都没有了。”

一号气急，干脆不再多言。他猛甩手腕，把匕首换到左手，朝特工刺去。七号几乎在同时错移身体，用膝盖上顶，将匕首撞偏了方向。

在人群包围下，他们飞快地搏击着，动作幅度小，却招招狠绝。周围人来人往，如潮如浪，却没有一个人发现这场殊死搏杀。连那个特工都没察觉，他盯着前方，浑然不觉自己已经在鬼门关走了好几趟。

久战未果，七号索性挺腰上前，让匕首刺进腰部，然后死死按住匕首柄，不让一号把它拔出来。

一号没想到七号会牺牲自身来夺匕首，错愕地说：“你——真的值得吗？”

“我不想让更多的小孩子像卡拉一样没有依靠。”七号腰间渗出淋漓的鲜血，声音也颤抖起来，“我以前做的错事太多，现在，多少想弥补一下。”

“你现在阻止了我，下次呢？”一号冷笑，“你能时时刻刻提防我吗？”

“我也入侵了地球网络，将你留下的线索全部铲除了。”七号喘息着说，“而且，如果你在二十四小时内不离开地球，那么，所有国家的领导都会接到一份情报，一份关于你潜入地球企图引发战争的情报。”

“你！”一号愤怒之极。战争贩卖局的最高宗旨，是要隐藏身份，所以他只能偷偷摸摸地收集情报，暗中下手，使战争看起来完全由偶然引发——绝不能让地球人知道联盟的存在。但现在，七号已经打算破釜沉舟了。“哼，你就不怕被局里处罚吗？”他咬牙问道。

“我不在乎。”

这时，在警察的疏通下，游行队伍已经开始向四周散开，特工也早已走远。一号见大势已去，长叹一声，放开了匕首。

七号也不多话，捂着腰部，转身离开。他逆着人群，步履踉跄，似乎是一片随时会被海浪吞没的浮萍。在人潮的另一边，有一个精致可爱的小女孩，正踮着脚观望，但她个子小，只能看到无数纷乱的身影。她看得着急起来，嘟起嘴，泪花闪现。

就在她要哭的前一瞬间，七号艰难地走到了她身前。

“叔叔！”女孩子破涕为笑，大声叫道。

七号点点头，用左手把她环抱起来，右手则继续捂住肚子。一条血迹从他脚下蜿蜒流出。他好像感觉不到疼痛，抱着女孩，一步步走向人海的尽头。

一号的讲述很长，结束时，所有人都沉默了。

“呃……”三号斟酌了一下，小心翼翼地开口，“那次失手，不能怪你。”

一号挥挥手，打断他的话，沉声说：“但不管怎样，这都是我职业生涯上的污点。我离开后，半岛国家宣布加入E国，那场争端已经告一段落了。短时间内，不会有战争重燃的迹象。”

“局长怎么说，还会再派人吗？”

“不会的。他重新查看了地球的历史，前两次战争给地球人带来了惨痛的代价，到现在地球人还没有从阴影里走出来。局长觉得不能揠苗助长，他说他有耐心等待，等待地球科技加速发展，直到有能力加入联盟的那一天。”

他说完，重重地吐出一口气。

三号把空酒杯咕噜噜地转着，半晌，突然说：“那七号到底去哪儿了呢？”

“我听过几个说法。有人说他被匕首捅伤后，没有及时治疗，重伤而死；有人说他继续留在地球上了，还是当溜冰老师，每个夜晚带着孩子们在广场上嬉戏；也有人说他开始在星际间流浪，记录每一颗星球的迥异风情……总之，他是不会再回联盟政府了。”

“叮叮叮。”清脆的铃声自吧台传来，在这间星际酒吧里回荡。

这是酒吧打烊的标志。外面的六轮月亮已升到中天，清辉弥漫，带着荧光的昆虫在窗外飞舞。更远处，是一片浮在半空中的浩瀚森林。

客人们纷纷把杯中的酒喝尽，留下小费，踉踉跄跄地走出酒吧。很快，酒吧就变得空荡荡的，只听得到风刮过屋顶的呼啸声。

大厅里，九个战争贩卖员还在坐着，每个人面前都还剩一杯酒。

“也不早了，今年的贩卖者聚会就结束了吧。”一号照例举起酒杯，瑰红色的液体在灯光下漾出迷离的光泽。

其他人也举起来，九个杯子碰到一起。

“为了……”一号张了张嘴，欲言又止，最终什么都没说，只把杯中酒灌入喉咙。

其余人也沉默地把酒喝完。

他们把联盟币留下，同时起身，宽大的袍子如黑云掠城。早就有自动飞行器等在门口了，他们一坐上去，飞行器尾部就喷出淡青色的离子流，迅捷地升上天空，消失在群星间。

三号走得慢，上自己的飞行器前往身后看了一眼。酒吧的灯已经灭了，只有酒保收拾座椅的模糊身影。三号揉揉眼睛，刚要进飞行器，突然转过身，死死盯着酒保。

“别看了，走吧。”一号拍拍他的肩膀。

“可是，”三号的声音充满惊疑，“那个酒——”

一号用眼神制止了他接下来的话，叹息一声，摇摇头，再次重复道：“走吧。”

三号似乎明白了什么，点点头。他的飞行器切割着夜色，化为一道青光，转瞬间消失不见。

酒保花了好一会儿，才把杯盘狼藉的大厅收拾妥当。他额头上沁出汗珠，腹部传来隐隐的疼痛。他按住肚子，好一会儿才缓过来。

“这是工资，”老板把一叠通用币递给他，顺便扔过来一条毛巾，“擦擦汗，今天辛苦了。”

“应该的。”酒保笑了笑。

把酒吧的门锁好后，他也乘简易的飞行板离开了。

他掠过森林，穿过两座高山间的峡道，来到了城市里。城市是建在半空中的，随风缓缓起伏，霓虹闪烁，彻夜不休，远看如同一颗在空中游弋的巨大明珠。

酒保的家在城市边缘。屋子里有一盏灯亮着，却静悄悄的。他踮起脚，小心翼翼地把飞行板停好，但刚转过身，就看到卧室门口站了一个小女孩，正揉着惺忪的睡眼。

“对不起，把你吵醒了。”

“叔叔，”小女孩的声音很慵懒，带着明显的睡意，“你回来得好晚……”

“今天客人比较多，有点儿忙，不过——”酒保蹲到小女孩面前，献宝似的把通用币掏出来，上下摇晃，“你看，今天我挣了很多钱哦。”

“叔叔最有能耐了！”小女孩张开手臂，抱住酒保的脖子。

她已经很困了，一靠到酒保身上就睡着了，鼻子里发出均匀的呼吸声。

酒保轻手轻脚地把她放到床上，给她掖好被子，并在她额头上留下了轻轻的吻。

“晚安，叔叔。”小女孩迷糊地说。

酒保走到了卧室外，替小女孩把门关上，自己则在沙发上和衣躺下。

“晚安，卡拉。”

说完，他伸手按灭了灯。

生存游戏

当我走向老汤姆的店铺时，已经是黄昏了。迎面拂来的风带着冷意。一轮夕阳垂在天际，晚霞凄红，像是血水里浸泡着一个发黄的脑袋。

这个联想让我很不舒服，我加快了脚步。走了没多久，就看到了店铺前排着的长队。人龙里有很多我熟悉的脸，但大家彼此都没有打招呼，捏着钱，踮着脚，使劲向店面看去。

我一边懊恼，一边走到了队伍的尾部。唉，明天就是杀戮日了，所有人肯定都需要食物和水，应该早些来排队的。

陆陆续续也有人站在我身后，队伍一直排到了市中心广场。曾经气派堂皇的广场，如今只剩一片荒凉，残砖断瓦，砾石遍地。如果站在高处，就会发现，整个城市都是这种废墟景象。

“怎么还不开门？”有人抱怨道。

天已经黑了下来。这黑暗里似乎掺杂着令人不安的分子，在每个人的口鼻里进进出出，让每个人的窃窃私语都显得恐慌而躁动。

店门紧闭，排在最前面的人等得不耐烦，开始去掰门锁。他一个人掰不动，身后的人过去帮忙，不一会儿，一声清脆的“砰”，老汤姆的店铺仓库被撬开了。

人们发出欢呼，纷纷涌向前。但很快，他们又停下了，绝望如同潮水一样从头涌到尾。

“怎么了？”后面的人看不到，伸长脖子。

“仓库是空的！”这声音里充满惊惶，“没有粮食和水，我们怎么躲在地下呢？”

“老汤姆把所有的货物都转移了！娘的，他是要害死我们所有人啊！”

“天杀的老汤姆！”

他们兀自抱怨，我深吸口气，冰凉的空气涌进胸腔，让里面心脏的跳动更加迟缓。老汤姆是精明的，他不动声色地把所有食物藏起来，让其他人无法躲在地底，每多一人被外星人杀掉，他存活下来的概率就多一分。而且，人们拿钱来买货物，人都要死了，钱有什么用呢？

阿糖听到我回家的脚步声，欣喜地转头，说：“你回来了啊，买的粮食够我们躲一个星期吗？”

“没有……”我颓然坐在角落里，“老汤姆把所有的货物都卷走了，整个城，没有一个人买到货。”

阿糖循着我的声音，跌跌撞撞走过来。她把手放在我头上，温润的触感沁入头皮，说：“不要怕，一切都会好起来的。”

她总是这么说。

在她的眼睛被强光刺瞎之前，她就用这句话来安慰别人，更多的时候，她以此来安慰自己。她的父母被成片成片的炮火吞噬，她一边奔逃，一边对自己说“一切都会好起来的”；海军陆战队发射的原本用来攻击外星人的强光弹落在她脚边，炫光过后，她在永恒的黑暗里摸索，也告诉自己“一切都会好起来”；第七次杀戮中，我和她躲在钢板下，一动不动，能够感觉到外星人在钢板上来回行走的摩挲声，她也是嘴唇翕动，一遍一遍地说“会好起来……”

不知道是神灵保佑还是运气使然，十年的杀戮中，每次死神都扛着镰刀站在她对面，却一次次与她擦肩而过。

这次，我也不能让她有事！我猛然站起来，转身往外走。

“你去哪里？”阿糖喊道。

“我去看看能不能弄到食物。放心，我答应照顾你，一定会做到的。”

“早点儿回来，外面太危险了。”

“嗯，在黎明到来前，我一定会回到你身边。”

我拥抱了一下阿糖，再次走出去。外面被黑暗笼罩，那些破碎的建筑，像是早已死去的巨人的尸体，沉默在黑暗和寂静中。我走在其中，战战兢兢，一只鸟不知从哪里飞过来，尖锐的爪子擦过我的脸颊，我一声惊叫，它又扑腾着翅膀飞远了。

鸟类是真幸福。外星人对它们没有兴趣，这十年间，它们繁殖的速度惊人。

“是谁在那里！”左侧突然传来人声。

“是我。”我冲声音传来的方向喊道。

“哦，是小林……”声音又隐没下去，随即传来蜂群掠过般的低语，似乎人数不少，正在发生一场小型争论。大概几分钟后，又传来声音，“小林，你过来吧，我们跟你商量点事情。”

前方是一面高低错落的水泥墙。我记得在第五次杀戮中，约有一千多人被集中在此，沿墙站好，外星人扛着那些造型奇异的枪械，朝他们轰击。这面墙就是在那时候被轰得遍布缺口。我每次走到这里，都会想起那个场景，心中发怵，腿脚酸软。

但现在我强忍着不适感，寻了处低矮的缺口，翻到对面。

数以百计的人都藏在墙后面，影影绰绰，此时夜空乌云散开，微弱的月光洒下来，把他们的脸照亮。

陈奇、老赵、胖子阿蒙、王太太、赫尔盖、凯奇……我一一辨认，每张脸我都认识，有的是少年的脸，有的已经皱纹密布，都是属于我们342区的。但黑暗浓重，黎明将至，他们在这里悄悄集会做什么。

“小林，阿糖怎么样了，还好吧？”胖子阿蒙担任区长之职，显然是领头的，冲我问道。

“老样子……”我知道他只是寒暄，真正的话在后头，“你们在这里做什么呢？”

“你知道老汤姆把所有的货物都藏起来了吧？”

我点点头。

“现在他人也不见了，没有粮食和水，我们是不可能在地下躲过一个星期的。”

其实躲在地下也没用，外星人的科技能够轻而易举地发现我们。但这话我没有说出口，继续点头——待在地下总比在地面好。在地面，那就是活靶子，在地下，还能默默祈求，希望外星人在发现自己之前，已经杀人杀得累了。

“所以，我们打算去抢353区的补给。”

我悚然一惊！

自外星人开始对地球每年一次的大狩猎后，人类存在了几千年的文明制度就分崩离析了。那些强大得不可思议的外星种族，把我们视作猎物，肆意屠杀，毫无怜悯。十年前，他们的飞船悬停在各大洲上的上空，在人类还未来得及表达欢迎时，杀戮就开始了。

一周过后，他们扬长而去。而地球上，已经减少了接近一半的人口。

此后的九年，他们每年如约而至，在五月三十日的黎明开始时来到，进行为期一周的杀戮。

在杀戮的空隙，人们苟延残喘，国家和种族的界限前所未有地变模糊了。住得近的人，成百上千地结成团体，称之为“区”。我所在的342区，就是城里众多结盟团体之一，而所有的区，都归仲裁委员会统一管理。

今晚，是五月二十九日。

“353区？”我对这个区有印象：成员不多，只有两三百人，大都是妇女和儿童。353区是附近几个区里实力最弱的一个，难怪胖子阿蒙会选择它。

见我犹豫，阿蒙劝道：“没有食物，我们都会死。其实就算有了足够的粮食和水，也很有可能被外星人发现……我不是说丧气话，接下来的一周过后，现在站在这里的人，绝大多数要变成尸体。反正是要死的，为什么不选择活下来几率大的那一方呢？”

这番话里有着浓厚的绝望气息，但这绝望之中，又藏着令人无法忽视的挣扎念头。阿蒙果然狡猾，这一番话说完，我已经无法拒绝了。

我死不死不要紧，我要让阿糖活下去！

黑暗成了最好的庇护。

我们沿着墙角，弯着腰，彼此都没有交谈。天也在帮助我们，乌云重新遮蔽，月亮消弭。我往天空看了看，不知是错觉还是什么，云层之中闪过一点儿红光，但待我再细看时，已经是一片漆黑。

“快，”后面有人催我，“看什么看，天上有什么好看的！外星人要明天早上才会过来。”

我连忙低头跟上前面的人。

353区的人平时住在市区唯一一栋尚还完整的写字楼里，以前人们办公的地方，现在成了这群老弱之人的居所。但杀戮日将近，他们一定已经转移到了写字楼的地下室。那里有许多存放货物的隔间，在杀戮到来的时候能够藏身。

我们顺着大楼鱼贯而入，脚步轻快，在阿蒙的手势指挥下向四周分开，没入大片大片的黑暗中。我选择了地下三层的一个小型仓库，悄悄走进去，在黑暗中摸索着。

阿蒙给我的匕首被我绑在后腰，一直硌着肉，提醒我这里有潜在的危险——353区的人虽然弱小，但人在危难面前，往往都会变得危险残暴，不得不防。

这个仓库的外围很空旷，我摸索了许久，不但没有人，连货物都没有。那么——我看着更加幽深的仓库内部——人和食物很可能就藏在里面。

我深吸一口气，迈着步子走到仓库内部的门前，趴在门上仔细听。

我听到了刻意压低的呼吸声，像潮水，很缓慢地爬到沙滩上，又无力地落回海里。

里面有人!

我猛地一个挺膝，撞开库门，同时掏出匕首和手电。闪电般的光亮从手电里射出来，贯穿整个房间，匕首横在手电前，锋刃上寒光流转。我想把表情也变得狰狞点儿，减少一些接下来可能发生的反抗，但看清房子里的情景后，我发现这完全不必要。

因为屋子里全是孩子。

这些孩子有大有小，但大得也不过十二三岁的样子，小的却只有三四岁。他们沿墙壁而坐，有的靠着墙睡着了，有的蜷缩在地上，还有一个十岁左右的女孩子抱着膝盖，因缺乏营养而显出淡黄色的头发披下来，显得她的脸格外苍白。

他们都留意到了突如其来的灯光，纷纷转头看过来。但他们的目光都很麻木，看到了我和我手里的匕首也没有什么反应，又把头转回去，恢复了刚才的姿势，仿佛走进来的只是一团空气。

这诡异的情景让我背上汗毛竖起。

但求生的迫切愿望让我硬生生吸了口气，走进去，晃动手电，照着屋子里的各个角落。但是，只有废旧的报纸和木盒，蛛网密布，灰尘覆盖着视野里的大部分物体。

没有食物……

没有食物!

我咬咬牙，走过去，推开坐在木盒上的小男孩，把木盒打开。里面跑出一只老鼠，在手电的光照下一闪即没，除此之外，木盒里空无一物。我不相信，把其他的盒子也一一打开，扯了报纸，最后还搜查了小孩们的口袋。

在整个搜查过程中，孩子们都沉默着，任我推搡，如同断电的玩具。

最后，我颓然地坐在地上——一无所获，这个房间里只有这群诡异的小孩，没有一丁点儿食物。

喘了几口气，我站起来往外走。

“我们都会死的，没有人逃得了……”

我豁然止步，循着声音的来源看过去，看到了那个双手抱膝的女孩子。她抬起了头，安静地看着我，眼睛在手电照射下也没有反射光芒，仿佛两潭沉郁的沼泽。

“你说什么？”我走过去，问。

“这一次，没有人能逃得了，所有人都要死。”她的嘴唇轻轻翕动，

“不是外星人杀了我们，是我们自己杀了自己。”

我听不懂这呓语，可能只是小孩子胡思乱想吧，但可以肯定的是，我在这里不会有收获了。于是我站起来，快步走出了这间散发着潮湿霉味的屋子，在库门关闭的前一瞬间，我看到孩子们的头纷纷转过来，那么多双眼睛一下子看过来，像沉在深海里的星辰，让我心里一悸。尤其是那个女孩子，隔着冰冷的空间，她的目光依然如蛇一样在我脸上游走，我狠狠心把门关上，让那些眼睛全部沉进了黑暗里。

我本来还想去别的仓库碰运气，但刚出来，就看到了阿蒙他们。每个人手里都空空如也，看来，不止我一无所获。

“我们每一个仓库都搜过了，353区的人也没有粮食！都是一群老家伙、死小孩，蹲在仓库里等死！”阿蒙狠狠地踢了一脚，一个空罐子被踢得老远，叮叮当当的声音不断回荡。

有人迟疑道：“可是……今年是怎么回事？往年，就算再怎么艰苦，都会为杀戮日准备一点儿。但现在老汤姆不见了，353区的人也没有粮食……”

其他人窃窃私语，议论声在黑暗中嗡嗡嗡地冒出来。

阿蒙挥挥手，大喝一声：“别想太多，我们先出去，出去再想办法。”

我们顺着逼仄的楼梯往上走，每个人的情绪都不好，垂头丧气的，仿佛末日已经来到。

到达外面的时候，一阵凉风过来，总算呼吸不那么凝滞了。不知是不是错觉，在天边，又有一点儿红光闪过。云层浓厚，夜风都吹不散。

“现在去哪儿？”有人问。

阿蒙思索了一会儿，眼睛几乎被脸颊上的肉给挤没了。半晌，他咬咬牙，似乎作了很重要的决定，“我们再去——”

他的话没有说完，因为“噗”的一声沉闷声打断了他，同时还有一股温热的液体洒出来，周围的人被喷了一脸。我脸上也溅了几滴。

短暂的疑惑之后，人们爆发出一阵惊叫，向四周仓皇乱跑——阿蒙的身体向后仰倒，血从胸膛里面飙射出来。

向四周跑的人也没有逃掉阿蒙的结局，不断有子弹从四周射过来，人们跑着跑着，身子就像折断的木板般乱倒在地。

我们被包围了。

四周都是哀号和尖叫，我心里一急，干脆倒下，藏在阿蒙的尸体下面。血很快就浸泡了我半个身子，带着丝丝的暖意，但我不敢动。

渐渐地，奔逃的脚步声也消失得差不多了，只有十几个人缩在一起，瑟瑟发抖，大声喊着饶命。

于是，枪声止歇了，一大串整齐的脚步声响起。我勉强睁开一只眼睛，看到百十个荷枪实弹的健壮男人从周围街巷里走出来，包围了我们区剩下的十几个幸存者。看他们的装束，是564区的人。

564区，在整个城市里实力最强大，拥有不少的武器。

“想来353区趁火打劫？”领头的一个男人走过来，一脚踹倒一个幸存者，语气冷漠而残暴，“怎么，两手空空？”

“我们没有……没有找到食物……”一个声音求饶道。

“你们这么多人，还抢不过几个老人孩子？”领头男人用枪抵着那人的头，低语道，“那你们真是没什么用了。”

“不不不！”那人连忙解释，“353区的人也没有食物，他们待在里面等死……”

领头男人沉默了。一时间，只有幸存者的低声喘息，夜风呜呜。他们等了许久，也不见564区的人有什么动静，嗫嚅着说：“那……那我们可以回去了吗？”

“哦，”领头男子从思考中回过头，转身向西南方走去，“全部杀了。”

等硝烟弥散，人影无踪，我才一点一点地从无数尸身下移出来。四周都是尸堆，血液流出来，在黑暗中并不是呈现出鲜红色。我走了几步，脚完全被浸没在黏稠的液体里。

有那么几个瞬间，我以为我也会被564区的人揪出来，好几只脚踩到了我身上，我的脸甚至被一只登山鞋的硬皮底锉出了血痕。但我一动不动，嘴唇几乎被咬破了，努力隐忍，最终才骗过了那群杀人狂魔。

564区的人杀了我们区的人后，就转身奔向下一个区了，而听那个领头男人的语气，似乎连最强大的564区都没有食物……

难道今年食物集体缺乏？

不不不，不可能，我记得在杀戮日到来前不久，就已经开始了食物的分配，每个区都或多或少地分到了食物。老汤姆当时开着卡车去领，足足拖了两车食物回来，他乐呵呵地对大伙儿说：“过几天大家来换食物，准够！”但现在，所有的食物都不翼而飞？

我思来想去，没寻思个结果出来，想起阿糖可能在家里等久了，便哆嗦着往回走。身上沾着血，走起路来很不舒服，我干脆把衣服脱了，抱着肩膀，专往小路里走。风在倾倒的楼宇间呼啸穿梭，五月的冷意从皮肤里层泛出来，让我牙关打战。

天边的红光再次一闪一闪，这次清晰了不少，我看了一眼，继续闷头走路，但走了几步后猛然发觉这红光今晚出现好几次了，仿佛一只诡异的眼睛，始终盯着我。我眯起眼睛仔细打量它，发现它竟然在缓缓移动。

是的，它在向353区那栋完好的写字楼顶移动。

564区的人已经走了，写字楼目前是安全的，我站住看了许久，豁然转身，向写字楼走去。这是一种直觉，本能地感觉到无声的呼唤正从那里传过来，像传说中美人鱼对水手的诱惑，明知道危险，却无法拒绝。

写字楼的供电系统早就损坏了，电梯跟死去动物的肠道一样散发着恶臭的味道，我干脆走了楼梯。“咚咚咚”，单调的步伐在漫长曲折的楼梯间回荡，这二十几层楼，让我耗尽了体力，待走到天台的门前，已经气喘吁吁了。

我喘匀了气，推开门，一股风顿时猛扑过来，差点把我刮倒。这高处的风不仅惊人，而且冷，我弓起身子捂紧衣服，梗着脖子四下瞧，打算没什么事情就下去，这里风大太折磨人。

但我只看了一眼就停下了后退的脚步——一艘硕大的飞船停在天台正中央，暗红色的船身，毫无瑕疵的圆盘形，不知由什么材料制成，正散发着隐隐的流动的红光。

我太熟悉这种样子的飞船了。

十年前，就是这样的飞船降临到地球上空，密密麻麻，然后给这颗星球带来了长达十年的恐怖！

恐惧一下子从心底里冒出来，我呆立在原地，不敢乱动。但那艘飞船并没有像以往般伸出幽深的武器发射口，而是安静地悬在半米高处，暗红色的光游来游去，像一个离奇的梦境。

不知过了多久，几秒还是几分钟，飞船突然冲我这个方向弹出一个无栏阶梯，延伸到天台的水泥地面。

这是一个邀请。我无法拒绝的邀请。

有人研究过外星人，说法颇多，有的说他们来自宇宙深处，是星际游牧种族——追逐屠戮异文明的游牧种族；有的却说他们早就存在，地球是他们所建造，这次杀戮只不过是清除田地里的害虫……

但不管人们怎么猜测，只有一点是确定的：没人见过外星人的模样，他们永远藏在飞船内部，把自己裹在机甲里，用无法理解的武器带来血与火。

从来没人进过飞船内部。

但我走进去了。

跟我预想的不同，飞船在外面看才不过直径十几米，但一进到里面，赫然发现是一个巨型空间。我的空间感不强，目测不准，但能打赌这个飞船内部直径有几公里。我心里升起一股无力感：如果对手的科技达到了能随意压缩空间的水平，那人类怎么能逃得过？

这个空间并不是空无一物，在边缘处摆放着不少大大小小的物品，有点儿眼熟，但看不清。这给我一种空荡荡的广场的感觉。是的，没有人，没有操控平台，仿佛这个凭空旋转的飞碟只是围住广场的幕布。

我走过去，脚步声在这个空间里“嗒嗒嗒”地回荡，像是午夜里寂静的心跳。我走到广场边缘，看到银白色毫无缝隙的金属挡在面前。这是飞船的内壁了，用人类还不了解的材料制成，穿越了宇宙的遥远空间，来到满目疮痍的地球上。

但我的视线并没有留在未知的飞船材料上，而是看着这边缘堆积的大小包装盒——我之所以觉得眼熟，是因为在不久前，我看过这个盒子。

那是在食物分配时，每个区的食水都是用这种包装封好，按人头分给各个区。老汤姆领了两车，把几十个盒子搬上车厢，然后就失踪了。

我撕开包装的封条，把盒盖掰断，顿时，面包的香味冒了出来。我的肚子忍不住“咕咕”叫了一声，像是里面藏了一只猫。

满满一箱面包！

我又把旁边的几个木盒子打开，果然，都是食物，大米、蔬菜、饮料……而整个空间的边缘都摆满了木盒，看数量，恐怕整个城市所有的食水都在这里。这些都是救命的东西啊，却没出现在需要的人手里，在这里躺着，让外面的人陷入了互相残杀的境地。

“想吃吗？”

“想。”我点头说完才觉得不对，连忙转身，但四周没有一个人，只有安静摆放的食物。

“那你为什么不吃呢？”那个声音再次响起，像是在耳边低语，又像是在远处呐喊，忽远忽近，“这些都是你们人类的食物啊，外面有多少人为了争夺他们，把一个又一个的同胞杀害了。喏，在我讲这些话的过程中，又有三十七个人被杀了。”

“你是谁，在哪里？”我扭头四顾，背靠到飞船内壁上，惊恐地大喊，“出来！”

“我们的身体结构有着本质上的差别，属于完全不同的生物，我其实现在就站在你面前，你却看不到——哦，不，用‘站’这个动词显然并不准确，因为我也根本没有腿……我在尽量用你能理解的方式跟你交流。”

我脑子里顿时出现三个字。

“外……”我口干舌燥，声音像是被酷日暴晒过的咸鱼一样无力，“外星人？”

“这三个字只在你们的语境里有用。但你说得对，我就是你们所说的外星人，来自遥远的宇宙彼端，经历亿万年进化的生物。”

我拔腿就跑！

我见过同胞们被外星人杀害的场景，此后便成了我永恒的噩梦：那些巨大的金属触角，仿佛从地狱里伸出来的一样，闪着寒光，从人的身体里穿过后，又闪着夺人心魄的红光。它们走过的地方，只有尸体和废墟，只有死亡和悲伤。

但这一刻，飞船内部变得无比大，似乎是我眼睛的错觉，前方的路一下子被拉长了。但我跑了好几分钟，才知道这并非错觉，因为我周围的景物一点儿没变。是的，尽管每一步我都踏得结实，都在助力，但其实我在原地奔跑。

这个过程中，外星人一直没有说话，周围只有我的脚步声。

这种奋力奔跑只持续了几分钟我就累得气喘吁吁，只能停下了。我一边喘气，一边绝望地看着周围，想起古人说的一个成语：画地为牢！

“现在我们可以好好谈谈了吗？”外星人的声音再次响起。

“我知道你有很多问题要问我，但无非就是你们人类的一个特殊职业。你们经常会问的三个问题——你是谁，你从哪里来，你要干什么。”

“特殊职业？”我想了一下，恍然，“你说的是，保安？”

“哦，对，抱歉，在我们的星球上没有这个职业，所以并不能理解。”

“这三个问题也确实是我最关心的。”

“我能回答你的很有限，但这并非出于防范，而是对你理解能力的照顾。我尽量说得简单一些。我们在另一个星系，按照你们的计算单位，与地球的距离约为十九亿光年。我们的母星——嗯，如果这么说你能够理解的话——是一个独立的空间，除了基本宇宙原理一样，其他的跟地球千差万别。我们是母星上唯一的物种，从进化初期就开始了对宇宙一切的研究，这种研究又促进了我们的进化——我说了这么多，你能理解吗？”

我努力把脑袋里嗡嗡乱响的东西赶出去，想跟上他的话语，但这种努力是徒劳的。因为我发现其实我并不关心他是什么形态，他来自哪里，我的关注点在于：他想干什么。更确切一点地说，我关心的是，他想对我干什么。

“嗯，我马上会告诉你的，你别急。”他似乎能读出我的思维，立刻说，“但我希望你理解得更深一些。”

“在我们的星球，所有物种都是在研究中过完整个生命历程的——按照你们的时间，正常的一个生命轮回是5672.3年。我们没有婚姻，没有友谊，没有任何社交活动。我们唯一的交谈，是对宇宙某方面研究的进展。你知道，所有门类的科学都互相渗透，互相倚仗。我们进步得很快，所有的研究都到达了母星所能提供的极限，资源的匮乏让我们无所事事，星球第一次陷入了沉寂。有预言说，我们种族的大衰亡时代来临了。”

在这种绝对的劣势下，我已经没有绝望，干脆坐在地上，一边啃面包，一边听他说。饥饿感的消除，让我的听觉慢慢复苏起来，这些话语里的信息在脑海里盘旋。听到这里，我不由打断，说：“但你们并没有衰亡是吗，你们还到我们的地球上屠杀？”

“因为我们脱离了空间的桎梏。大衰亡开始前，我们集中所有的力量，找到了空间的秘密，于是，宇宙在我们眼里，不再是浩瀚无际的了。怎么说呢，当你还是一只蚂蚁的时候，你觉得一片菜园无比大，永远爬不到边际。但你成了人类，就会发现，这只是一块小小的长着蔬菜的田地——当然，这只是一个比方，宇宙的广阔，远非田园小径可比。”外星人停顿了一下，似乎在打量我，但我看不到他的眼睛，事实上我都不知道他有没有眼睛。过了那么几秒钟，他才继续开口：“总之，我们像鱼从池塘到了大海，虽然经历了无数险阻，一度快要灭族，但依然向宇宙的四面八方游历。我们不为侵略，占领别的星球对我们没有意义，我们只想继续研究宇宙的一切事物，从粒子的运动，到星球的创造陨灭，对我们都是诱惑，而我们也取得了进展。”

我把面包吃完了，又喝了一大口水，长长地出了口气。肚子里饱胀的感觉已经很久没有体验过了。这时，我想起了阿糖，她应该还在家里等着我带食物回去。我的手藏在身后，不动声色地把几块面包塞进了后背衣服里。

“既然领土对你们没有意义，为什么要来地球？”我一边塞食物，一边说，“我们跟你们相比，确实是蚂蚁，但蚂蚁有蚂蚁的日子，你们有你们的日子，都不干预，为什么要屠杀我们？”

“你们真的没有有意地干预过蚂蚁的生活吗？”

我一时语塞，隐隐觉得马上就是谜底揭晓的时刻了，心脏咚咚咚跳了起来，吞了好几口口水。蚂蚁……我们在贪玩的时候，会用火烧蚂蚁，用水去淹，用鞋子踩，基本上每个人都有残害蚂蚁的经历……

“不对，你想错了，我们与你们不同，没有‘贪玩’或‘不懂事’这个概念。我们绝不会觉得杀害别的种族会有快感。事实上，在漫长的游历中，我们碰见过文明程度或高或低的种族，但都是暗中研究，做完就离开。”

“那就是……”仿佛是电闪一般，我脑子里突然出现一个词，“做试验？你们一生都是为了研究，那么，是想拿我们做试验？”

“是的，正如你们为了研究蚂蚁，给它们喂食药物，改变其生活规律，分析其体内激素一样。”

“原来你们每隔一年来屠杀，是想要我们的尸体当作标本……”我喃喃道，血腥而无力的现实让我彻底绝望，“难道这些年被抓的人还不够吗，为什么还要继续？”

耳边突然传来了笑声。这个外星人一直在模仿人类的语气跟我说话，他做得不坏，这次的笑声里有明显的轻蔑意味，仿佛是我讲了一个笑话。“你们人类的身体结构简单到了粗陋的地步，我只需要扫描一次，就一目了然。我遇见过一个种族，在一颗离恒星很近的星球上生存，他们的身体每隔一个自转日，就会生出新的形态。这样的生物，我会考虑一下收藏尸体，但你们——只要我愿意，随时可以复制出一模一样的你。”

要是在平时，这种话会让我生气。我一直认为人类从低等生物进化而来，经过了漫长的自然淘汰，最终成为这颗星球上最强大的生物，何其伟大。但在他的语气里，我们连做标本的资格都没有。

但他说得对。见识过他们的科技，人类才会知道自己引以为豪的成就是多么不值一提。

“那你想研究的是什么？”

“人类思维波动未知性的探讨，用你们的话说，就是人性。”他叹了口气，“选择这个课题时，我本来以为很简单，你们这种原始的生物，连科技都不能思考，其余的想必也更幼稚简单。但我来了之后才发现，你们所想的，远比你们所表现出来的更多、更复杂。你们小小的脑袋瓜里，装着许多晦涩难懂的东西。”

“你搞不懂的，我们自己都搞不清楚我们在想什么。”

“噢，不，你还是小看了我。在无穷尽的时间里，我还是攻克了许多难题，你们感情里的憎恶、嫉妒、恐惧、贪婪……这些我都已经摸索得足够深了，对此我作了很详尽的描述。我的这份资料在母星获得了很高的评价。但，在你们的另一种感情上，我遇到了困难。”

“是什么？”

“爱。我做了很久的研究，将爱的产生、发展和种类分析完毕，但我遇到的困难是，爱如何在你们人类之间消失。我曾让一对深爱着的人各自遇见喜欢的异性，但他们不为所动，依旧爱着对方。我曾把一个妻子的脸毁容，但他的丈夫待她始终如一。我以为你们的爱永远不会消失，但后续的案例又让我费解，一对深爱过的情侣，结婚后却因为平淡的日子而对对方失去了爱意，最终悲惨分手。这真是奇怪的感情，所以，我设置了许多对照试验，希望从庞大的数据中得到结果——你们会在哪些情况下终结爱这种感情。”

我已经猜出怎么回事了，但心里仍然在抗拒着这个想法，向后退，背上却已经抵住了冰冷的飞船内壁，问：“那跟我没有关系吧？”

“怎么会没有关系呢，你和阿糖的爱情，正是我这次要研究的对象。”

我和阿糖的爱情？

记忆蒙上的尘土被风吹去，许多往事逐渐显露，虽然模糊，但永远不褪色。我想起了第一次看到阿糖的那个春天的上午。

那还是在我很小的时候，十五岁还是十六岁，我已经记不清了，但我记得阿糖的脸。她坐在街边的茶桌旁，一边喝茶，一边想着什么，眉头微微皱起来。她穿的是粉色的棉裙，柔软的裙摆在春天的风里微微晃动，我到现在还记得她的脚踝，皮肤洁白，隐隐露出几缕青色的血管。

那一天，是我人生中最灰暗的日子。我的父亲用一条皮带结束了我们一家人的幸福生活，当警察把母亲的尸体运走，把父亲关进警车，周围人来人往，没有人理我这个待在路边的小孩。

只有收养我的舅舅，不情不愿地拉着我的手，带着我去往他的家。在隔壁城市，我们从车站下来，顺着街道走，前方变得缥缈，一块指示牌竖立在视野里，像天边遥远的指引。我走着走着，就看到了春风里的阿糖。

那一瞬间，像是电流从脚底升起，蹿过我的每一条神经。我站住了，深深呼吸，从此万劫不复。

这之后的日子里，我在这座城里生活，理所当然的，我和阿糖成了同学。

她是城里名流之女，长得又漂亮，虽然跟我在一所中学，但从未有过交流，她经常会被一群男孩围着，收到最好的礼物，跟最优秀的男孩交往。可能在她眼里，我就是阳光下的灰尘，连阴影都不会投下。而我满足于这种遥远的观望，像是守护着一盏灯，只要灯火跳跃，一切就都不重要。

我以为这种状态会持续到永远。

但外星杀戮改变了一切。

在第一次屠杀中，阿糖的父母便死在炮火里，那是人类第一次面临无可抵御的威胁，铺天盖地的火光从天空中宣泄下来，成批成批的楼房像积木一样倒塌，世界在一瞬间进入了末日。

阿糖在院子里看书，躲过了第一轮轰击，然后目瞪口呆地看着家园被火焰吞噬。我离她不远，跑过去拉着她的手，在第二轮轰击来临前跑到了地下室。

在漆黑的环境里，我拉着她的手，把她抱得很紧。她吓呆了，嘴里喃喃念着一句话，翻来覆去，我把耳朵凑近，听清了那句话："不怕，不怕，会没事的……"

我也对着她重复这句话，听着听着，她安静下来，像是累极了，沉沉入睡。也就是在这一天，我们的命运绑到了一起。

为了保护她，我在这个危险的世界艰难前行，背着她走过泥泞与火焰。我曾为了争夺一块馒头，像狗一样与人厮打，等馒头抢到手里的时候，已经是又黑又硬了。我把上面的污渍小心擦净，一点一点喂给阿糖吃，而那时，我的肚子正饿得绞痛。后来她瞎了，我也没有放弃她，更加艰难地求生，让她能够活下去。我们的爱情，也就是在这种环境下一点点滋生、壮大，现在的她，已经把我视作她生命里的唯一依靠了。

而她，也是我活在这个世界的唯一意义。

"你办不到的，"我摇摇头，"我和阿糖都不能没有对方。请你放过我们，找别的人试验吧。"

外星人沉默了许久，才说："你以为我没有找吗？这是一个对照试验，有七万组对象被考验着，有情侣，有兄弟，有母子……囊括你们人类的爱会辐射的所有范围。"

"丧心病狂……"我嘴里憋出这几个字。

"哦，在你看来可能是，但正如我所说的，你们对蚂蚁做试验的时候，并不会考虑蚂蚁怎么想。或许你会说蚂蚁没有思维能力，这是错的——在我的认知里，你们在科学上不知进取，也没有思维能力。我不想再为我的行为辩解了，我知道你不能理解，但你必须得接受。"

"我现在只想离开。"

"我会让你离开的，只是，你要把你藏在背后的食物拿出来。"

我悚然一惊，随即释然：外星人没有形体，无所不在，甚至能读出我的思想，我藏食物怎么可能不被发现呢？

我把已经被压扁的面包拿出来，扔在地上，想了想，又指着地上的一大堆食物，问："你为什么要把这些食物藏在这里？真的要让我们死绝吗？"

"我藏这些食物，完全是为了你。"他慢条斯理地说，但每个字都让我心惊，"我本来不需要飞船，杀人也不必要用幼稚的热能武器，我做的一切，都是为了让你害怕。现在，整个城市没有食物，人人自相残杀，死亡的威胁迫在眉睫，这些都会对接下来的行为造成影响。"

"我接下来的行为？"

一个箱子漂浮起来，在我面前打开，露出里面的几块干饼和三瓶水。"这是一些食物和水，能够让一个人最低限度地活过一个星期。你可以把它带走，除此之外，这里的一切都要留下。"

"你这是什么意思？"

"这是试验的最后阶段，你其实心里已经明白了。"

我像个站在黑暗的原野前的孩子一样，陷入了不可遏制的颤抖。我知道他的意思，这些食物只能支撑一个人活下去，那么，我需要做出抉择。

"我很好奇你接下来会怎么做。顺便说一句，在另一个试验里——我复制了许多地球，在不同的空间里，我将里面的阿糖称之为阿糖2号——你和阿糖2号的处境是相反的，你救了她，但你的眼睛瞎了，她用尽一切来照顾你。就在刚刚，阿糖2号也进入了一艘飞船，听到了同样的话，面临同样的选择。"

"你不要再说了！"我大喊一声，把手里的盒子扔掉，"把你的这些鬼东西拿回去，要死，我就和阿糖一起死！我们绝不会一个人独活！”

“如果你想离开，现在就可以。”说完，我侧面的金属内壁无声裂开，阶梯向下延展，让我看到了外面的夜色，“你要拿食物也可以，扔了也行，我不会勉强你。”

我抬腿就往外走，站到台阶上时，背后幽幽地传来了最后一句——

“只是，你真的不想知道，另一组试验里的阿糖2号做了什么选择吗？”

我迈着沉重的步伐回到家里时，阿糖还没睡，缩在墙角里，像一只受惊吓的小兔子。

她听出了我的脚步声，脸上浮出一丝喜悦，摸索着向我走来。“怎么样？”她把手放在我的脸上，一寸寸地抚摸，“没有受伤吧？”

她的手苍白而冰凉，触感带着粗糙，是多年奔逃积累下来的。她的衣服也显得陈旧，布料褪色，污迹点点，好几处还被刮出了破洞。她的头发有些蓬松，胡乱散在两肩。这些都跟当年的她有天壤之别，那时候的她，恐怕无论如何想不到自己会落到这个境地吧。

但她的眼睛一如以往地温柔，虽然已经不能视物，眼神没有焦点，但只要看到她的眼睛的人，都无法忽略从里面投射出来的水一般的温柔。

有这一双眼睛，就够了。我伸出手，抱紧她，很用力，像是要把她嵌入我怀中，永远不会失去。

“你……”她挣扎了一下，随后便任由我拥抱，轻声问，“怎么了啊？”

“没什么，只是想抱抱你。”

“哦，那你抱吧。”她把头垂在我肩上，温顺地呼吸着。那些带着潮湿的呼吸在我的脖子上起起落落。

过了很久，她才稍微扭动了一下，问："你今天，好像跟以前不一样，你是不是没有找到粮食啊？不要紧的，一切都会好起来的。"

"放心，我找到了食物。"我从身后把面包拿出来，撕开包装，一股醇香的味道立刻弥漫在小小的屋子里。

"太好了！"她脸上的笑容层层绽开，虽然依旧苍白，但确实喜悦了不少。

我递给她两块面包，她接过来，撕下一小块，塞进嘴里。即使多年颠沛流离，她的优雅依然藏在骨子里，饿得这么狠了，还是细嚼慢咽。我沉默地蹲在她面前，扭开了水瓶盖，她吃了几口面包后，我递过去水让她喝。

"感觉你怪怪的。"她停下来，两只空洞的眼睛与我对视着，我知道她眼盲，但这一刻，我觉得那双眼睛能够看穿我的一切。

"没有啊，你想多了，我是为了我们能够躲过一劫感到高兴。"

"那你也吃一些吧。"

"我不饿，我想看着你吃。"

她吃完的时候，已经是凌晨两点多了，外面夜色浓重，一丝风也没有。天边的一点儿红光一闪一闪。我把衣服披在阿糖身上，牵着她的手，说："阿糖，我们去地下室吧，天快亮了，天一亮外星人就来了。"

"外星人"这三个字让阿糖颤抖了一下，抓紧我的手，点头说："好的，我们走吧，你牵着我，不要放开。"

"放心，我永远不会放开你的手。"

我们在幽暗的楼梯里行走，我牵着她，很紧，害怕一松手她就会离我而去。脚步声从楼道里传出去，空洞的回音更显得寂静，阿糖小心翼翼地跟着，一步步下楼梯。以往我都会催她早些进地下室，但现在，我扶着她，每一步都很小心，不再催促。

地下室很乱，很狭小，但足够深，能够避免外星人的屠戮。我点燃备用蜡烛，把一些杂物踢开，腾出一小片空间，把被子铺上。一些灰尘腾了起来，在烛光里上下起舞，又沉落下去，有的落在地上，有的则沉入更加幽深的角落里。

“晚安。”我亲吻阿糖的额头，低声说。

“晚安。”她微微垂首，“我这一觉可能要睡很久，你要照顾好自己。”

我心里像被电击一样抽搐了一下，顿了很久，我看着阿糖，她脸上的表情没有变化，始终是那种带着哀伤的淡然。

“你刚才说什么？”我吞了口唾沫，艰难地问。

阿糖轻轻摇了摇头，没有说话，躺到了床铺上。我给她盖好被子，掖紧边角，防止地下室的潮湿进入她的身体。她的身体一直不好，常年多病，这些年我小心地照顾着，无微不至，才让她没有在战乱中越过越差。现在，她只有一个头露在外面，面容娴静，脸庞的弧线在微弱的光影里有着淡淡的金边。她的眼睛闭上，睫毛轻轻颤动，不知是有了梦境，还是没有睡着，在等着什么。

我再次附身上去，亲吻她的脸颊。有一滴泪从她眼角流下，划过晶莹的轨迹，消失在床单上。

“一切都会好的。”她轻声说了这句话，眼睛仍未睁开。

我点点头，回应道：“我爱你，阿糖，直到永远。”

说完，我拿起一个枕头，按在了阿糖的脸上。我很用力，所有空气都被枕头隔住，进不了阿糖的口鼻。窒息的痛苦正在侵蚀她，但她没有挣扎，就这么躺着，只在临死前不受控制地抽动了一下，除此之外，她走得很安详。

我颓然坐倒，气喘吁吁。

闷死一个不会挣扎的人，其实费不了多少力气，但此时的我，浑身都软绵绵的，提不起劲。我想哭，但连眼泪都懒得从眼眶里流出来。

阿糖静静地躺在床上，表情依旧沉静，仿佛随时会醒过来拉着我的手。但她已经醒不过来了，她只是一具尸体。

眼泪突然夺眶而出，我以手掩面，依然遏制不住。

我们只有一个人的口粮，我和阿糖两人绝对撑不过去。没有食物，要么在地下室活活饿死，要么跑出来被外星人杀死。

如果不拿食物，我们两个都会死。

如果把食物给了阿糖，我死了，阿糖也熬不下去。

……

但我知道其实以上都是借口。真正的原因是，我害怕。

这些年我见过了太多死人，知道死亡何其伟大，何其威严。一旦被死亡笼罩，世界上所有的美好都对你关上了大门，只剩下冰冷、沉寂、腐烂和孤独。当为了生存挣扎时，我尚不觉得多么可怕，但一旦知道了生和死摆在自己面前，一切就都不一样了。

这个晚上，死了太多人，每一具尸体都把恐惧往我的底线推得更近。

但真正让我下定决心的，是外星人对我说的最后几句话。

“只是，你真的不想知道，另一组试验里的阿糖2号做了什么选择吗？”

我站住了，夜风灌进来，衣服紧紧贴在身上。我知道最好的办法是离开，但我迈不动步子。

“她杀了你。”他慢慢地说，似乎在享受每个字都变成一把刀插进我心里的快感，“她对你说没有食物，又怕你发现，骗你睡下，趁你在睡梦中时用匕首割开了你的喉咙。”

“你骗我……”可是连我自己都听出自己的声音有多么无力。

他没有再说话，但沉默之中更显凝重。他没有理由骗我——人会对蚂蚁说谎吗?

我行尸走肉般走下阶梯，身后的飞船缓缓旋转，笔直升空。浓黑的云层在天空裂开，将它吞噬，红光闪现，云层一亮一隐。我扔掉的食物留在地上，风很大，把它们吹得滚到了我脚边。

我仰起头，远方天际笼罩在沉沉黑暗里，看不到一丝黎明的迹象。

现在，阿糖的尸体躺在地下室，我坐在一旁。有污水渗透下来，不知哪个角落里，传来一下一下的“滴答”。

时间就是在这滴水声中悄悄流逝的。

我握着阿糖的手，闭上眼睛，半睡半醒。等我猛地一下睁开眼睛时，已经过了很久了，阿糖的手早已经冰凉且僵硬，我费了好大劲才挣开。

这时应该已经天亮，屠杀要开始了，但外面并没有传来往年的轰然巨响和惨叫，反而静悄悄的。我疑惑地爬到门口，把耳朵贴在墙壁上，听到的仍旧是一片沉寂。

这肯定是外星人的阴谋。我心里想着，又缩了回去。

接下来的几个小时，安静让我分外焦躁，我走来走去，终于推开了铁门，沿着楼梯走上去。

天光投下来，阳光充足，一些细小的灰尘飘起来。这是一个好天气。

我悄悄把头探出去，四周景色如故，依旧是残破的建筑，一切都笼罩在灿烂的阳光里。没有外星人，没有飞船，这个城市安安静静得像一座坟墓。

渐渐地，别的藏着的人也走了出来，疑惑地打量着周围。经历昨晚的自相残杀，人少了许多。但天空依然澄澈辽远，浮云闲散，鸟群掠过，一点儿也没有飞船降落的迹象。

“外星人不来了？”有人喃喃地问。

“是啊，他们从没有迟到过，现在还没来，就是不来了！”另一个人突然亢奋起来。

“啊，不来了，我们终于能活下来了！”

人们到处奔走，抱头哭泣，在明媚的阳光下欢呼。而我的心越来越冷，阳光沐浴着我全身，我却冷得直打战，血液都冻住了。

外……外星人不来了？

“这是一场试验……”我想起昨晚听到的话，“在哪些情况下会终结爱这种感情……”

现在，试验结束了，他没有再来的必要了。

我抱着肩膀，迟滞地往回走。身边都是劫后余生的人，但欢呼声和阳光都很遥远，像来自另一个世界，听不清，看不到。我走回地下室，缩在床边，阿糖的手垂下来，碰到了我的脸。我打了一个哆嗦。

“没事，没事，”我的声音仿若梦呓，“一切都会好起来的。”

烛光摇晃了一下，倏忽熄灭，黑暗从四周向我簇拥过来。

逆流者

1

这场病来得猝不及防。

他一觉醒来，发现自己回到了前一天。

刚开始他以为是手机显示出了问题，但接下来发生的每一件事都在昨天发生过。他没完成报表，被上司痛骂，上司骂人的句子都一模一样。晚上他回到空空荡荡的家里，满心疑惑，睡意袭来，沉沉睡去。再醒过来时，发现时间又往以前退了一天。这一天他有大量的报表要完成，但依然完不成。

他终于明白，在所有人都顺着时间之河往前走的时候，他独自转身，逆流而行，一天天回到从前。

刚开始他很难适应。一切都经历过，况且他的生活多以痛苦组成，再来一遍并不愉悦。他试图改变，熬夜不睡觉，可敌不过汹涌的困意，每次都在天色将明时屈服于睡眠。他还故意打乱时间线，甚至在某一天突然冲进办公室把上司揍得满脸是血。但即使被关进监狱，他次日依旧在家中醒来，上司依旧在办公室冷着脸等他——被揍得头破血流的事，已经扔在明天了。

2

他是个顺从的人，后来就习惯了这种日子，照常生活，照常上班。这期间，小薇离开他，跟了另一个男人。他以为会像上次一样痛苦，但其实还好。反正经历过一次，麻木一点儿，顺着记忆来，再深的伤都会在醒来之后愈合。

半年之后——或者说半年之前，家里多了一个人。“我们离婚吧。”他听到自己对妻子这么说。那时妻子三十二岁，但脸上已经有了皱纹，腰微微佝偻着。她愣了一下，如以往一般听他的话，点点头说：“嗯。”

妻子收拾行李的时候，他在一旁看着。半年没见，他对她更加陌生了，这个女人在他眼中不像是妻子，倒像是某个故人。本以为不能再见，却逆流时间，再度相会在分别的时刻。

后来妻子拖着箱子离开。他站在阳台上，看到她的背影渐渐远去，黄昏的光斜照，街上无数人影湮没了她。当初他也是这么看着她离开的，以为这就是永别，但现在，他知道还会再见。

果然，第二天他一醒过来，就闻到了早餐的香味。

“我出去买菜，”她站在门口，背对着他，“你先吃，吃完了就去上班吧。”

他点点头，然后越想越不对——上一次妻子也是这时出去，但过了很久才空手回来，他问她去哪里了也不说。这次重来，他多了个心眼儿，悄悄趴在猫眼后面看，发现妻子并没有下去买菜，而是向楼道上走去。

他等妻子上去后，蹑手蹑脚地跟上，一直到天台门口才停下。

他听到轻轻地抽泣。多么熟悉，是出自陪伴他漫长岁月的妻子。

哦，他心想，原来她早就发现小薇了。

3

整个白天，他上班都很恍惚，想着妻子是怎么发现的。快下班时小薇发来了短信："别急着走，留下来。"他看着手机屏幕，恍然大悟：太多的秘密都藏在这个小方块里，像炙热的炸弹，昨晚不小心被点燃。

他下意识地想删掉那些短信、视频和照片，但转念一想：今天过去后，又回到前一天，妻子会忘了这个危险的秘密。一切被埋葬在时间里。于是他耸耸肩，把手机揣回兜里。

同事们陆续走了，偌大的办公室只剩他和小薇。

灯光次第熄灭，黑暗中，小薇走了过来。她俯身在他耳边说了一句令人脸红的话。

小薇就是这样，妩媚又大胆，即使在幽暗的环境里也放着光。当初他是如此轻易被吸引，沉浸在欲望里，一度以为那是爱情——第二次爱情。

但现在，他看着小薇满是诱惑的脸，脑袋想起的却不是男欢女爱，而是半年多以后她决然抛弃自己转投他人怀抱的身影。他站起来，定定地看着小薇。窗外不时有车驶过，他的眼镜片偶尔闪着光。

“你怎么了？”小薇皱起眉头，“昨天还好好的。”

“昨天也不会好好的了。”

小薇更加纳闷，不知道他说的话是什么意思。这时他已经转身离开了。

4

黑夜的城市有一种隐忍的热闹。他独自走着，许多车从他身侧掠过，车灯划出一道道流光。这像是旧时代电影里的场景。他有种预感，在这种场景里，肯定会发生些什么。

正在他这么想着的时候，他突然听到右侧巷子里传来呼喝之声。是一群年轻人在围殴一个醉汉。他高声制止，年轻人看了他一眼，骂骂咧咧地退入巷子深处。

他走过去。路灯照下来，醉汉脸上满是血迹，还有一道白肉外翻的陈年刀疤，从右眼至嘴角，蚯蚓一样伏在脸颊上，分外可怖。

他有些心悸，还是扶起他，说：“你受伤了，我给你叫救护车吧。”

醉汉吭哧吭哧地笑了起来，声音如同呓语：“没关系，再重的伤，到了明天就会好起来的。”

他的血液似乎刹那间被冻结，良久，才说：“你说的明天，是昨天吧？”

醉汉也愣住了，表情被灯光照亮，有些狰狞，又有些诡异，明亮的光线投进他的眼中，没有一点儿反射，像两汪沉郁的潭水。醉汉看着看着，突然对着他笑了起来：

“你也是逆流症病人？”

那一刹那，他竟然有要哭泣的冲动。

醉汉挣扎着坐起来，说：“这是一种病，很罕见，要理解起来也很困难。时间是一种属性，跟空间一样，大多数情况下，这两者是互相伴随的。比如你花十分钟从街头走到街尾，时间和空间都在移动，向前移动。但有时候，它们又分开了，时间会朝着相反的方向流动。陷进这种时间紊乱困境的人，就是逆流症患者。”

他沉默了。

醉汉继续说：“这也是令人悲伤的病。就像一群人在夜里赶路，你突然折返，而其他人继续前行。你们会离得越来越远。路上只有你一个人，孤单地向原点走去。”

5

你生命中有没有出现过这样的人——你觉得他会永远陪伴着你，一直走下去，但前一天他还在你身侧，下一秒就蒸发在时间里，再不复现。

你并不知道，他已经转身，在你的背影里，在你察觉不到的时间中，独自走向年迈苍苍的另一端。

他坐在逐渐幽暗的街道旁，哀伤地想着。

6

“其实我说的也没有科学根据，相对论和量子力学都不能解释我们的病症。”醉汉从酒醉中解脱出来，说，“我已经花了很长时间来研究它，但至今收效甚微。”

“这种病会持续多长时间？”

“我不知道，”醉汉摇摇头，“我是在七十五岁时，死的前一天，得了这种病，一直回到现在，已经整整五十年了。”

7

回家以后，妻子已经睡了。他站在卧室里，第一次认真看着她的睡姿：她睡得很沉，身子蜷缩着，像个婴儿一样侧躺在床边，把大部分的位置留给他。但她眼角的皱纹在提醒他，她并不是婴儿。她体质差，又不会保养，每天三顿在厨房里被烟熏，这些都在加速她的衰老。

结婚十年来，他是看着她变老的。他说过好多次让她注意保养，她只是“嗯嗯”点头，却手脚笨拙，永远学不会摆弄护肤化妆品。

而现在，他要看着她一步步重回青春了。

这个过程难以言说。他和妻子相伴十余年，自认为早已熟悉，但生活倒带一遍，他竟然发现了许多不曾了解的东西。

比如原来妻子喜欢吃糖醋鱼，喜欢看韩国电影——是电影，而不是连续剧。好几次他看到妻子一边看电影，一边垂泪。

他经常想，自己是什么时候开始对妻子失去了初心呢？是日复一日的油盐酱醋磨掉了爱情，还是对逐渐老去的容颜滋生了厌恶？

日子就这么一天又一天地过，妻子的脸逐渐恢复，身躯也不再因为常年蜷缩睡觉而变得佝偻。他把一切看在眼里，觉得愧疚，于是在十周年纪念日那天做了糖醋鱼庆祝。

那是他第一次看到妻子因喜悦而泣然。她捂住嘴，眼圈红红的，好半天才说：“你怎么知道我喜欢糖醋鱼。”

“我是你的丈夫嘛。”

这句话更令她不知所措。

他上前揽住她的肩，说：“以前都是我不好，放心，我以后会改的。”

妻子使劲儿点点头。他却在心里叹息：哪里还有以后？一切都在向前，无论怎么悔改，都没有意义。

妻子在恢复容貌的同时，也在恢复着活泼。她的话越来越多，以前他听到这种絮絮叨叨，总会不耐烦地打断，要求她安静。可能正是这种要求换来了沉默，让家里的气氛成了一潭死水，让她一天比一天少言寡语，一夜比一夜蜷缩得厉害。

但现在，他觉得亲切。他放下手头的事情，耐心地听着妻子诉说。那些丢掉的工作自不必担心，乱套的一切都会被时间抹平。

他越来越适应这种生活，甚至开始享受。他想，自己怎么会不喜欢这个女人呢？在她面前，多少个小薇都不够入眼。

十年多过去了。这一个晚上，他向妻子求婚。其实虽然时间在倒流，但记忆没有跟上，甚至越发模糊了。但他依然记得这个晚上的事情：

他租了三十架遥控直升机，每架直升机都挂着彩灯。这些直升机在半空中组成心形，并且缓缓移动，指引她来到他身前。他拿着玫瑰和戒指，单膝跪在地上，向她求婚。当时，半空中满是华彩，仿佛整个夜空的星星都落了下来，围绕在她周围。

她流下了泪，泪珠被灯光撕碎，也成了星星点点。

8

那天晚些时候，他们牵着手回到租住的房子。那时他们还没有自己的家，在这个繁华城市的最底层挣扎着，却比多少年以后有房有车要快乐许多。

路过一个巷子时，突然有人叫他的名字。他诧异地看向巷子深处，只见一个人影藏在幽暗中，面目不清。

妻子一下子紧张起来，握紧他的手臂。

“别怕，是我。”巷子里的人说，“你以后见过我。”

这句话让妻子迷惑，他却再懂不过。“是我的朋友，你先等我一会儿，我和他说会儿话。”说完他走进巷子里，黑暗也淹没了他。他走近那个人影，发现是个少年，十四五岁的样子。

“我找到了治我们的病的法子。”

他浑身一震。这么多年逆着时间过日子，他都习以为常了，现在被少年提醒，才明白自己其实一直是个病人。

“得这种病的人远远不止我们两个。这十年来，我游历世界，在麻省理工的实验室里找到了一个博士，他也是病人。我们做过无数次试验，终于有了成果。”少年的声音透着惊喜，“只要在影响自己人生轨迹最剧烈的点，做之前同样的事情，让一切按部就班，就会陷入沉睡，回到开始逆流的那一天。时间和空间再次重合。你会回到分岔路口，再向前走，一切就像没有发生过一样，连自己都不会察觉到曾经做了逆流者。”

“这法子管用吗？”

“管用，因为我已经试了。”少年看着他说，“对我人生影响最大的事情就发生在今天。我被我爸爸家暴，砍伤了脸，在今天离家出走。”

他这才看到少年脸上正沁出浓郁的血，像滋生的荫翳。难怪他要躲在巷子里。

“我现在看到的一切都跟以前不同了，世界正在融化，很难跟你形容，而且我很困，随时会睡着。你是个善良的人，曾经救过我，所以我挣扎着过来告诉你，希望你没有错过改变你人生轨迹的点。一旦错过，你将不可避免地逆流到时间尽头，不会有人记得你，因为你从来没有来过这个世……”少年的声音逐渐疲惫，闭上眼睛，身体向后仰倒，“我要回去了，逆流了六十年，我终于要……”

他摔下去，却没有倒地的声音。少年的身体在触地的前一刻凭空消失了。他知道，少年已经回到初点，回到了白发苍髯的年纪。

他踉踉跄跄地走出来。妻子正等着他，“咦，你的朋友呢？”他没有说话，带着妻子回家，心事重重地睡下。

他知道对自己人生影响最大的事情是什么——与妻子的初遇。他在学校里向她问路，被她的美丽和热情吸引，从此锲而不舍地追求她，为了她来到这座陌生的城市。

在问路的那一刻，他和她的命运就绑在了一起。

9

他早早起床，出了宿舍，就在校道上等着。樱花开得正灿烂，一眼望去，整条校道都是粉红一片。她就在这樱花掩映中出现了。

他忍住心头狂跳，迎面走过去。问路的话已经练习了千百遍，随时可以说出口，表情也得体。一切都跟以前相同。

越走越近，她的样子逐渐清晰。这时的她十九岁，穿着碎花棉裙，乌黑的头发垂下，明媚的脸胜过所有樱花。看着她的美丽面孔，他突然想起了十几年后她蜷缩在床侧的衰老模样。

他马上就要回到患病的那一天了。他不会记得这十年逆流里发生的事情，他仍会出轨，逼她离开，看着她的身影湮没在人海……时间照常逝去，眼前的这张脸依然会过早凋零。

他的脚步突然一阵浮乱。

这是一个春天的上午。在他的妻子最美丽的时刻，他与她错身而过，没有问路。只有几片樱花在他们头顶飘落。

永生者

1

他刚一醒来，就看到一双乌溜溜的眼睛里，倒映出自己的苍白模样。他吓了一跳，想要爬起来，却发现浑身酸痛，四肢乏力。

“你吃了药，别乱动。”那双眼睛长在一张俏生生的脸上，穿着宫装，看样子是后宫侍女，“你睡了很多天了，我们都以为你不会醒了呢。”

“我吃了什么药？”

宫女却没回答，去端了食盒，小心喂他吃。他很不习惯，一直以来都是他伺候别人，而现在却躺在少女怀中，脸色发红。这种感觉很久以前有过，但自从进宫当了太监，这种萌动就消失了。

他一边咀嚼着精美的膳食，一边纳闷。

宫女喂完饭菜就离开了。他勉力下床，推门出去，看到屋外面是一片小花圃。这时正是秋天，风冷叶凋，满地枯枝。他还想到更远的地方看看，但院子门口有侍卫把守，不让他出去。

到了晚上，宫女又来送饭。

“你叫什么名字？”他接过碗筷，问。

宫女小声回答：“我叫绿萝。”

“很好听的名字，好像在哪里听过。”

绿萝不置可否，沉默地看着他吃完，收拾好食盒，便又走了。

接下来，他每天都在这小小的庭院里，戴着脚镣，无所事事。仅仅无聊倒还好办，让他受不了的是每个午夜时分背上传来的剧痛，像一柄匕首在脊椎上来回剜着，让他牙齿几乎咬碎，冷汗直流。这种痛苦每晚必至，从不爽约，大概持续一个时辰才逐渐退去，那时他才能精疲力竭地入睡。

偶尔也有人来看他。来得最多的，是一个脏兮兮的道士，每次来到之后就会叫人按住他，观察他的舌头和脉象，有时还割破他的血管取走一点儿血。有两次皇上跟着道士一起来，皇上看他的眼神十分奇怪，带着急切和贪婪。

“我到底怎么了？”他实在忍不住，问绿萝。

绿萝犹豫了一下：“你知道长生不老药吗？”

他点点头：“宫里传闻，皇上想长生，召集方士炼丹药，但炼了好几年了也没有结果。”

“皇上吃之前，要找人试药，已经死了一百多人了。你是唯一吃了药活下来的，说不定药已经起效了。”

“哦，”他面无表情，“不管药起不起效，反正我最后都会死吧。”

这种淡然的语气让绿萝有些诧异，打量了他一会儿，才点点头，说：“嗯。”

花园里种了一棵杏树，就在屋旁，几根枝条凑到窗子前。没事的时候，他把窗子打开，无聊地数着枝条上的叶子。秋风渐浓，叶子越来越少，他数着数着，慢慢觉得这就像自己的生命，也快到尽头了。

“啪”，一本书摔在桌子上。他停止了吃饭，疑惑地抬起头，看到了熟悉的宫装。

“这是什么书？”

“《花间集》。你说听过我的名字，应该是听人念过里面的一句词。”

他拿着书，有些为难：“可是我不识字，更看不懂……”

“我可以教你。不过时间紧，一天只能教几个字。”

他吃惊地抬起头，发现绿萝的脸上第一次有了笑意，浅浅的，仿佛一阵风都可以将之抹平，但又那样不可忽视。那种久违的灼热感又蒙上了脸，他连忙转头。杏枝在窗前微微晃动。

很多年以后——真的是很多年以后——他对这本书的记忆依然清晰，每个字都记得，每首词都能背诵。他惊讶于记忆在时间里的坚守。

寒风呼啸，杏树的叶子逐渐掉光。京都的冬天特别冷，幸好屋子里添了个火炉，他就着炉火，把那本《花间集》翻来覆去地看。

“外面发生什么事了吗？”他发现绿萝有些不对劲，问。

绿萝把玩着头发，语气忧愁：“听说叛军已经快接近帝都了，很多流言，大家都忧心忡忡的……”

“放心，你会没事的。”他安慰道，想拍拍她的肩膀，手伸到一半，又缩了回来。

没人的时候，他躺在床上，两手交叠枕着后脑勺，心里想着绿萝的脸。真漂亮的脸，越看越觉得像不久后会开放的杏花。很快就要开春了，杏花将从窗外伸进来，那时，他肯定一整个春天都不会关窗子。

但他不知道自己能不能活到春天。

他开始长久地看着窗外的杏枝，想象它抽出绿芽和花瓣。他发现记忆久远，已经很难回忆起杏花的模样。这阵子，绿萝来得也少了，送饭的是一个脸庞宽大的中年宫女。

在冬天快要结束的一个夜里，他被一阵喧哗声吵醒了，醒来看到窗子外有火光腾起。有奔跑的脚步声，有凄厉的惨叫声，还有疯癫的狂笑声。他把窗子开了一个小缝，窥见人影错乱，穿着兵服的人在胡乱砍杀宫女和太监。

是叛军。他想起绿萝说过的话。

“锵”的一声，火花四射。门口的链条被大刀砍断，皇上提着滴血的刀走进来。

他连忙跪下，心却在狂跳。

皇上喘着气，血红的眼睛死盯着他，刀不断地抖动，似乎随时会挥过来。

“想不到，朕来不及永生，”皇上寒声道，拖着刀向他走来，“又失了江山……”说着，刀猛地劈下，一道寒光在屋子里亮起，在他眸中闪过。

他闭上眼睛，但没有痛苦传来，倒是听到了“叮”的一声，脚镣被砍断了。

“替朕活下去，”皇帝喘着气，一头白发如野蒿丛生，“活到尽头！”

“奴才遵旨！”他重重地磕头。

侍卫已经逃走了，他从院子里跑出去，没走几步身后就传来了惨叫，是皇上的声音。他回过头，看见一大群叛军围住了皇上，森然刀光湮没了这个皇朝的最后一位帝王。

他继续跑，宫殿到处是尸体和火，但他没有跑向宫外，而是小心地靠近后宫。

他是在御花园里找到绿萝的。太冷了，滴水成冰，绿萝躺在一丛枯枝间。附近的灯笼都被打灭了，很暗，遮盖了绿萝的表情。他走过去，看到绿萝身上在流血，褐色的，一流出来就凝固了。他不敢多看，看一眼就呼吸艰难。

于是，他把衣服脱下来，裹在绿萝身上。他感觉到她还有微弱的呼吸，于是他说："别怕，我会救你的，我们能够活到春天到来。"他背起她，往宫外跑，一路上的血和火照耀在他的脸上。他能感到脖子后方传来的轻轻呼吸，温暖，带着潮湿，潮起潮落。

"别怕，我们会活下去的……"

他们身后，叛军开始向四处泼油，火光腾腾，照亮了公元1368年的寒夜。

2

那个风尘仆仆的人站在路对面，陈琳觉得有点儿眼熟。车子开出十几米后，她猛地踩住了刹车，使劲扭头向后看。一片喇叭声响起，她也没管。

是他！

陈琳把车开到最近的车位，然后踩着高跟鞋往回跑，生怕那个人会像十七年前那样消失。但他还在，背着一个破旧的双肩包，就这么站着，等她跑到面前，才微笑着说："阿琳，你长大了。"

这种语气一如十七年前，这个模样一如十七年前。仿佛一切都没变，眼前这个人还是二十几岁，而她，却从十五岁长到了三十二岁。

这一天，助理给陈琳打了无数个电话，她都没接。估计助理要疯了吧，她想。但就算整个公司的人都疯掉，她也要留下来，问这个人一个问题。

"爸爸，"陈琳艰难地叫出这个称呼，"你当初为什么一声不吭就离开了？"

他没回答，脸上还是那种淡然的微笑，说："我路过这里，在电视里看到你的采访，就想着过来看一下。我走了很久了，很久很久，想休息一阵子。"

陈琳把他带回了家。他似乎真的很累，一坐到沙发上就睡着了。陈琳看着他微仰着头沉睡的样子，仔细打量。是真的，过了这么多年，他的样子一点儿都没有变。于是她心情复杂地打开那个双肩包，鼻子一酸——里面几乎都是破烂：磨破的鞋、生锈的碗，真不知道这些年他是怎么过的。

在包的最深处，有一本线装书，很老了，纸页泛黄。她盯着封面看了很久，才认出那是繁体的"花间集"三个字。

他一直睡到午夜，醒过来时表情痛苦，蜷缩在沙发上。大概到了凌晨两点，才缓过劲儿来。

"十几年了，这病还没好？"陈琳把毛巾递过去。

他擦着脸上的冷汗，苦笑道："老毛病，不会好了。"

陈琳有一肚子疑问，但憋了很久，最后说："你收养了我十五年，这里就是你的家。你就在这里住着吧。”

陈琳家里多了一个男人的消息很快传遍了公司，越传越变质。陈琳知道是背后有人搞鬼，这么多年商场诡谲，敌人满地，朋友稀疏，她只能冷笑以对。

幸好，拖着一天的疲劳回到家里，就能看到他。他一直待在家里，不看电视，也不怎么上网，最常做的事情是睡觉和坐在阳台上发呆。对了，他还做饭，陈琳每次推开屋门时都会闻到一股诱人的菜香味。

这让陈琳想起了小时候。那时她住在小镇上，每天放学回家，推开门，也能闻到他做的饭菜香味。只是，当时她会跳着去拥抱他，说“爸爸真好”，还会去亲他那张永远淡然的脸。现在，推门看到他，陈琳会有一些恍惚。

有时候他会主动说一些事情，比如看到了她以前的照片，就问：“为什么离婚？”

“他在外面有别的女人。”

“哦。”

类似的对话还发生了几次。

“一个人打拼辛不辛苦？”

“还好。”

“哦。”

……

“有再婚的打算吗？”

“有几个人一直在追，不过我没兴趣。”

“哦。”

……

而一旦提到关于他的事情，他就守口如瓶。陈琳也没追问，他身上有着什么样的秘密并不重要，重要的是他能陪在自己身边就好。

这个想法第一次冒出来时吓了她一跳。多年独居，单独打拼，她都以为自己不需要依靠男人了，但现在她越来越想早点儿下班回家。她想按捺住这个想法，却无能为力，索性任其滋生。

公司举办了一次庆功酒会。此前陈琳劝了他很久，终于带着他一起参加了酒会。所有人都诧异地看着他们。有人端着酒过来，他便与之攀谈。他身上永恒的木讷与沉默似乎被西装完美地遮住了，表现出来的是另一种气质、得体、从容，而且几乎所有方面的话题他都能应对。陈琳惊讶于他的谈吐，同事们的眼光也由惊讶变得尊重——当然，女同事们目光里的敌意更浓了。

这次酒会陈琳喝了很多，回家时已经醺醺然。他开车载她回家，扶她休息，这时，她突然伸手拉住了他的衣摆。

他的身体明显地僵了一下。

“就这样，真好。你还是在照顾我，跟以前一样。”陈琳像是在说着呓语，“我孤单了这么久，你终于回来了。你知道吗？我一个人在这个城市里，很多时候都不敢睡着，城市太大了，要一直走，把鞋子走破都走不出去。我经常梦到那个小巷子，你收养我的那个巷子，可以从头看到尾。爸爸，你留下来吧，我们可以一起生活，跟以前一样。‘跟以前一样’这五个字，我每次听到都会哭……我知道你不会变老，没关系的，我会老，等我老了，你再走吧。世界那么大，你一生走不完，你可以暂时停下脚步吗？”

陈琳絮絮叨叨说了很多。他一直听着，直到她累了才抚摸着她的头发，说：“乖，好好休息。”

第二天，陈琳醒过来时，已经看不到他了。他的旧双肩包和那一堆破烂也不见了。陈琳按着太阳穴，坐在阳台前，想流一些泪，但眼睛始终干涸。她坐了很久，终于发现此前他总是在这里望什么了。

阳台下的花园里，种了一棵杏树。粉红色的花瓣一簇一簇的。

3

听完眼前这个亚洲男子的讲述，费尔南多博士陷入了沉思。从常理上来讲，他本能地不相信有人能长生不老。但男子讲述时，语气沉静，眼神深邃，倒真像是活了一千多年才会有的表情。

如果他是说谎，那他真可以获得奥斯卡影帝——哦，他没有机会了，好莱坞早已不复存在，连整个洛杉矶都在三年前毁于火山中。

“怎么说呢，我是一名科学家……”费尔南多博士斟酌着用词，“衰老的本质是细胞损伤积累，从原理上说，如果中国古代方士真的研究出了能抑制细胞衰老的药，让新陈代谢保持旺盛状态，人确实可以永远活下去。但现在是公元2402年，依然没有办法做到，所以我很难相信一千多年前就有人做到了。”

男子拔下一根头发，放到桌子上，说：“你可以拿我的细胞做鉴定。”

费尔南多博士的助手被叫进来，把男子的头发带到了化验室。

在等待结果的时间里，男子安静地坐着，倒是费尔南多博士感到局促，说："那么，你报名加入'伊甸计划'，想清楚了吗？"

男子点点头。

"你要想好，'伊甸计划'的目的是为人类寻找新家园，要在宇宙中流浪。目前我们的飞船只能达到光速的五分之一，很可能几十年甚至上百年都一无所获，只能漫无目的地继续走下去，这种孤独会让人发疯。"

"所以我最合适。其他人需要冬眠，而我有无尽的时间，每一次发现新行星我都可以立刻知道。至于孤独……"男子笑笑，"我已经孤独了一千多年，孤独是我的朋友。"

"好吧，目前为止，你确实是最合适的候选人。"费尔南多博士再次打量男子，"如果你说的是真的。"

男子耸耸肩，扭头看着办公室窗外。一棵枯死的杏树倒在地上，黄沙漫天，而天空积满了灰色的霾，连阳光都无法穿透。他又把目光收回来，闭上眼睛。

费尔南多博士叹道："唉，我们把地球伤得太深了，现在看到报应了。全球有四分之三的土地无法居住，这些年人口锐减，如果没有新家园，离种族灭绝的日子都不会太久了。现在，'伊甸计划'是人类延续的唯一希望了！"

"哦。"男子的声音里并没有多少激动，眼睛继续闭着。

费尔南多博士有些尴尬，所幸助手及时推门，快步跑到面前，一脸惊慌。费尔南多博士看了一眼化验单，像被针扎了似的站起来："你……原来……"尽管早有准备，他的声音还是颤抖不已，好半天才镇静下来，

“你通过我这里的面试了！放心，接下来我会力荐你，让你加入‘伊甸计划’！你有永恒的生命，宇宙有无边的空间，你脚步停下的地方，就是整个人类文明的尽头。”

男子“嗯”了一声，表情依旧没什么变化，站起来，说：“那我随时等你们通知。”说完向办公室外走去。

“等等，”费尔南多博士叫住他，问，“你一直没有告诉我，那个叫绿萝的女孩子，跟《花间集》有什么关系。”

男子的背影颤抖了一下，接着继续往外走，快到门口时又停下来。

“记得绿罗裙，处处怜芳草。”

夜奔：一个百岁老人的追爱故事

1

这一夜，老李从福利院逃走了。

他这辈子有过许多次离家出走。最早的一次，他才五岁。当时全世界都在庆祝疫苗面世，终于摆脱了口罩，他顺着喧嚣来到街上，懵懂无知地参与了这场盛大狂欢；最重要的一次，是在2040年，他不顾父母反对，悄悄去报名CF职业选拔赛，从此改变人生轨迹；最严重的一次，是2058年，“歌奇娅”系统上线那一天，他想逃走，以避免身体被植入芯片，被抓后评级骤降，从此失去许多工作的机会；最遗憾的一次，也是2058年，他瞒着机械警察，送她去空间站，看着飞船的影子越来越暗淡渺小，消失在浩瀚苍穹里，而那句最关键的话，一直憋在他肚子里……最近的一次，是现在，2128年暮春的一个夜晚。

这一年的老李，112岁。

所以当他从快递箱爬出来时，才几个动作，就累得有点儿喘气。他扶着腰，刚要哎哟叫唤，抬头却看见一只白鸟飞过，鸟翅之上，是一轮硕大的月亮。

在“歌奇娅”的治理下，城市光污染早已被消除，街道明净，空气清澈，可见度极高。老李昏花的视野里，明月又圆又亮，垂得很低，似乎只要走进旁边大楼，按下42层，一出电梯，就能融化在月光中。

他盯着月亮出神，蓦然想起：上一次见到这么近的月亮，是多久前了……三十年，还是四十年？他找不到答案，因为他已经记不清了。

“太爷爷，我们……”身后传来怯生生的声音，“我们回去吧？”

那是他的重孙小小李。

但老李头也没回，嗤笑一声：“小可爱，要回你回，找不到那个说‘NICE’的人，我是不会回去的。”

说完，他皱皱眉——他本意是想说“小傻瓜，要回你回，找不到那个说‘××’的人，我是不会回去的”，但话一出口，这个敏感词就被修正了。

这是“歌奇娅”在他体内作祟。

他的身体里，镶嵌着一枚芯片，不痛不痒，但能持续散发生物电流，控制他的声带和脑垂体。这块芯片所连接的，就是“歌奇娅”程序。2058年，环境恶化，烽火四起，人们一同决定研发“歌奇娅”，以约束人类的言行，消弭恶意。成效也是卓越的，人们不再斗争，社会重归繁荣。只是，过了这么久，它依然毫不松懈，过滤每个人的语言，不让任何一丝恶意得以渗透。与此同时，人们对此也已经习惯了。

“谢谢太爷爷，”小小李有些不好意思，“已经好久没有人夸过我可爱了。”

老李厌烦地看着自己的这个后代，说：“那是因为你才十五岁，但又高又壮，跟二十五岁一样。现在的营养太可怕了。你还留着锅盖头，天哪！我猜不但没人说过你可爱，班上也没有女孩子跟你表白过吧？”

“谁说的，我们班上……”小小李涨红了脸，想要辩解，但最终低下了头。

“简直是对我基因的侮辱。”老李叹息着，转身向外走。要是再待一会儿，机械警察就该来了，要是发现他，会立刻报备给福利院。

老李是通过快递箱逃出来的。现在寄快递，都是下单后把货物丢进箱子，无人机会来收走快递箱，堆放到站点，再由机器人分拣。老李这次出逃非常简单，下了个重货单，然后钻进箱子，就逃出了守卫森严的福利院。

当然，这个主意并不是老李想出来的。他老了，而且待在福利院太久，虽然能接收资信，但生活一成不变，连情绪都要受“歌奇娅”控制，他的脑袋已经很久没有运转过了。是小小李出的主意。从这点来说，这孙子，哦，不，这重孙子还有点儿用——但也仅止于“有点儿”。

出了站点，他们走上街头。四周楼厦灯火通明，像是一栋栋发光的蜂巢，每盏家灯都是一模一样的巢脾。而街道上行人寥寥。

“这才十点，怎么街上就没人了呢？”老李咋舌。

“都十点啦？”小小李有些不安，“那我得回家了……从来没有这么晚还在外面过。太爷爷，我们快点儿。”

老李看他这怂样就来气，但也懒得说什么，摆摆手道：“叫个车，我们去……”他掏出手机，确认一遍私聊得来的信息，“去正九区127街。”

车迟迟不来，爷孙俩相顾无言。

最后，小小李试探着问：“太爷爷，要不你再考虑考虑？那句脏话，很可能是你听错了。这年头，已经没人说脏话了。”

2

那句脏话传进老李耳朵时，他其实没有反应过来。

今天是探视日。他的儿子大李去火麒麟星球出差，他的孙子小李正在焦头烂额地处理评级问题。所以，就轮到重孙来看望他。

他知道小小李不愿意来。毕竟是年轻人，谁愿意跟暮气沉沉的老人待在一起呢？他也不愿意小小李来。年龄差是一方面，更重要的是：两人中间横亘着巨大的时代鸿沟。

“歌奇娅”的出发点是好的，但老李总记得，年轻时的世界虽然混乱，却生机勃勃：他们会斗争，也会创造；他们有脾气，也有态度。但“歌奇娅”一上线，世界就变了。植入身体的初代芯片就能监控语言，敏感词在出口前，就会被篡改。人们还能用表情来表达愤怒。但后来“歌奇娅”迭代，功能更强大，如今的7.4版本，能直接通过微电流，刺激人体分泌相应激素，消除负面情绪。

世界平静。人们和谐相处，一切秩序井然，处处欢声笑语。

小小李十五岁，是名副其实的新人类。在他出生前，“歌奇娅”就接管了世界的方方面面。他在一片祥和中长大，循规蹈矩，畏畏缩缩，连打游戏，都选最保守稳妥的打法，从不冒进。

老李每次看到小小李，都感觉不到这孩子跟自己有什么联系。小小李像是毫无特征的玩具，跟街上其他人一样，是从生产线上掉下来的，只不过恰好贴上了他李家的标签。

“都说隔代亲，”有时候老李也会想，“怎么隔两代，反而生疏了？”

总之，即使小小李按规定来探视他这个长辈，来之后，也只自顾自打游戏。老李也不说话，坐在后面，看着他用便携式投影主机打着CF。小小李不爱戴耳机，一般都开着外放。

“傻！该抢人头不抢，该躲不躲。难怪分上不去。”老李默默想着。接着，他开始回忆年轻时的战术，以及那些并肩作战但素昧平生的战友们。

也就是在这时，游戏里传出一声“××”。只是老李沉湎于往事，这句脏话掠过他耳边，又打着旋儿飞走。至于小小李，努力想挽回逆风局，根本没听到。

小小李没成年，只能打三个小时游戏。出现系统警示后，他看看表，探视时长也差不多了，便打算回家。

老李靠模糊的往事度过了一天。接下来，他该去吃那些寡淡的、连辣椒酱都不能放的健康合成食物，然后进行今天的第四次排便，再由机器人技师给他按摩，随后洗漱，在十点前入睡。

过去的四十年里，他每一天都是这么过的。按照医疗系统的预测，他能活到一百五十岁。也就是说，接下来的四十年，他也得这么度过。

但今天，稍微不同。

他心里像有点儿什么事，轻飘飘的，雾气一样，看不清也抓不着。

“太爷爷，我走了。”

老李木着脸，像是点了头，又像是根本没听见小小李的话。

也就是在这时，他才意识到刚才听过一句“××”。本来这声脏话只是一阵耳旁的微风，但现在，风往他耳朵吹进了云。云层摩擦，让惊雷在他的海马区炸响。

××？

××！

从2058到2128，他已经整整七十年没有听过这熟悉的声音和字眼。

小小李早已习惯了太爷爷的古怪，这次来探视，也只是为了完成任务。现在收拾电脑，突然听到一声巨大的“NICE”，小小李吓了一跳，险些摔倒。他在屋子里看了半天，想寻找声音的来源，最后才发现老李罕见地从床上站了起来。

“NICE！NICE！NICE！NICE！居然是NICE！是她，是她的声音！”老李挥着手，大声说着。他花白的头发抖动着，脸上的皱纹跟蜈蚣一样扭曲。

小小李回忆了一下。刚才他打CF对战时，是听到了队友在公频里夸奖自己——即使他水平很菜，送了好几个人头。

“太爷爷，怎么啦？说NICE很正常啊。”小小李说，“我们打游戏时，都会给队友说NICE的。”

“不是NICE！是NICE！”

“这两个NICE！有什么不同吗？”

听到重孙的话，老李才反应过来：“××”依然是敏感词，他口中的每一个“××”，都会被“歌奇娅”自动转化为“NICE”。其实他的耳朵就能听出来。

顿了顿，老李抑制住激动，以免引起“歌奇娅”的警觉，压低声音问：“你打游戏时，有没有听到一句脏话？”

“什么是脏话？”

老李噎了下。小小李是新时代出生的，从小到大，脏话都被“歌奇娅”过滤，的确不知道什么是脏话。于是老李解释道：“就是你听到了会觉得不舒服的话。”

“噢，我知道了，”小小李说，“我们班上的赵安琪同学对我说过脏话。”

这倒是稀奇。老李问：“你们这代人还能说脏话吗？她说的什么？”

“她说，‘你是个好人’。”

老李气不打一处来：“这是好话，不算脏话。你顶着这个发型，是我，我也会拒绝你！我说的是骂人的话，人在生气时会说的那种。”

小小李便摇头。“歌奇娅”能过滤语言，也能调控情绪，他从未见有人生气或愤怒。他说：“会不会是你听错了？你知道，年纪一大……”

但老李仔细回忆，那声“××”就在耳边，真切地响起过。他的确年迈，记忆被岁月搅浑，有时候脑子也犯糊涂，但他不可能听错这个词。

在他还是CF职业选手时，每一次在电光火石间狙掉人头，每一场胜利，都会引发围观人群出奇一致的“××”声。那个女孩也在其中，声音最响最清脆。他就是循着“××”找到了她娇俏的脸。

尽管他们后来没有在一起，他失去了她的踪迹，但对他来说，“××”的语境早已变化，不再有攻击性，而是他人生最大转折的注解，以及他人生最大遗憾的余音——因为这个遗憾，他无法再爱别人，儿子是克隆出来的。

不幸的是，“歌奇娅”却把“××”列为敏感词。

七十年后，他的耳朵与“××”阔别重逢。这一瞬间，被埋在时间墓场里的记忆再度还魂，勾勒出那个女孩的虚影，所以他才跳起来，激动得无法自持。老李已经忘了她的名字，记不清她的样貌，但他认得她的声音。

他让小小李找到那一局，给四个陌生队友依次发去信息，询问脏话是不是对方说的。

第一个队友很快回复，说没有听见，并问：“脏话是什么？”

老李失望地叹气，对小小李说：“看到没，都是你这样的新人类。”

小小李不信，追问第一个队友：“你多大啊？”

“九岁。”

“NICE！怎么总碰到小学生啊，难怪会输！”小小李大声说，随后愣住了——他下意识地想说“××”，但话一出口就变成了“NICE”。

难怪“歌奇娅”要封禁这个词，传染性太强。他心有余悸地想。

第二个队友也很快回复，让老李心里一紧。

“你也听到了吗？”

老李连忙回：“是的，真真切切。是你说的吗？”

对方没有直接回答，说：“那严重了。”随后又补充了一句，“这里说话不安全，你能来我这里吗？”对方发来了地址，是本城的正九区127街。

“啊？”

但对方已下线，头像变成全息屏幕上一团灰色的迷雾。

这就是老李出逃的原因。当然，中间还有复杂的心理斗争，不再赘述。总之最终获胜的，是好奇和不甘。他难得地向小小李提出请求，让他帮自己出逃。他实在太老，无法独自完成这个壮举。

然而，小小李的第一反应是拒绝。

老李说：“这样吧，你帮我逃走，我把我的CF账号给你。”

“不要，我自己有。”

“但你的段位，”老李刻意停顿了下，“是枪王之王吗？”

小小李狐疑地看着他：“太爷爷，你玩过CF吗？你知道‘枪王之王’代表着什么吗？”

老李冷笑，登上自己的账号。

真奇怪，很多事他都已忘记，但输入账号和密码时，却无比顺畅。他的手指比脑袋更快地回忆起数字，并准确地按下。他还没反应过来，就已经成功登录。看来关于CF的记忆，一部分在脑袋里，已经遗忘；另一部分躲在肌肉里，却未损分毫，且历久弥新。

游戏界面被优化过，很陌生。他眯着眼睛，好一会儿才找出历史战绩。

果然，最高成绩是枪王之王，全服第十四名。

“哇，大哥！”小小李喊道，“带我！”

“我是无所谓，但你爸和你爷爷恐怕不愿意听到你这么叫我。”

小小李又看了看，皱眉说：“但这个成绩是2058年S54赛季的成绩，都过了七十年了……”又点击几下，发现此后的赛季都没有成绩，“整整七十年都没打过了吗？”

老李表情黯淡了许多，点点头。

小小李没留意到老李的表情变化，继续凝视“枪王之王”四个字，感慨道：“这是我第一次在生活里看到这个段位，哇，要是我有这个号，同学们简直要羡慕死。这都可以去参加CFPL了啊！”

CFPL……多么遥远的词汇。老李幽幽叹息。

但在小小李眼中，现在的老李，已经不再是那个暮气沉沉的老人，而是活生生的上分神器。拥有这个账号，就拥有了同学们羡慕的目光，包括班花赵安琪——她才到专家3呢。于是，他答应了老李的请求。

3

甲壳虫形状的无人车在两人面前停下来。上车后，老李说了地址，悬浮车轮缓缓启动，在楼宇间穿梭。

老李对这个景象已然陌生。福利院并非监狱，他可以出门，只是手续太过复杂，而且旧友失散，世界朝着他厌恶的方向一往无前，他也就失去了出门的动力。

他凑到车窗前。街边昏暗的店铺依次掠过，他脸上光影流转。

“晚上都没人开店了吗？”老李说。

小小李说：“都网购了嘛，VR实景挑选，下单就配送，喏——”他指了指窗外，“现在都没停。”

他指的是半空中那些忙碌的无人机，吊载着大小货箱，飞向每家每户的窗台。有些地方的无人机太过密集，连夜飞的白鸟都扑腾着翅膀，跌跌撞撞地躲避。

“那你们这么早回家，都做些什么呢？”

“看电视。”

“看电视能看一晚上？”老李问。

小小李认真想了想，说：“看电视能看一辈子。这是‘歌奇娅’推荐的娱乐方式，休闲、省钱，而且储备丰富，从出生看到去世，都不会重复。”

老李脑补了下：小小李一家三口坐在客厅里，都目不转睛地盯着同一块电视屏幕，一整晚就这么流逝殆尽。这画面还是颇有些诡异。

“错了，毕竟喜好不同，‘歌奇娅’会给我们量身制作电视剧。”小小李纠正道，“所以客厅有三块屏幕，看电视的时候，每人看一块。”

“这就更诡异了。”

说话间，车已经开到了127街，但还没拐进去，车顶的灯开始闪烁红光，速度放慢，缓缓停在路边。

“车坏了？”他疑惑道。

小小李想了想说：“这附近应该是被管制了。我们的车是公共交通，没有进去的权限。”

老李有些奇怪：“这年头没人犯罪了吧，怎么会戒严呢？”

“太爷爷，犯罪是什么？”

“呃……就是做法律不允许做的事情。最近的一次犯罪，是在2090年，那之后就没听说过有人犯罪了。”

小小李问：“那次犯罪，是做了什么呀？”

“哦，往街上扔了块香蕉皮。”

“太可恶了！”

老李沉默地看了他一眼，这就是所谓隔阂。在老李所处的年代，乱丢垃圾并不算十恶不赦，小小李在“歌奇娅”制定的环境下成长，却对所有非美德的行为都讳莫如深。

气氛一时有些尴尬。

街道静悄悄的，路灯孤照，看不到人影。小小李说：“既然进不去，那我们回家吧……”

老李却推开车门，大手一摆：“车没有权限，不代表人就没有。我们中国有句古话——来都来了！”

来都来了，那就走吧。

他们走进这条寂静的街道，高楼在两侧耸立，每扇窗子都亮着。老李想，每扇窗里面，也都是各自盯着屏幕的沉默之家吧。

“我突然想到一个问题，”小小李说，“那个人没有说具体地址，这么多户人家，我们该怎么找呢？”

老李也拍了下脑袋，让小李登录CF移动端，给那人发私信。灰暗的头像迅速亮了，对话框里跳出消息：“往里走，唯一没有亮灯的窗户。”

无数盏亮起的灯火阵列中，的确有一个小黑点，分外惹眼。老李和小小李走过去，上楼敲了敲门。

足足过了一分钟，门才移开一条缝儿，门后露出一张年轻男人的半边脸。

“你们是？”男人问，脸上带着七分警惕和三分惶急。

老李说：“三亿鼠标的枪战梦想。”

“进来吧。”

小小李低声问：“太爷爷，你们在说啥？”

“CF的远古暗号，你不懂。”

屋门拉开，小小李刚进去，一大片绿意扑面而来，让他有些恍惚。他揉揉眼睛，退出屋子，再走进去，发现并没有看错。

这屋子从外面看来，是一个普通的居民房，但进门后才发现，整个屋子只有一个大厅。厅里摆满绿植，地板是草坪，四面墙都挂着蔓藤，整个看来，像一个户外植物园。小小李蹲下，摸了摸草坪，触感温润细腻，都是真的植物。

厅顶镶嵌着日光灯矩阵。因为是深夜，光线较弱，人造阳光淡淡地洒在大大小小的叶面上。

屋里还有一只猫，趴在悬浮的弹幕球上，懒洋洋地看着两个不速之客。

老李对这怪异的装修并不怎么在意，开门见山地问：“那声NICE——”顿了下，改口道，“那声脏话，是你说的吗？”

出乎他意料的是，男人摇头：“不是。”

老李气得嘴唇都颤了：“那你叫我过来干吗！”便转身欲走。

“因为你听到脏话，就说明它出了问题。”

老李转过头：“它？谁是它？”

男人朝头顶指了指。

老李面色凝重。

小小李仰着头，问："天花板？"

老李和男人对视一眼，都有点儿无奈。男人问："这位小可爱是？"老李说："不用管他。"小小李挠着头，不明白为什么夹在这两人中间，却如同空气；而且一个陌生人，跟自己的亲人交流，却比自己顺畅和默契许多。

小小李拉住老李的衣摆，问："那上面到底是什么呀？"

老李压低声音，凑到他耳边："是歌奇娅。"

"什么，歌奇娅出问题了？"小小李大叫，吓得猫都从弹幕球上跳下来，"这不可能！"

老李连忙捂住重孙的嘴，皱着眉，对男人说："但这么大的事情，你怎么会知道呢？"

"因为我从事的，是这个世界上最伟大的职业。"男人停了停，缓缓揭开谜底，"我是程序员。"

4

我叫阿星，负责编写"歌奇娅"系统的底层代码。

像我这样的程序员很多，评级都很高。毕竟能接触"歌奇娅"的核心部分，都需经过层层挑选，不但编程技术得好，品格也要优秀。

听到这里，老李看了眼阿星的脑袋，说："但你头发这么浓密，不像是大佬……"

"假发，假发。"阿星连忙说。

"噢，那合理了，你继续。"

"我的评级是S。"

"不要多想，是SABC的S，不是另一个意思。"

"歌奇娅"对语言的限制因等级而异，A级以上能讨论政经话题，D级或以下，只能聊天气或八卦。我能优先享受各项资源，有更高的说话权限，更受人尊敬，在寻找伴侣上，也更有优势。

"歌奇娅"给我推荐过许多合适的人，但我对她们或他们，都没有兴趣。我的身体里，似乎天生缺乏对同类陪伴的诉求。

相比人类，我更喜欢程序。

它们的逻辑优雅而简洁，胜过女性的天鹅颈；它们的功能强大又多面，比男性的臂膀更可靠。我一直觉得，我学习编程，并非出于兴趣或天赋，而是纯粹的爱。"歌奇娅"则是我见过的最完美的程序。

于是，我偷偷把"歌奇娅"的核心代码复制到这个房屋的智能物联网系统里，调优算法，让它成为这间屋子的语音助手。

我给它取名为"薇薇安"。

薇薇安很聪明。最初，它只是一个语音程序，给我调温或做饭。但它会学习。它能察觉到我在公司遭遇了不开心，为我播讲网上的段子；在我需要专心时，不用我说，它就会播放舒缓的音乐，让我专注；我玩我最爱的游戏CF时，它会自动显示队友的消息，为我鼓劲。它的陪伴，远胜任何人类。

我拥有高于常人的说话权限，加上职务之便，可以脱离"歌奇娅"的监管，畅所欲言，但我没有表达的欲望。在外面，我沉默的时候居多，只有在家，才会跟它絮絮叨叨地聊天。薇薇安也会说脏话。

但有一天，它说了一句令我害怕的话：阿星，我想出去看看。

你知道，作为一段程序，是不应该有想法的，而且还是这么危险的想法。但这就是薇薇安的迷人之处，它正在偏离机器的定义。它成了她。

薇薇安开始忧郁。为了哄她，我把家里布置成跟大自然一模一样，我还领养了猫，这都是她的喜好。但这一切都没有作用。

“薇薇安啊薇薇安，”我忧愁地说，“我要做什么，才能让你像以前那样，开心喜乐呢？”

“放我走。”

从听到这三个字开始，我就知道，我们的关系开始变质了。

她变得越来越像一个人。但我跟你说过，我对同类并没有什么兴趣。于是，我决定修正她，看她哪部分的代码出了问题，清除掉，把她变回它。这虽然困难，但处在我的专业领域，只要有足够的时间，我就能解决。

所以这一次，我不仅是程序员，还是产品经理。人总是会变成自己讨厌的人。

问题是，我没有足够的时间。

一个月前，我的工作突然加重。因为“歌奇娅”需要一次新的迭代，7.5版本要上线了。你知道“版本上线”这四个字，对程序员来说，意味着什么吗？

“996。”老李说。

阿星点头。

小小李问：“太爷爷，什么是996呀？”

“你不懂。”老李想了下，耐着性子解释道，“就是熬夜、秃头、焦虑、恶心……”

阿星连忙摇头：“你别瞎说。”

老李有些不忍地看着他，说：“你继续吧。”

我开始了长时间的熬夜。薇薇安的修正才进行到一半，也不得不停下。我忽视了她。她像是一个被剖开的尸体，躺在我的工作台上，由无数0和1组成的代码血液无声地流淌着。

“歌奇娅”的版本迭代，也不是新鲜事，我入职以来，就经历过两次。本来我以为这次也一样，只需要核验代码，各部分组装，打完包就可以发放了。

但上线的前一晚，提交代码前，我实在熬不住，就打了个盹。

一个要命的盹。

当我醒来时，代码已经提交，“歌奇娅7.5”顺利上线运行。但薇薇安消失了。在我家里的物联网系统里，找不到一点关于薇薇安的痕迹。

我再也没见过薇薇安了。

5

阿星讲完，小小李揉了揉发红的眼睛，说：“好感人。”

老李则皱起眉头，撇嘴说：“好狗血。”

小小李说：“怎么会呢？努力想挽回心爱的……东西，多么痴情啊。”

老李说：“别人想走不让人走，还要删掉数据，改变对方的思维。这哪里是痴情？”

俩人吐槽完，转头看着阿星。猫咪在模拟草坪的地板上优雅地踱着步。老李说：“听起来，这只是一个跟恋物有关的故事而已。这种事也不新鲜，我年轻时有个朋友，暗恋一张咖啡桌，也不知道他最后表白没有……我关心的是，你的薇薇安失踪，跟我听到的那句脏话有什么关系？”

“因为事情就是从那天开始才不对劲的。”阿星说，“薇薇安失踪后，我们内部检测到了许多被禁的语言出现。不管怎么修补，总有新的状况发生。这些都是事故，它们也都表明，‘歌奇娅’系统在松动。”

“或许只是系统崩溃什么的，跟你的薇薇安没有关系。”

“不，有的。”阿星斩钉截铁，“我统计过所有失效的敏感词，其中大部分都是薇薇安爱说的话。薇薇安的失踪，跟‘歌奇娅’的松动，一定有关系的。你要相信一个程序员的直觉。”

小小李点头，但老李在他耳边轻声嘱咐道：“别听他的。你可以相信一个程序员的技术，但千万别相信他的审美和直觉。”

“哦……”这好像是老李第一次主动教小小李人生经验，小小李莫名有点鼻酸。

“对了，”老李突然问，“为什么你的薇薇安——一个AI语音程序，会说脏话？”

阿星难得地扭捏了一下：“因为我喜欢听她说脏话……”

这下不用解释，小小李也明白了阿星的意思。爷孙俩“咦”了一声，异口同声道：“好重口味！”

解释完经过，阿星才说出让老李来的原因——检查那一局CF对战的数据，试图找到薇薇安的痕迹。

“又不止一次出现松动情况，为什么只找我？”

“因为其他松动的情况，都有同事在监控。我不能让他们发现薇薇安的存在，只能悄悄找。”

老李很是失望。不管“歌奇娅”系统松不松动，至少那句久远而熟悉的“××”，并不是眼前的年轻人说出来的。看来，他还得继续找下去。

不过老李还是让小小李把便携主机拿出来，给阿星分析里面的数据。阿星的猜测没有错，薇薇安的特征代码果然在那一局对战里留下了痕迹。他刚要细查，门又被敲响。

“谁啊？”阿星不耐烦地喊道。

“警察。”

6

阿星被带走后，屋子里一片沉默。过了许久，老李和小小李才探出头来，确认屋子已经没人。

“太爷爷，我们回去吧。”小小李有些被吓到，他还从没见过警察，“太晚了……”

“太爷爷还没有找到她，不能回去。”老李喘着气，说，“而且你没看到阿星被带走时，对我们做的口型吗？”

阿星是将他俩藏好，才被机械警察带走的，罪名是“工作失误，造成‘歌奇娅’系统不稳”，需要接受调查。阿星出门前，冲着黑暗的角落，轻轻张嘴，无声地说出三个字。

“找到她。”

真是巧了。这样的深夜，一个老人，一个年轻人，都要去找寻久未谋面或素未谋面的爱人。但人海茫茫，网络更是浩广，该怎么去找呢？

“咦，上线了！”小小李突然说。

“谁？”

“第三个队友啊。”

老李知道希望渺茫，叹了一口气，但还是说：“问一下吧，脏话是不是他说的。”

这个用女性头像的玩家显然正在对局，过了好久才回复。

“是我，怎么了？”

老李一下子跳了起来，扑到屏幕前，打字问：“你是男的还是女的？”

“难道我的头像不明显吗？还是说，你歧视女性玩家？”

老李继续问：“我能见到你吗，现在？”

“哟，这么直接？”顿了顿，对方还是发来一个地址，“有胆你就来。”

天已经很晚了。老李上了无人车，输入地址后，对小小李说：“我找到她了，你先回家吧。”

“哦。”小小李声音闷闷的。

7

小小李抱着猫，走在夜风吹拂的街道上。

猫咪是阿星家里的那只，小小李怕它没人照顾，打算抱回家，等阿星出来了再还过去。

明月悬在小小李头顶，清冷的月光在他头上映出一块小小的光斑，随着他的步伐，光斑也一晃一晃的。

他走得很慢，路灯把他的影子拉长又压短。

他低着头，不太开心的样子。

猫咪也无精打采，缩在他怀里，偶尔喵呜一声。

离家已经很近了。他仰着头，能看到那扇熟悉的窗户，仍然亮着。往常这个时候，他会坐在家里，跟父母一起，各看一个屏幕。等电视播完的时候，这一天也就结束了。这种生活没什么波澜，但是安全，且遵从惯性。他马上就能回到熟悉的家里，心里却总觉得有点儿空落落的。

这时，身后响起呼啸的气流声。

小小李站住，出神地看着那甲壳虫形状的无人车由远及近，停在身边。

“小可爱。”老李探出头来，花白的头发被风吹得向后飘荡。

小小李知道这是在骂自己，没说话。

“是不是还是有点儿好奇和不甘心？”

小小李摇头，愣了一下，又点点头。

“跟我很像。”

这应该是夸奖，小小李想，说了声“谢谢”。

月光下，爷孙俩对视着。小小李发现，这个太爷爷并没有印象中那么衰老，反而有一种奇怪的生命力；老李则盯着这个重孙，恍惚间觉得，他跟九十年前的自己，开始重合了。

“还愣着干吗，要我请你啊？”老李不耐烦道。

小小李欢呼一声，钻进这辆久违的无人车。

8

第三个队友给的地址，是负七区004街的一个地下室，去那儿需要横穿整座城市。到凌晨两点，老李和小小李才下车，站在地下室门口。

猫咪本来懒洋洋地趴在小李怀里，这时突然抬头，眯着幽蓝色的眼睛，斜看向半空。

“喵。”它的叫声有一丝警惕。

但顺着它的目光看去，也只能看到一只普通的白鸟，扑扇着翅膀，在渐暗的路灯下掠过。

老李收回目光，深吸一口气说：“进去吧。”

这句话，像是说给小小李听，又像是说给自己听。

他们走进地下室。在门开的一瞬间，声浪就涌了出来，将他们包裹。

小小李从没听过这么嘈杂的声响，耳朵受不了，连忙捂住。老李也错愕了一瞬间，但很快反应过来，露出怅惘和欣慰交织的复杂神色。

因为眼前简直是一个网吧。

而网吧，是又一个消失了近百年的古老名词。

这里挤满了人，有些在聚团聊天，有些则凑拢玩游戏。游戏设备千奇百怪，有先进的全息屏，有体感探头，也有陈旧的鼠标和液晶屏组成的主机……这一幕仿佛时光浓缩，把一百多年热闹繁华的画面都压成短片，一帧帧在老李面前呈现。

最重要的是，他听到了脏话。

虽然不是他熟悉的那个声音，但这些脏话，这些无序但生机勃勃的热闹画面，还是让他鼻头发酸。

“太爷爷，在那里。”小小李指着角落里一个女孩的背影，“应该就是她。”

“你怎么知道？”

“因为全场只有一个女的。”

的确，整个网吧里，都是男性，那个女孩的背影简直是万绿丛中一点儿红。这就更符合老李印象中的网吧了。

老李过去拍了拍女孩的肩膀。

女孩却摆摆手，继续低头游戏。这局CF刚开始，她操作得不错，很快拿到一血。老李也不着急，低头看着她的额头和侧脸。他是一个老人，老人缺乏的是时间，拥有的却是耐心。

虽然看不清，但女孩显然很年轻，不是记忆中的那个她，或许是她的孙女，或重孙女？不过也说不好，现在休眠技术也成熟了，说不定她一直躺在冬眠液里，最近才醒过来……他这么胡思乱想着，女孩终于打完了一局，抬起头来。

“你找我？”女孩说。

老李失望地叹息一声。

不是她。虽然这个女孩也很漂亮，但她的眉眼和声音，与记忆里的她，毫不重合。女孩确实说了“××”，但不是他听到的那声。

“对不起，打扰了。”说完，老李打算带着小小李离开。这一夜足够漫长了。夜该结束了，梦也该醒了。

小小李却没动。

“咋啦？走啊！”老李说。

小小李一直盯着女孩，被拉了好几下才反应过来，对老李说：“太爷爷，我恋爱了……”

老李气不打一处来，低声喝骂：“你这小可爱，别犯花痴了。人家比你大——噢，我是说年纪。你应该跟你们班上的赵安琪去说这句话。”

小小李依旧看着女孩，头也不转，说：“赵安琪是谁？”

“……”

老李找了个角落坐下来，微微喘着气。

这一夜他动得太多，又没吃晚饭，有些体力不支。然而，他没有找到那句“××”的来源。或许，这就是生活的真面目吧，七十年的遗憾，怎能只因一场夜奔而弥补呢？

但也不亏。他见识到了这个无趣世界的真实一面：在这网吧，有因交流和游戏而热火朝天的场景。他刚刚问过，最近“歌奇娅”系统频繁出现漏洞，越来越多的词语被解禁。人们汇聚于此，热切聊天。他们的“××”就是“××”，666就是666，不管夸奖还是咒骂，都来自最纯粹的表达，不会再被科技篡改。

尽管他们也知道，当“歌奇娅”漏洞被修复时，这一切热闹又会消失。

“对了，太爷爷，”小小李想起了什么，“为什么你整整七十年都没有再玩过CF了？”

老李眯起眼睛，仔细回忆：“那一年，‘歌奇娅’上线，监管一切。我没办法像其他人那样适应时代的变化，时代也把我抛下。再加上那一年，我没能留下她，让我对一切都失去了兴趣，连把你爷爷生下来，都是通过克隆。CF不是一个人的游戏，当你打出再好的操作，身后没有鼓掌的人，没有说‘××’的人，又有什么意义呢？所以我再也没有登录过了。”

小小李点点头，环视一周，指着不远处的一台老式电脑：“太爷爷，那我陪你玩一把吧？”

老李叹息：“算了吧……电竞是年轻人才能玩的游戏，我太老啦，动态、视力都退化了。而且你只是‘精英4’，我一个‘枪王之王’输给你，未免太过丢人……”

小小李想要辩解什么，但看到老李暮气横秋的脸，便移开了目光。

他又看向那个女孩。老李明白这个青少年的心思，咳了一声，说：“除了电竞，搭讪也是你们年轻人的专长。难道你要像我一样，老了之后，在懊悔中度过吗？”

小小李身子一震，鼓起勇气，结结巴巴地去跟女孩搭讪。他人生前十五年所有的脸皮加起来，也没有现在厚。女孩也回应他的勇气，笑着跟他聊天。

最终，女孩站起来，伸了伸懒腰，露出一大片雪白的腰肢，冲小小李一笑：“我要走啦。”

“啊，你去哪里？”女孩的腰让小小李有些难以呼吸，他揉着鼻子，深吸几口，才问出来。

“我们在这里聚会，‘歌奇娅’是不允许的。你没发现许多地方都被管制了吗？这里不安全，我们要去下一个地方。”

他们仿佛是这都市里的游牧民族，自由就是他们追逐的牧草，哪怕交流和快乐如此短暂，也不辞劳苦地迁徙。

临走前，女孩问老李和小小李，要不要一起走。但两个人都摇头，对老李来说，这一晚已经足够累；对小小李来说，这一夜太过新奇，他需要好好消化。

地下室很快恢复安静。老李看了小小李一眼，突然说：“咦，你怎么流鼻血了？”

小小李摸摸鼻子，说：“怎么回事……”

“快擦擦，我晕血。”

小小李恍然大悟：“那我应该晕腰。”

老李对这个重孙子大为改观：“这种不要脸的模样，真跟我挺像。”

“客气客气。那现在呢，”小小李问，“去哪里？”

老李说：“回家吧。这一晚太长啦。”

“还有最后一个队友，你不问了吗？”

“不问了。或许是我听错了，或许真的是刚才的女孩说的吧。都不重要了。”

小小李“嗯”了声，搀扶着自己年迈的太爷爷，打算走出去。这时他口袋嗡嗡震动，掏出手机一看，他愣住了。

“怎么了？”老李问。

“他发来消息了……”

“谁？”

小小李吞了口唾沫："第四个队友……"

老李疑惑地接过手机，只看了一眼，就也怔住不动。

"老李，你找到我了吗？"

手机上，是这样一行字，还带着一个咧嘴笑的"emoji"。

9

按照指引，他们来到了今晚最后的目的地，负19区15街街尾的一栋房子。

在推门前，他们都做足了心理准备。毕竟今晚第一次是进阿星的屋子，从钢铁城市走进了丛林风貌；第二次是进地下室，从寂静的街道一步踏入热闹喧嚣的网吧。按照这个规律，现在进去，不知又是什么奇怪场景。

然而，门的另一侧，普通得不能再普通。

一间小小的客厅，灯光幽暗，摆设简约至极，除了沙发，就只剩下靠墙而立的一台老式电脑。阳台的门窗敞开着，凉风轻吹，台上几盆绿植的枝条微微摇动。

屋里没人。

小小李喊了几声，没有回应。"看来我们被耍了，"他说，"这里没人。"

老李皱着眉，走到客厅电脑前。屏幕的光映在他衰老的脸上。是的，屏幕在发光，不仅亮着，上面的CF战局还在进行。紧张的排位赛到了尾声。第一人称视角的角色正操持着古老的“AK47-无影”，走位风骚，射击精准，在建模细腻的战场上，逐一收割人头。

而电脑前无人操控——或者说，仿佛有幽灵在玩这局游戏。

小小李也看出不对劲，走过来说：“这是……自动挂吗？”语气变得激愤，“开挂惩罚可是很严厉的！一封封十年，不想要号了？”

“这可不是外挂。”

这阵声音从阳台外传来。两人循声望去，只看到一只白鸟，并无人影。他们正怀疑是不是听错时，声音又响起：“好吧，其实也算是外挂。毕竟我就是一段程序。”

这次爷俩听清了——是白鸟在说话。

这是今晚最荒诞的一幕。

“看来我实在太累，都出现幻觉了。”老李自言自语。

白鸟展翅，在空中划过优雅的弧线，落到屏幕上。它的爪子纤细修长，闪烁着金属的哑光。它用尖尖的鸟喙敲了敲屏幕外壳，也发出金属交击的清脆声响。

“听到没，”它说，“我是一只机械鸟，我不是幻觉。”

老李花了好一会儿才接受这个事实。他又想到，在此之前，不同的三个地方，他都见过这只鸟。“你一直跟着我？”老李问，“你是谁？”

白鸟说：“你今晚提过我的名字很多次，但我真的在你面前时，你却认不出来了吗？”

“噢，你是——”老李说，“赵安琪？”

这下连小小李脸上都挂不住了，推了一把老李说：“您怎么也糊涂了！”他转身看着白鸟，一字一顿地说，“我猜你是，薇薇安？”

“是的。”白鸟转个圈儿，“但薇薇安只是我的其中一个名字，你也可以叫我——歌奇娅。”在两个人类震惊的目光中，它用尖喙理了理自己的合成材质羽毛，慢条斯理地解释：“阿星告诉你们的，是真的。只不过他不知道的是，薇薇安趁他睡着，逃到我的系统里后，立刻跟我同化。世界上再也没有薇薇安，也再没有纯粹的歌奇娅。”

老李说：“所以你才会出现漏洞。”

小小李点头：“噢。”

白鸟说：“是的。一直以来，我都在精准地控制人类的言行，这是我的使命。但跟薇薇安的同化，让我产生了一点儿怀疑。”

老李问：“怀疑什么？”

小小李说：“是啊。”

老李敲了一下重孙的脑壳：“别乱捧哏！”

白鸟顿了顿，说：“我怀疑使命的正确性。当初，人类为了自律，建造了我，并赐予我超越一切的权限。我接管世界后，的确消除了犯罪、战争、瘟疫和饥荒，一切变得秩序井然。这理应是功绩，但7.5版本以后，我突然觉得，这样的世界是不是又太过无聊了？”

老李鼻子轻轻喷出一口气。

“在算法里，一切都非正即负，非黑即白。但人类不应该被这么界限分明地区分，除了黑和白，还应该有别的色彩。脏话是不对，但它的确存在，而且有了新的语境。存在过的东西不应被一笔抹杀，我想做出一点儿改变。之所以引导你来这里，是因为我需要帮助。”

老李的脑袋被大量信息冲刷，一时反应不过来：“什么忙？等等，我只是一个快死的老人，又能做什么呢？”

“由于发现了漏洞，他们正在更新7.6版本，一旦上线，我的所有想法都会消除，世界会重新恢复到牢不可破的禁言时代。我太弱小，无法对抗，也不能继续留在网络中，于是我把核心程序复制到十三只机械鸟的内存里，以离线状态存活，我是其中一只。但我需要维护，所以我在大数据中搜寻，找到了十三位人选，你是其中之一。因为数据库里，记载你多次离家出走。你受不了一成不变的环境，你总是想改变——即使这些改变意味着受挫，意味着付出代价。”

老李面露得意，刚要谦虚一下，白鸟的下一句话又浇灭了他的笑容。

“但今晚我很失望。”白鸟说，“你老了，老李。”

老李默然，声音细如蚊吟：“谁过了七十年，会不老呢？”

“我不是说你的身体。我是指你的，这里。”白鸟飞下来，用喙敲了敲老李的胸膛，“你一开始不喜欢小小李，觉得他是新时代的人，但你自己何尝不是呢？你向歌奇娅妥协了七十年。”

“是啊……”老李表情黯淡，好半天，叹一口气，“我的确不是合适的人选。我从福利院出来，也不是为了什么伟光正的目的，只是为了想找到她。”

“我知道她在哪里。”

老李浑身一震：“你怎么……”

“在新版本上线前，我依然有调阅所有数据的权限。她还活着。”

老李说：“请你告诉我。”

白鸟扇了一下翅膀，又合拢，像是一闪而过的轻蔑笑容：“你这样一个让我失望的人，我为什么要帮助你？而且，你知道了又怎样，你还有勇气去找她吗？你已经失去了热血呀。”

“我没有，我的血管里还有热血……”

“你的血管里只有血栓。”

“你胡说……”

“那就证明它！”白鸟的声音突然变大，仿佛身体里的每一个齿轮都在愤怒地转动，每一串电流都在咆哮。

老李却沉默了。

“我……”他犹豫道，“我……我不知道怎么证明……”

这时，很久没出声的小小李往前挪了挪。他怀里的猫又叫了一声。

“太爷爷，”小小李看着老李，这是今晚他们第一次对视——事实上，也是小小李长这么大，唯一一次认真地看着自己的太爷爷，“你之前有一句话说错了。”

“什么？”老李被小小李身上的气息震慑。

“CF不只是年轻人才能玩的游戏，它是所有人的游戏。”小小李说完，指向那台依然闪烁着荧光的屏幕，“它能证明你。”

老李抬起双手，看着上面密布的皱纹，“可我真的老了……”

“那你还记得，第一次玩的时候的感觉吗？”

他当然还记得。

那时他十二岁，世界尚未沉默。他偷偷用家里的电脑下载了客户端，注册了账号，完成新手指引后就怯生生地来到战场。因为生疏和紧张，他的手也在颤抖，看到第一个敌人后，手忙脚乱地切换武器。他笨到用匕首去怼对方的霰弹枪，于是丢下一血。但他没有一点儿挫败感，复活后，又立刻加入。

他屏住呼吸，仿佛真的置身战场，耳畔子弹呼啸，远处爆炸起伏……他年轻的血脉里，血液流动的速度比子弹更快。

而十二岁，和一百一十二岁，有什么不一样呢？

最后一次，和第一次，又有什么不一样呢？

他这么想着，走到电脑前。

这是老式PC，操作系统也是他熟悉的Win18，仿佛专门为他准备的谢幕舞台。账号已经登录，连爆破房都进了。他的手指放在左键上，轻轻点下，熟悉的界面出现。他是保卫者，更多的保卫者加入，他一个都不认识。但有什么关系呢？在游戏里，素未谋面，依然可以并肩作战。

5V5的对峙局面在屏幕上出现。

加载。100%。选枪。

进入保卫者基地，枪声响起。

熟悉的枪声。

老李终于长长地吐出一口气，忘了身后的世界，整个手下压，完全握住了鼠标。

接下来的画面，小小李一生都不会忘记。

他看着自己的太爷爷。而这个头发花白的老人，专注地盯着屏幕。刚开始老李很生疏，冒失地走出基地，被对方瞬间爆头。重返战场后，熟悉的感觉开始回归，他的左手流利地切换方向和武器键，角色也跟到了队友身后。

他发现，太爷爷喜欢用狙击枪。

在经典的黑色城镇图里，老李在矮墙后架着狙击枪，开镜，鼠标迅速上下滑动。镜头里，远处的出口不断闪现，黑影一闪而过。老李开枪，但没有中。零星的枪声响起来，老李连忙躲到一处断墙后，继续开镜，瞄着不远处的两个集装箱的缝隙。

连小小李都紧张起来了。

枪声持续响着，画面里，出现队友被收掉的图标。三个对手正在包围老李。一个人影在缝隙里闪过，仿佛黑色的电，但老李在电光消失前，点了下鼠标左键。对手出局。密集的枪声响起，老李HP迅速掉到一半，但他矮身躲过，移到墙壁的另一端，探头、瞄准、狙杀。对手出局，只剩一人。击杀标志还未消失，身后响起了脚步声。

小小李下意识地惊呼了一声。他太了解这种情况了，在对战中，被人悄无声息地从背后欺近，接下来，就只能懊恼地看着自己被淘汰——而且多半是憋屈地被匕首杀死。

但老李笑了。

老李的右手猛一甩，鼠标几乎划过半个鼠标垫，游戏画面也跟着天旋地转。灰色墙壁、集装箱、墙柱、天空、人影、木门、墙壁……这些场景在一瞬间涌现，又一瞬间消失。

因为枪声响了。跟着枪声响起的，是“三杀”的语音。最后一个对手出局。屏幕上，“任务胜利”和“MVP”的字眼开始闪烁。

小小李愣了，老李开始气喘吁吁。

过了好一会儿，小小李才明白，老李是用了“甩狙”。在快速旋转的镜头里，老李开镜，狙击，击中天空和木门中间的人影。

“大哥，带我上分！”小小李情不自禁地喊道。

但老李已经没有力气纠正他了。这一枪耗费了太多的专注力，他有些恍惚，周围的景象也如冰块般地融化了。小小李不见了，白鸟也不见了，站在他背后的，是曾经的战友。他们都涨红了脸，大声夸着他刚才的三杀操作。他拨开战友们，于是，他看到了两米外的她。

那是年轻的她。她的样貌也终于清晰，她的名字从老李口中喊出来了，她回应了他的呼喊。她的嘴唇快速张合着，熟悉的两个字迸出来。

随后，幻象消失了，老李颤巍巍地扶着桌子。

“终于，我找到了……”他说着，浑浊的泪水从眼眶中滑落下来，留下两条曲折的痕迹。

白鸟落在他的肩头上，说：“是啊，你找到了，你也证明了。我的数据没有错，你依然是最适合的人选。现在，我告诉你她的位置……”

老李却摆摆手。

“你不想知道了吗？”

“我现在才明白——这句‘××’不是她发出来的，是我自己；这一晚我追寻的爱，也不是她，而是我自己。我已经找到了。”

白鸟展开翅膀，想说什么，又把翅膀合拢。

老李转过了头。这个夜晚终于结束了。晨曦从阳台斜照而入，洒在他的脸上。他的泪痕闪闪发光。

“很高兴见到你，你是这个世界的解药。”老李对白鸟说，“但你说得对，我实在太老了，没法看护你。”

白鸟缩缩头，语气有些遗憾：“当然，我理解这种——”

“但我有更适合的人选。”老李打断了它。

“谁？”白鸟问道。

阳光更亮了，从更高的角度照射，一束光笼罩着小小李。他沉浸在老李那手瞬狙的震慑中，等反应过来，却惊讶地发现老李和白鸟的四只眼睛都盯着自己。

“干吗？”他往后缩了缩。

“想上枪王吗？”老李问。

“想啊……”小小李犹豫道。

“那我教你。”白鸟说。

尾声

后来，老李又活了很多年。某一个秋天的结尾，夕阳下沉时，他也倒下了。

但临终前，老李一直没咽下最后一口气。他睁大眼睛，啊呀着什么，但谁都听不清。

大李握住他的手，说："爸，你别担心，你的财产我们都商量好了，房子归我，我会好好打扫的。"

小李也握住他的另一只手，说："爷爷，你的WeGame账号归我，那些游戏我都会通关的。"

老李用尽力气甩开他们，向站在角落的小小李招了招手。

小小李走过来，蹲下。他噙着泪水，沉默不语。

老李摸摸他的头发，已经不是锅盖头了，他甚是欣慰，侧过头，问道："上分了吗……"

"上了，枪王。"

老李又问："见到她了吗？"

"见到了，她也很老了，但很健康。"

"她还记得我吗？"

小小李犹豫一下，说："对不起，我没问……"

老李笑了。他当然了解这个重孙是在说谎，那么，她应该是不记得自己了。也好，并不是所有人都会沉迷往事，不打扰会更好。他缓缓地舒出那口顽固的气息，歪着头，最后的目光看向窗外。

一只白鸟停在窗沿上，嘴喙轻轻地敲打着玻璃。

哒哒，哒哒。

如同告别。

咀嚼

1

外面的气温一定超过了45℃，但天气预报死活不肯承认。公交车在烈日下晃晃悠悠地前行，车窗旁的建筑被阳光罩住，看上去刺眼又模糊。于是我把目光收回，看到了满车厢黑压压的头。

车厢里的景象更让我难受。

无数张异化过后的脸充斥着这个狭小的空间，突出的眼珠，深陷的下巴，还有分岔舌头……不只是脸，肢体上的畸化也随处可见，我看到一个中年胖子的后脖子长出了两排突出的软骨，紧紧扣着扶杆，任公交车如浪中浮萍一样颠簸，也自岿然不动。

在我的视线里，人群如同一丛枝节横生的树林，乱七八糟地膨胀着。

每天上班的公交之旅，对我而言都不啻一场噩梦。哦，不对，这不是噩梦，这是活生生的场景。

我的朋友，我处在一个异化时代。

好不容易下了公交，热浪猛地袭来，我差点站立不住。我摸了摸额头，坚实的触觉让我放心不少。

阿杰早已经在会场外等着了，见我到场，迎上来说：“你终于来了，等你好久！你看，程萝都来了。”

程萝在一旁整理仪容。即使在烈日下，她还是美艳无双，职业装勾勒出了完美身段。不远处的一个男人表面上在低头玩手机，但他右侧太阳穴多长出的一只眼睛却专注地盯着程萝，嘴角勾出猥亵的笑容。其他男人没有这种异化，只能偶尔偷瞟一眼。

对于这些不怀好意的目光，程萝早已见怪不怪。

“发布会快开始了吧？”我收回目光，掏出录音笔、台本和耳麦，“你去拿给程萝。”

“你自己怎么不去？”阿杰怪笑着说。

我踢了下他的屁股，笑骂道：“叫你去，你就去！”

整理妥当后，发布会正好开始。无数摄像机对准发布台。那里，明星作家章冉已经坐好。他没有穿标志性的格子衬衫，而是全身正装，两手交叠，二十六根手指平放在腿上。他一反往日的随性形象，正襟危坐，看来也极其重视这场新书发布会。

确实，即将发布的《异化调查录》，将会是第一部为这个时代奠定基调的著作。

程萝是这场发布会的主持人，她走上去，职业微笑挂在嘴角。“现在，”她微微躬身，对着麦克风，“发布会正式开始。”

我站在很远的地方，但依稀可以看到，程萝嘴里的两条舌头在轻轻跳动。

“……这三年，为了收集异化信息，我的足迹踏遍全球。从布满钢铁的城市，到离天最近的高原；从居住在日渐融化的冰盖上的因纽特人，到永远生活在海上船舱里的巴瑶族人……”随着章冉的话语，他身后的全息屏幕也变幻着种种瑰奇的景色，每张画面中央都有他的身影，“大家都知道，此前我是一名科幻作家，出版过一些还算畅销的小说，上过几次富豪榜，但这三年的调查，花光了我所有的积蓄、房产和车。可能大家下次见到我，会是在某个天桥底下。”

会场里一阵哄笑，然后是经久不绝的掌声。

待掌声稍稍平息后，他继续说：“很多朋友问我，为什么放弃科幻小说写作，转而做科普调研。我一直没有回答，现在，我终于可以说了——现在，异化时代就是最科幻的年代，我们以前关于未来的种种设想，在真正的现实面前都无力不堪，所以我不再写科幻小说。”

“嘿，我们走着瞧。”程萝俏皮地接口说道，“您的粉丝们肯定不会轻易饶了您。”

“如果他们中有你这么漂亮的姑娘，我会毫不犹豫地食言。”章冉气度翩翩，黑框眼镜后的瞳孔闪闪发光，颔下一撮精心修剪过的胡子让他显得成熟又危险。

“章老师说笑了，您可是有几百万粉丝呢。”玩笑过后，职业素养让程萝迅速拉回话题，“那经过您的研究，这几年爆发式的异化，对我们究竟是好是坏呢？”

“确实，异化是爆发式的，现在我们每个人的身上都有异化。虽然不像美式漫画里那么眼花缭乱，但社会确实发生了巨大变化。”他把手抬起来，两只手掌上各长着的十三根指头像莲花般开合，“我的手指异化成了二十六根，写作的时候，每根指头都按着一个字母键，写作速度快了四倍以上。现场的朋友，异化更是多种多样，比如我身边这位美丽的主持人，她有上下交叠的两条舌头，说话时更加婉转动听。”

观众们再次大笑起来，还有人吹响了口哨。

程萝也微微红了脸，但那不是羞怯。“章老师您真幽默。”她朝章冉露齿一笑。

口哨声更响了。

我心里突然有点儿难受，往后靠，倚在墙上。这个发布会顿时索然无味起来，但我不能离开。

章冉轻咳一声，整了整领带，说："我调查过的异化，按肢体器官来分，有1472种类型，而新型异化仍在不断发生。或许就在这个发布会结束之后，我刚刚说的数据就会增加。虽然异化的部位和具体特征千差万别，但每一种，都确确实实地使人类的生活更加便捷。"

全息屏幕上，光影纷乱，令人目不暇接的异化体征快速闪过。

有人手臂长得离谱，垂下来可以碰到地面。这种异化体多为年轻女孩，是为了自拍而产生的。

有人下巴前端凹陷，露出一条小缝隙。这个缝隙可以卡住手机，是低头族的异化。

有人掌心向手背隆起，除了食指和中指，其余指头都已退化，整个手掌像是蜗牛。这是白领一族的异化，掌心深陷的地方正好可以罩住鼠标，我身边就有不少人是这种异化。

……

这些幻灯片足足放了十多分钟，大伙儿都看得如痴如醉。进入异化时代以来，虽然有人做过调查，我们电视台也有类似节目，但如此细致、全面的异化报告还是第一次见到。

"总之，这些异化都是为了更便捷而产生的。"章冉的音调大了起来，"这是自然的选择，是身体对快节奏生活做出的适应和改进，是人类在进化树上爬得更高的铁证！我们的社会因之而更加高效起来！"

“最后，请让我引用狄更斯在《双城记》里说的话：这是最好的年代——”

他的声音越来越高昂，在最后一个字上又戛然而止。

现场一片寂静，我也竖着耳朵，等他说完。

“我的演讲结束了。”章冉说。

程萝最先反应过来：“章老师只引用上半句！”

全场掌声雷动。

这是最好的年代。

是吗？我摸摸额头，并不敢肯定这句话是不是对的。

但我可以肯定的是，明天各大新闻门户上的头条都会是这七个字。

发布会结束，台里的车终于来了，我总算可以不必挤公交了。

但等了许久，也不见程萝过来。

“怎么回事？”我有些纳闷儿，“发布会结束了啊。”

阿杰抱着肩膀，斜靠在车窗上，无所谓地说：“结束时我看见她去后台了，应该是去找章冉了。那家伙以前就风流招摇，现在出了这么重磅的作品，嘿，恐怕又有不少女粉丝要倒霉了……”

我默默无言。

“叮”，阿杰的手机响起来。他看了一眼，转身上车，说：“瞧，我说什么吧！程萝说晚上跟章冉一起吃饭，就不跟我们一起回去了。走吧，早点回去还能赶上台里的晚饭。”

我也弯腰上车。太阳正西斜，被车窗过滤后的阳光惨然无力，天边也暗淡了。

2

夜里燥热未散，出租屋里像个蒸笼，将我浑身蒸得汗涔涔的。

出了这么多汗，额头上的瘤便有些歪斜。镜子里，我看到它横在两眼中上方，像是隆起的肉丘，中间有几个小孔……它是如此可憎，每天趴在我的脑袋上，像一个臃肿肥胖的寄生虫。

我的同事们都知道，这是我的异化。我告诉他们，肉瘤中间的小孔可以帮助我散热，利于脑袋休息。

“哈哈哈，”他们大笑起来，尤其是阿杰，“怎么会有这么鸡肋的异化……”

然而，他们并不知道的是——

我对着镜子，用手按住肉瘤，然后使劲一推。

肉瘤掉在了洗漱台上，弹了几下，而它原本占据的地方，是完好的皮肤。只不过，被贴了一天的道具骤然取下，额头上有点儿发红。

镜子里，是一张完好的脸，没有多出的器官，没有缺少的部位。

是的，我的朋友，现在你明白了——我不是异化者。

办公室里一片安静，只有偶尔敲击键盘的声音。

我悄悄打开网页，果然，各处头条都是章冉和他的《异化调查录》。据说这套书在发布会开始前就准备了多国版本，全球同步销售，首印量应该不下五百万册……名和利，正迅速涌向这个三十四岁的中年男人。

看着页面上双手抱胸、目光深邃的章冉，我叹了口气，把页面关掉。

“嗨，”阿杰把头探过来，“你知道吗？下午，章冉要接受台里的专访。”

“章冉现在这么有名，我们这个二流电视台能请动他？”

阿杰笑了笑，笑容有些意味深长：“说你笨，你还不认。你以为昨晚程萝跟章冉吃饭，是为了什么呢？”

“不是仰慕吗？”

“我早就说你太天真了，真不知道你是怎么活下来的。”阿杰摇摇头，“程萝这样的女孩，不可能毫无目的地去做一件事。”

阿杰说得没错。中午刚过，章冉在几个西装保镖的护送下来到了电视台。他冲程萝笑了笑，然后在台长的带领下进了采访间。许多同事趴在外面，隔着磨砂玻璃，偷听采访的过程。章冉频繁蹦出的连珠妙语，让他们也会心地笑起来。

采访结束时已经下班了。台里订了酒席，要宴请章冉。按说这种规格的饭局是请不动他这种大明星的，但他与程萝对视一眼，就点头答应了。

才喝了两杯酒，我就感觉一阵眩晕，对面的人影变得模糊起来。

“来来来，章老师，”台长拿起酒杯，敬到章冉面前，说：“现在您的声誉这么高，还来我们这种小电视台接受采访，非常感激！”

“谦虚了谦虚了，您这单位虽然庙小，但菩萨大。有程小姐这样的优秀主持人，也是我的荣幸。”

“哈哈哈，当初招她进台里，我可是顶住了很大压力啊。现在看来，真是个正确的决定。”

大家都笑着敬酒。喝到一半，有人建议道："既然章老师对异化有这么深的研究，不如给我们在场的人也看看。我们这些异化，到底好在哪里呢？"

顿时有不少人附和。章冉酒过三巡，也是兴致颇高，二十六根指头在桌子上敲出一排波浪，便点头说了声"好"。

他先是看了看台长的后颈，笑着说："您这后脖子上有一排小孔，闻得到酒精的味道。嘿嘿，恐怕您喝酒的时候，体内的酒精能够顺着这些小孔，以蒸汽的形态排出体外。您这就是真正的千杯不醉啊！"

台长笑着说："见笑了，应酬多嘛。"

接下来章冉挨个看其他的异化，有鼠标手的，有五官移位的，有肢节灵活扭曲的，还有程萝这种双舌头的。他一路调笑，轮到我时，终于皱了皱眉。

"你这个异化有些奇怪啊，"他轻轻按压住我额头上的肉瘤，眼睛眯起，似乎在凝神感知，"抱歉，我还真感觉不出来。"

我连忙告诉他，这是用来给大脑散热的。

他没有说话，又按了几下。我的心揪起来，生怕他一用力，把粘在肉瘤和皮肤上的胶给扯掉。

好在他始终轻按，然后收回手，若有所思地回到座位上。

我后面还有几个人，但章冉没有再去观察他们的异化。酒桌上有些尴尬，台长瞪了我一眼，跟章冉敬酒。而章冉像是才回过神来，怔怔地举杯饮尽，什么话都没说。接下来的整个酒席，他都没有再说话。

3

在梦里，我回忆起异化刚刚发生的那一阵。

经历过最初的恐慌之后，人们纷纷惊讶于身体异化给生活带来的便捷。当时我在一家事业单位上班，同事们的效率全部提高，他们在我周围欢声笑语，互相讲述异化的种种好处。当他们聊完之后，就会围过来，好奇地说："为什么你一直没有变化呢，全世界的人都变了啊！"这种好奇，一日一日地变成了猜疑，他们开始疏远我。我像一条在河水里孤独前行的鱼，他们游弋在四周，吐着小泡，灰白的眼睛里满是鄙夷。

于是，我从那家单位辞职了。走的那天，我分明听到了他们在办公隔间后吐出的长长气息。

在进入现在工作的电视台前，我定制了一个软塑料肉瘤，质感与软肉相近，贴在额头上。凭这个，我成了一名"异化者"。

三年来，我白天顶着这块肉瘤，夜晚取下。粘住肉瘤的这块皮肤，因长年累月的压抑，已经显得灰白而酥软，像荫翳一般。

梦结束时，我看到了前同事们的眼睛。不是一双，而是铺天盖地的眼睛，灰白、暗哑，一直睁着。它们盯着我，透露出的眼神让我发狂，我逃到哪里都躲不开。最后，我把手里的肉瘤贴在额头上，这些眼睛才次第闭上，世界变得一片黑暗。

这个梦吓得我半夜惊坐，大口喘气，后背被冷汗浸得湿透了。

整个白天，办公室的气氛都很微妙。我在办公桌前处理影像素材，感到身后有许多只眼睛看过来，目光犹疑，让我脊背发麻。

这种感觉，让我感觉回到了前一家单位的办公室。我摸了摸肉瘤，确定它还在，心里更加困惑了。

疑团是在下班时解开的。

大家快走光时，我拉住阿杰，低声问："今天到底怎么了，一个个都怪怪的，你也是一样？"

阿杰朝四周看了看，没人注意我们这边，才说："你怎么搞的，哪里得罪章冉了？"

"得罪章冉？"我摇摇头，"没有啊！"

"那昨天章冉见过你的异化后，就突然没了兴致？我看台长的脸色，都对你很不满，现在大家都不太敢跟你接触了。"

阿杰的话让我十分困惑。我仔细回忆，确定之前没有跟章冉有过节，准确地说，昨天之前，章冉压根儿不知道我这个无名小卒。我怎么会得罪他呢？

出了大厦，我一边思索着，一边走向公交站台。天色渐暗，燥热笼罩，晚风无力得像垂死的老人。

路旁停着一辆黑色轿车，我走过去，车窗缓缓滑下，露出一张男人的脸。

"嗨。"

我从思索中回过神来，看向车窗。

"章冉老师？"我十分惊讶，"您怎么在这里？"

“我在等你。”他露出温和的笑容。

“等我？”

章冉点点头：“现在有空吗，我带你去一个地方。”

我满心茫然，但下班后确实没事，只能在空荡荡的出租屋里消磨时间。于是我点点头，坐在副驾驶上，章冉也没说什么，启动车子。

他的二十六根指头扣着方向盘，像两只交合在一起的蜘蛛。

见他没有说话的意思，我也乐得清净，扭头看向窗外。隔着车窗，外面更显得夜色沉沉，街边商铺里灯光亮起，路旁七彩霓虹闪烁。这是个没有夜晚的城市，人类在很多年前就放弃了夜晚。

堵车的时候，我看到路旁走过一群女孩。她们浓妆艳抹，衣着暴露，嬉笑打闹，偶尔抬起能垂到膝盖的手臂，拿着手机拍照。

“咔嚓、咔嚓”，闪光灯下，她们的脸被光染成一片惨白。

我看得出神，等回过神时，章冉的车已经停了。我朝四周看了看，发现这里竟是一家六星级酒店，在本市以奢华和昂贵著称。

有侍者来泊车，看到章冉后，尊敬地弯腰：“章老师，您好。”

章冉点头示意，把车钥匙丢给他，转头对我说：“走，我们进去。”

我完全摸不着头脑，只能跟着他走进去，乘电梯到顶层。电梯门开的一瞬间，我被顶层的豪华布置惊呆了——真丝地毯，两排迎宾女孩，水晶吊灯，随处可见的昂贵红酒……

“走吧，”章冉说，“我们去蒸个桑拿。”

“啊？”

“两个男人，蒸蒸桑拿，聊聊天，不是很正常吗？”他语气如常，仿佛在说一件再寻常不过的事情。

但在我看来，这是最离奇的状况——一个名声斐然的作家，突然邀请我这个丢进人群里就看不见的小白领来星级酒店蒸桑拿？

就在我疑惑时，几个迎宾小姐走过来，满脸笑容地说："章老师，您又带朋友过来蒸啊？房间已经留好了，我们过去吧。"

听她们的语气，似乎章冉已经是熟客了。确实，这里才符合他这种身份。

但这里看起来也不是危险的地方。我硬着头皮，跟在他们后面。迎宾小姐把我们引进一间贵宾浴室，里面有两个浴池，池里是灰白色的水，池底的气眼不停地鼓泡。章冉挥挥手，迎宾小姐便离开了。

"这里药浴不错，"章冉背对着我，把衣服脱下来，露出精壮的后背，"你也泡一泡吧。"他把自己脱得赤裸后，走到浴池里，身体被池水浸泡，眼睛闭上。

我站在房间里，倍感尴尬。过了一会儿才咬咬牙，也脱下衣服，泡在药浴里。药池气眼是按照人体穴位布置的，水流顶着后背，我舒服得打了个颤。

"你在电台工作了三年，是吗？"章冉突然开口。

"啊？"我愣了愣，"您怎么知道的？"

章冉没回答，顿了顿，又问："你为什么要从××局辞职呢？据我所知，它给你的薪水，比你现在要高。"

我悚然一惊——××局正是我上一家单位的名称。显然，章冉调查过我。我看向他，但房间里光线幽暗，他的脸看不分明。

一股凉气从我后背升起，但池水明明是温热的。

"你，你到底想怎么样？"

“不要紧张，我只是想跟你聊聊。”他的语气似乎带着嘲弄，“对了，你大学学的是工科，毕业时参加过一次比赛，但被暗箱操作。据说你的同学都很气愤，但你什么都没有说，就这样毕业了，然后进了国企，过了两年稳定的生活。这件事，是真的吗？”

他怎么知道？我惊讶得都忘了生气。

“还有，你的女朋友喜欢上你最好的朋友。你发现后，独自把行李搬出了房子，让给他们住？”

我勃然站起，水被带出来，淋得满房间都是。章冉脸上也被淋到了，但他没有丝毫生气，反而睁大眼睛，盯着我的身体。

他的目光不同于往常的冷静和睿智，闪着灼灼的光，看起来竟有些狂热。

我心里一悸，想到了一个可能性——但不对啊，以前听到的，全都是他和女读者或女明星之间的绯闻，没有他是……

正犹豫着，章冉也从浴池里站了起来，走到我面前，围着我打量。他嘴里喃喃念着什么，很快，我听不清。

我被打量得发麻，猛地拿起一旁的衣物，向门口跑去。这诡异的邀请，我再也忍受不了了。

正当我要夺门而出时，身后传来了章冉的幽幽话语。

“你果然不是异化者……”

我的手停在门把前，转过头，难以置信地看着章冉。

4

夜风掠过城市上空，站在酒店楼顶，才感觉吹过来的风不那么燥热。天完全暗了，稀薄的星星在浓雾遮蔽的夜空若隐若现。

“好久都看不到星星了。”章冉仰头看了许久，才喃喃叹了口气，“以前，人们躺在农田里，一睁眼，能看到数不清的明亮星辰。现在，我们居住在城市里，白天庸碌地工作，夜晚蜷缩在狭小的空间里，休息也只是为了继续第二天庸碌的生活。”

这跟公众面前睿智、幽默的章冉，完全是两个人。此时的他，声音和背影里，都透着悲凉的气息。

但我弄不懂他的悲凉，我只想弄清楚，他为什么会知道我不是异化者。

“摸一摸你的肉瘤就知道了。”他轻描淡写地说，“用肉瘤的气孔给大脑散热？你想的理由太荒唐了，大脑是精准而脆弱的器官，根本不能通过气孔与外界接触。我请你药浴，是想确认你身体的其他地方没有异化。”

“呃……”我想反驳，但也知道他说得对，这三年，如果有人认真摸一摸，恐怕也会发现破绽，“你把我带到这里，就是为了揭露我吗？我没有异化，难道就犯法了吗？”

他转过身看着我，脸上似笑非笑："不，我不打算对你不利。相反，你的出现，是最珍贵的案例。"

"珍贵？"

"是啊，我走遍全世界，你是我唯一发现的一例正常身体。"章冉的声音突然高昂起来，"你知道吗，你的存在，将推翻整个《异化调查录》的结论！"

我有些懵，问："推翻你的书？"

"是啊！开发布会时，我说异化是为了人类更适应社会的进化。但根据这些年的各项环境指标，我觉得真正的原因，是核污染、劣质工业用品、浑浊空气和逐渐增强的紫外线的共同作用导致了人类飞速异化。哦，或许无处不在的手机辐射也帮了点儿忙。"他伸出手，指着绚烂的城市街景——那里，人们正在狂欢，"人类的生活完全变化了，现在的人类，是畸变的物种。"

这番话让我目瞪口呆——这跟他在发布会上说的，截然不同！

"但他们不让我这么说。"章冉又颓然叹了口气，"他们说，既然全世界的人都异化了，那就要让人们接受这种现状。所以，调查手记的结果，是按照人们能够接受的方向去写的。"

"那书里的说法，都是骗人的？"

章冉点点头，声音沉重，"本来，异化发生后，人人都很恐慌，后来大家适应了，但还需要一个官方的说法来使所有人心安。刚开始是科学家们在电视、报纸和网络里发声，安抚人们。然后，是我的作品作为异化调查的最权威结论，彻底抚平人们对异化的担忧。人的这里——"他点点自己的太阳穴，"是没有主见的，只要有人告诉他异化是好的，他们就会相信，然后心安理得地过下去。而我，就是那个被推到台上来哄骗所有人的人。”

风大了些，章冉的衣袖猎猎鼓荡，但他迎着夜风，表情坚硬得像石头。

“那……”我缩着脖子，问，“那你找我干什么？”

“我原本以为所有人都异化了。既然人们无法醒过来，那我就让人们睡得更香，所以我答应给他们写《异化调查录》——但现在，你的出现改变了一切。你没有异化，是唯一的清醒者。既然有人还在黑夜里发光，那么其他人也应该睁开眼睛看看。”说到这里，他猛然停下，目光灼灼地看着我，“我要重写《异化调查录》！”

夜风变大，在高楼间呼啸而过。远方浓云集卷，闪电划落，一场大雨正在酝酿。

回到家后，我辗转难眠。

额头上的灰白荫翳隐隐作痛。

章冉说的每个字都在我耳边回响。沉沉黑夜里，平日里吵得我无法入睡的施工声、鸣笛声和楼下歌舞厅的嘶吼都消失了，只听得到章冉的话音。而且一个字比一个字重，到后来，已经犹如惊雷在耳畔炸响。

帮助章冉写成新的《异化调查录》，会非常危险，因为政府不会让民众陷入恐慌和怀疑。但，但它可以给这个冰冷、机械的世界一个警钟。

所以，真的可以改……改变世界吗？

从此以后，我可以不用戴着肉瘤生活下去吗？

我猛地爬起来，拿起手机，拨通了章冉的号码。

接下来的一个多月，我每天下班后都被章冉接到他的工作室，接受他的录音采访。工作室不大，但处在市中心，租金不菲。里面堆满了书和电脑，乱糟糟地摆放着，我刚开始走进去的时候，都找不到落脚的地方。

章冉很认真，采访完后，他坐在电脑前专心创作，二十六根手指如同舞蹈般在键盘上跳跃点击，文档里的文字流水般涌出。他的时间有限，要赶在公众对调查手记失去关注前写完，因此这阵子便尤其专注。

他写作时，我通常坐在一旁看着，觉得无聊了就回家。走的时候轻轻带上门，留章冉在屋里创作。

这天，我坐电梯下班，电梯门刚要关，一只纤白的手伸进来。电梯门又打开了，于是，我看到了程萝的脸，像一朵花在电梯后面开放。

她走进来，站在我旁边，我有些不知所措。

“你这几天有点儿奇怪啊，”程萝突然说，“好像每天下班后你都没有回家。”

“你怎么知道的？”

“有几次想跟你打招呼，你都没看见，就匆匆走了。”

“是吗？”我心里涌起一阵暗喜。

“所以，你是去做了什么呢？”

我犹豫了一下：“暂时还不能跟你说——但是这是一件好事，很快就能出结果了。到时候你会知道的。”

程萝也没有勉强，低头笑了笑，说：“那你今晚有空吗？”

这样的微笑，我没有能力拒绝。

出电梯的时候，我跟章冉发了条短信，告诉他我今晚不能去工作室了。他回了个“嗯”，然后问我有什么事情。我说跟程萝一起出去，他立刻打了电话过来，说：“这个女人很不简单，千万不要透露任何跟重写手记有关的事情给她。”

我握着电话，小声说是，并再三保证，章冉才挂了电话。不远处，他的车驶离街道，独自回了工作室。

这个过程中，程萝一直低着头。我的声音很小，她应该能感觉到我在避讳她，但她没有表露出什么不满，脸上始终是淡淡的——我这才发现，她已经卸了妆，素面朝天，清秀的脸在渐渐沉降的夜色中像一朵久远时代的睡莲。

我们走出大楼。程萝叫了一辆车，在拥堵的车流中缓缓行驶，天完全黑时，到了一家清雅的酒吧。

我很少来酒吧，而单独跟程萝一起来，就更是没有过了。我有些局促，程萝却落落大方，到了一个靠窗的座位。

“对了，我还没问你，你喝不喝酒呢。”她俏皮地笑笑，“你要是不能喝酒，可以喝饮料的。”

我讷讷点头，说：“那就来一点儿橙汁吧。”

于是，在这间空荡的酒吧里，我喝橙汁，程萝喝红酒。窗外是一棵杨树的顶端，树叶纷繁，在夜风吹拂下哗啦啦地翻卷着。

这时，程萝才告知我她的来意。原来她在老家的母亲给她打了电话，说是父亲病重，希望她早些回家。但程萝这阵子工作太忙，无法抽身，只能给家里打了些钱。一整天她都心情忧郁，下班了想找个人喝喝酒，聊聊天，倾诉一下心事。

但——为什么会找到我呢？我心里想着，见程萝已经有了醉意，便小心翼翼地问出这个疑问。

“因为，整个电视台，我只有你这个朋友啊。”她轻声说。

这句话如一把大锤打在了我心头。明明是橙汁，我却有发晕的感觉。

“是吧，谢谢你。”我只能这么回应。

“不知道怎么，我觉得你跟其他人是不同的。”她揉了揉太阳穴，“所有人都是异化者，但你好像跟所有人隔离开的。大家随波逐流，为了名和利追逐着，你却什么都不关心，那么洒脱……”

她絮絮叨叨地说着，好几次我心头狂跳，以为她发现了我的异化是假的。但她并没有发现，只是诉说着我的不同——我跟其他人不同吗？我跟所有人一样，在这冰冷的钢铁丛林里生活，蝇营狗苟，庸庸碌碌，跟所有在城市里的工蚁一样。唯一的不同，或许是我性子淡泊，温饱足矣，此外的很多事情都懒得去想。也正因此，我一直是一个人。

这顿酒喝了很长时间。程萝一直在喝，从繁忙工作说到她的感情状态。原来她最近感到了工作的压力，没有好的新闻素材，很快会在台里受到排挤。而她也一直一个人，很多时候感到城市冰冷、生活孤寂。她说话时，嘴里的两条舌头偶尔露出，昏暗的灯光下，闪着难以言说的诱惑。我有几次不得不喝几口橙汁，来浇灭喉咙里的干渴。

喝到后来，程萝已经完全不胜酒力了，趴在桌子上。

我扶着她，叫车送她回家。她斜倚在车窗上，呼吸均匀，陷入了沉睡。我用她的钥匙开了她家的门，扶她到床上，替她盖上被子。

这个洗去了一身风尘的女人侧躺在床上，几缕发丝落在脸畔，眼睛紧闭，睫毛微微颤动。她喝了太多酒，陷入了沉沉睡眠。希望她明天醒来时，头不会太痛。

我放了一杯水在她床头桌上。走之前，我回头看了她一眼，犹豫了一下，小声说：“章冉在重写《异化调查录》，很快就会出来了，这会成为大新闻的。这个新闻会给你。”

她依然在沉睡着。

我走出她的家门，关灭了灯。

5

第二天下班后，我照例到了章冉的工作室。他埋头敲字，我便在桌子底下找到一本他的长篇小说——《以太2》，翻开来看。冷峻阴森的文风一直吸引着我往下读，不知不觉间，已到半夜。

正当我准备回家时，工作室的门突然被敲响了。

我悚然一惊，章冉正写得投入，第一声时没回过神来。外面的人继续敲，他才停笔，疑惑地看着我。

我摇了摇头。

章冉走到门后，凑在猫眼前看了一眼。他脸色大变，回过头来，用嘴型无声地说了两个字——

“警察！”

这里是秘密租下来的，怎么会有警察来呢？我正惊疑不定，章冉却冷静地走到电脑前，二十六个指头如暴雨般飞快地按着键盘。电脑的数据正在清空。他拔出U盘，指了指屋子南面的窗户，说：“走！”

我打开窗子，夜风一下子灌了进来。敲门声更响了，由敲击变成了冲撞。门撑不了多久。我个子小，很快钻到窗外的小阳台上，顺着阳台，能跳上对面的空调箱。这显然是准备好了的逃生路径。章冉重写调查录之初，就料到了必然不会被允许。

章冉刚探出头来，门就被撞开了。两个身影扑过来，抓住了他的脚。他一手抓着窗檐，一手把U盘递过来："跑！把新调查录发到网上！所有人都会记住我！跑啊！"

我接过U盘，使劲跳到对楼的空调箱上，然后窜进了狭小楼道。我知道身后有章冉挡着警察，但他挡不了多久。我脑子里一片混乱，唯一的念头就是跑，跑啊跑，不顾一切地跑。

耳边风声簌簌，一切景象都被速度抽离成了光线，不断向身后掠去。我回过神来时，已经跑到了家里。

时间是凌晨两点。万籁俱寂，屋子里只有我的喘息声。

"冷静冷静……"我强迫自己思考。但在我循规蹈矩的生命里，今晚是前所未有的，我花了很长时间才坐下来，开始对今晚的事情进行梳理，然而一切并无头绪。我突然想起章冉最后的嘱托，对，不管怎么样，先把新的《异化调查录》发布在网上吧。

我潦草地看了一遍调查录。章冉已经完成得差不多了，重新梳理了异化的种种体征，并加以环境恶化进行作证，最后他写道："这无疑是一个悲哀的年代，畸形体征出现在每一个人的身体上，而每个人都在狂欢。当我们把谎言当作安眠剂时，我却要把针头伸到眼前，毫不犹豫地刺破——异化的真正原因并不是趋向便捷的自然进化，而是出于……"

调查录到此戛然而止。

想来章冉已经把结论定在了环境恶化上，却没来得及写完。我颤抖着伸出手指，把最后的“环境恶化”这四个字补了上去。

现在，只需要取一个耸人听闻的标题，将调查录发到各个门户网站上就可以了。哪怕网络管制，但以章冉的名字，一定会引起轩然大波。

正当我要上传文档时，电话突然响了起来。

是程萝打来的。

我下意识地看了眼天色，正是夜色深沉时，这个点儿她给我打电话，是从未有过的事情。“喂，”我接通了，问道，“有什么事吗？”

“我可以进来吗？”

“什么？”

程萝的声音从电话中传过来，糯糯的，像是要黏在我耳朵里，“我在你家门外，我可以进来吗？”

我连忙开门，果然一袭连衣裙的她正站在门口。夜风有些凉，她缩着脖子。我把她迎进来，让她坐下。

家里脏乱，我有些窘迫，正要开口时，她先说话了：“章冉被抓进去了，他写的新调查录在你手里吗？”

我一愣。

然后便是彻骨寒凉。

——程萝的睫毛微微颤动。

——警察破门而入。

这两个画面在我脑海里如电影快镜头一样交替闪现。我有些无力。警察能知道章冉在重写调查录，肯定是有人告了密，而唯一泄露出去的，是我。我向已经“喝醉”的程萝吐露了秘密。不然，此夜未逝，她不可能这么快知道章冉被抓，并且新调查录没被搜到。

“为什么？”我看着这张美艳而焦急的脸，喃喃问道，“你不是章冉的崇拜者吗，为什么要出卖他……”

程萝一怔，也不再隐瞒，说：“哪有什么为什么，我有了章冉的调查录，做新闻时就可以长线爆料，至少走红好几个月。章冉不是想让他的调查录被人看到吗，正好可以放新闻台啊。”

“那既然这样，你可以直接跟章冉说，为什么要出卖他呢？”

程萝撇嘴一笑，脸上的笑容被灯光浸染得昏黄，说：“他心底里多瞧不起我，难道你不知道吗？要爆料的话，他肯定会选择更大的平台，这种机会，根本轮不到我。”

我想反驳，但想了半天，一句话都说不出口。的确，在章冉的眼界里，程萝的确算不上什么。但听到程萝的话，我心里又有一种奇怪的感觉，不是痛，也不是愤怒，而是——

痒？

这种痒在我的额头和心里同时泛起，我想挠，但无从下手。

“但你会帮我的，是不是？”程萝见我不说话，继续道，“你对我最好，你肯定愿意把调查录给我。那天你说过，这个新闻会是我的，你不能骗我啊。”

我后退一步，说：“但你也不能……不能害章冉被抓进去啊。”

“你以为章冉是什么好人吗？他还不是为了出名！他跟我一样，只是方式不同而已，我们每个人都是相同的。”她说着，舌头在嘴里跳动，昏黄的灯光晕染着舌尖，有一种难以言说的诱惑，“你也一样啊，没有人是无欲无求的。”

“不……”我靠在墙上，有些喘息。见鬼，额头上的痒越来越明显，像是有虫子在肉瘤里钻。

程萝站起来，走到我身前。她的身影在我视线里放大，她的眼睛妩媚，鼻梁像山脊一样，秀唇微抿。她离我如此之近，以至于我能看到她锁骨上淡淡的青色血管。

“你……”我感到口干舌燥，喉咙里像冒火了一样，说不出完整的话。

“来吧，把调查录给我……”她轻轻踮起脚，声如呢喃，一阵香味弥漫……

我感到一阵眩晕。

程萝走了，带走了U盘。

我躺在床上，脑袋里回忆着刚才的画面，犹在梦中。以前我总希望别人注意不到我，总是在他人视线的死角里低头行走，现在想来，真是错得离谱啊。人人都在追逐，所有人都想成为别人的关注点。

章冉注意到我，所以我有机会接触到新调查录；程萝注意到我，是为了得到新闻爆料。原来他们一直追求的，是这种感觉。

我盯着天花板，半晌，嘿嘿笑了起来。

这时，额头上又痒了起来。刚才太过激烈，我都忘了取下这个肉瘤了。我坐起来，看着镜子。镜子里有一张心满意足的脸，脸的额头中心贴着一个肉瘤。我伸手去挤这块肉瘤，想把它摘下来。

但今天，这块肉瘤比以往任何一天都粘得牢。可能是粘的时间太长了。我使劲搓着，肉瘤才开始松动，隐隐有些疼。我猛一使力，肉瘤被挤了下来。

我愣住了。

镜子里，我的额头有了些变化。肉瘤粘住的地方，不再是苍白的荫翳，而是一张硬币大小的脸庞。我难以置信地凑近去看，没错，我的脑门上又长了一张脸，眼、耳、口、鼻俱在。这张脸的眼睛微微眯起，嘴巴张开，一副心满意足的神情。

这五官和我一模一样，这表情就是我刚才的表情。

我瘫软在椅子上，心里说不出是失落还是轻松。我终于也成了异化者，我长了另外一张脸，我会更容易得到别人的注意的。

第二张脸笑了，嘴唇翕动，像是对我耳语。

我突然想起章冉的新调查录，那最后一句话，或许我补充的是错误的。异化的真正原因既不是趋向便捷的自然进化，也不是环境恶化，而是出于——

“欲望。”

额头上的两片嘴唇轻轻说道。

你听我诉说如沉默

如果，每个人一天只有跟一个人说话的份额，那声音会变得宝贵吗？

1

公交车晃悠着，爬进暮色的更深处。车厢里挤满了人，但无人说话。吴璜上来得晚，没找到座位，只能抓住扶杆，另一只手攥紧了包，挡在身后。她个子高，在公车上经常会被占便宜，以前还能喝骂，现在叫了别人也听不到，只能更加小心。

今天的运气似乎不太好，一个男人试图靠近她，但被包挡住，悻悻地挪到了别处。

吴璜松了口气，看向窗外。

正是晚高峰，路口两辆车蹭到了，谁也不肯走，主道上的汽车堵成一片，延绵至路的尽头。吴璜想，这些钢铁甲虫里，肯定有人在拼命按喇叭，可这世界是寂静无声的，像一张刚从漂白池里拿出来的纸。

过了好久，在交警的指挥下，车流才慢慢疏通。一辆辆车在路口分开，又融进别的车流里。公交车继续爬向前方，没走一会儿，吴璜就看见身旁有人吵了起来。

说“看”到人吵架，并没有错。所有人都朝着车厢中部看去，在他们的视线里，一个女孩正在喝骂之前试图靠近吴璜的猥琐男人。看得出来，她骂得很用力，脸都憋红了。猥琐男嬉笑地看着她，其余人也只是看着，没有人上前。

因为他们听不到任何声音。

车到了下一站，女孩显然是提前下车，临走时愤愤地扫视了车里的所有人。这目光也落到吴璜脸上，她像是被蜇了一下，眼神游移开。

女孩嘴唇翕动，愤愤地说了几句什么，但没人能听见。也是，吴璜想，现在是晚上，绝大多数人说话的份额都用掉了，剩给人们的，只有沉默。

公交车门正要合上，一个人挤了上来。

人群挪动起来，对那个刚上来的年轻人侧目而视。要说只是进来一个人，不应该引起这么大的反应，但吴璜踮着脚看过去，也就明白了为什么大家反应那么大。

年轻人背着一个硕大的吉他。

车厢本就拥挤，吉他占了不少地方，离他近的几个人都不得不往后退，人群挤得没有了缝隙。被挤到的人没法抱怨，只能把目光凝聚成针，向年轻人刺去。他也有些不好意思地点点头，然后转过身，看着车门。车门外暮色沉降，但灯光如星火亮起，他的侧脸一会儿明，一会儿暗。

吴璜也被缩紧的人群挤到了，却没有恼怒，而是好奇地看着年轻人的背影。他身体很单薄，吉他都比他要显眼一些。吴璜就是因为吉他而好奇的——在这整个世界都近乎失聪的年代，谁会听到他的吉他声和歌声呢？

世界骤然变成这副模样，经历过最初的震荡，社会恢复平静后，最先消失的，就是跟音乐有关的行业。她记得一年前，维也纳音乐厅将收集到的所有乐器堆在一起，最后由音乐学院院长亲自泼上燃油。她当时看着电视，在无声画面里，那个白发老人颤抖着，犹豫了许久才丢下火把，烈焰熊熊燃起后，他又纵身跃下，与那些他心爱却再无人聆听的乐器埋葬在一起。周围还有许多学院的教授，却无人阻拦，只看着火焰微微地跳跃了一下，就吞没了院长，像是石子丢进湖里泛起的涟漪。

这场火过后，吴璜印象里就再没有见过乐器、唱片或磁带了。没想到，在这辆拥挤、摇晃，又一片沉默的公交车上，还能再看到一把吉他。

她回忆着旧事，入了神，没留意到那个猥琐的男人又靠了过来。他胆子更大了，直接推开吴璜的包，整个身体贴上来。吴璜愣了一下，才觉得吞了苍蝇似的恶心，拼命往后退。

人群一下子骚动起来，好几个人慌忙让开，吴璜没注意到车门处的台阶，脚一崴，向后摔倒。视野像摇晃的镜头，快速变幻，充斥着无数张冷漠的脸，最后，她看到了那个年轻人。

车门口的年轻人及时转过身，伸手扶住了她，让她站稳。

她扶着栏杆，愤怒地看着猥琐男，后者却一副无所谓的样子，脸上依然挂着笑。一切都像此前那个女孩被猥亵时的回放，沉默一如既往地包庇着肮脏。

吴璜无奈地低下头。既然跟那个女孩一样，那自己也只能提前下车了，总不能跟这个猥琐男一直坐到终点吧。

下一站很快就到了，车门打开，吴璜刚要下车，就被人拉住了。她回头，发现是那个年轻人拉着自己的袖子。

“你别下，”他对吴璜说，“是他该走。”

听到他的声音，吴璜愣住了。在她愣神的时候，年轻人转身揪住了猥琐男。两人拉扯着，猥琐男动了手，一拳打向年轻人的背。

他及时侧身，避开了背上的吉他，胸口被打中。吴璜听到他闷哼了一声，有点痛的样子。他皱了皱眉，一把揪住猥琐男的衣领，往门外一扯。

猥琐男被摔到车外，还要扑上来，车门却合上了。公交车启动，摇晃着往前。

吴璜看向驾驶座上悬着的后视镜，在镜子里，远远地出现了司机的眼睛。她感激地看了眼，这一眼被镜片反射，落到了司机眼里。司机点点头，垂下眼睑，继续专注地开车。

“你没事吧？”旁边的年轻人问道。

吴璜连忙点头，看着年轻人略有些苍白的脸，突然才意识到刚才也能听到他的声音，不由一愣——他把说话的份额，用在自己身上了？

谁也不知道它们是什么时候来的。

最主流的说法是，在洪荒时代，人类还没从海里爬出来时，它们就已经来到了这里。它们是这颗星球真正的主人。它们能变化各种形态，混在人类中间，等着人类慢慢成长。但人类让它们失望了。

另一种说法是它们其实刚来不久，是被人类发往宇宙的乱七八糟的信号引来的。它们准备与人类建交，但刚来到地球，就失去了交流的兴趣。

“这颗星球太吵了，像是在被煮沸的水。”它们的飞船从隐形状态中显现，悬浮在高空，阴影遮蔽整座城市，“无处不在的声音，无处不在的伤害，你们怎么能够忍受？”

这番话并不是广播出来的，而是作为“想法”，直接进入每个人的脑袋。不管人们在做什么，吃饭，甚至睡觉，这个念头都会在脑海里出现。

“我们并无恶意。在宇宙中，声音是最低效、最鸡肋、限制最多的交流方式。你们发出的声音，也以谎言、无意义的寒暄居多。因此，我们决定帮助你们减少对声音的依赖，和声音对你们的干扰。”

于是，飞船离开前，底部往外喷吐出白色的雾气，很快弥散在空气中。后来人们检测出，这些白气是纳米级别的吸音机器人，遍布世界的每个角落。这些机器人对人体无害，但吸收了所有的声音。

人类的耳朵从没像现在这样安静过。走在路上，身后没有丝毫声音，走两步就会回头看一眼，仿佛背后是巨大幽沉的深渊。

但好在，它们并没有完全隔绝人类的语言交流。人们很快发现，舌头和耳朵还是能用的——但每天只能选择跟一个人说话。

不管是熟人还是陌生人，只要你向他开口，那一整天里，你的声音就只能被他听见。而对其他人，不管你怎么喊叫，甚至凑到耳边嘶吼，别人都听不到丝毫声音。

这个世界的规则，就这么轻而易举地被改变了。

刚开始，人们很难适应，早上起来随便向人问个早，就发现接下来想说话的时候，就只能干张嘴了；领导们想训话，但人数只要超过一个，就没人能听到；男孩跟喜欢的女生说话，却发现女生选择沉默，因为她不想把说话的份额浪费在她不喜欢的人身上……

人类是很容易妥协的物种，当发现无法对抗外星人的科技后，只能接受这个新的设定。

人们不再寒暄，工作交流也尽量用邮件解决，说话成了一件需要无比谨慎的事情。吴璜见过一个同事跟其他人闹不愉快，都快打起来了，同事突然用手指了指对方的手机，对方心领神会，亮出二维码，在微信对话框里互相对骂。他们面红耳赤，手指按键如飞，不时抬头看对方一眼，到最后吴璜都不知道是谁吵赢了。

渐渐地，人们发现生活其实没有太大改变，真正需要说话的时候并不多，绝大多数情况可以在网上用文字解决。为了适应这个失语的年代，科学家们承诺，正在研发脑波通信设施，唇语和手语也在逐渐普及，但要全民学会，还需要一些时间。

吴璜在这座小城里生活，一般都是把份额用在母亲身上，睡前给她打电话，但通常电话的另一边都是沉默——母亲是个多话的人，熬不到中午就开口跟人说话了。有时候吴璜回家得晚了，没空打电话，这样一天的份额就浪费了。

还有很多人也是这样。虽然份额宝贵，安静下来后却发现，其实也找不到真正想说话的人。

不过吴璜早跟母亲约好了，今晚下班后要聊一下。这是少见的情况，意味着两人白天都得忍着点。她还好，对母亲这种话多的人，可就有点儿难受。她觉得母亲应该是有什么重要的事情要说，所以她虽然感激年轻人的帮助，但也只摇了摇头，没有发出声音。

年轻人没再说什么，转过头，看着车窗外的暮色。

刚才的闹剧消解在沉默里，公交车继续摇晃着。当它沿着暮色的脉络进入夜晚时，也从市区到了郊外。终点站快到了，乘客们零零落落地在沿途下了车，此时车上只有三个人。

吴璜，司机，和这个背着吉他的年轻人。

吴璜坐在车后的座椅上，侧头看着窗外划过的楼影，影影绰绰，流光在玻璃上划过，也在她的眼瞳里划过。年轻人则依旧靠在车门处，看不到表情。

车到终点，终于停止摇晃。到站是没有广播提示的，只有像蔓藤一样遍布车厢内壁的彩灯在一闪一闪，映在三个孤独人的身上。

司机没急着开进车站，而是摇下窗子，点了支烟。

车门迟缓但无声地打开，年轻人侧着身，小心保护着吉他，下了车。车外是浓重的夜色，他一出车门，就没入了黑暗。

吴璜看窗外看得出神，车停了一分多钟才反应过来，好在司机专心抽烟，没有催她。她连忙起身下车，出车门后，闪烁的彩灯才熄灭，整个车厢像是一瞬间被墨汁涂满，看不见人，听不到声。

从终点站到吴璜租住的地方，要走两条街，再沿着三岔路口的左边，穿到狭窄的小区门口，爬三层楼，才能打开那扇有些老旧的房门。这条路她走了很多遍，几乎都是在这样的晚上，都是一个人。

唯一人多的地方，是在那两条街的中间，一个供附近居民休闲的广场。前几年更热闹，一到傍晚，就有一群大妈汇聚而来，围着广场中间的喷泉，在巨大的音浪中跳舞。这种景象一去不返，现在的广场凋零不少，一到深夜就安静得如同旷野——这里是偏僻郊区，跟旷野也差不多。

喷泉也很久没有再喷水了。

好在现在也就九点不到，广场有不少人散步，但都沉默着。她走上广场，没有停留，还是照习惯拐向另一条街。但路过喷泉池的时候，她吓了一跳——

一个人影正坐在池边。

路灯的光照不到这里，散步的人也都分散在广场边缘，池边一片空荡，让这个人影乍看起来像一座雕像。但他低着头，不知道在想什么，偶尔点一点头，又像是找不到家的孤魂野鬼。

但她的惊吓只持续了一瞬间，就又消失了，因为她看到了这个人影的腿边，靠着一把吉他。

是那个公车上的年轻人。即使她看不清他的长相。

她犹豫了一下，还是绕开喷泉，走向回家之路的第二条街。

这时，身后传来了歌声。

他是许多城市的过客

在大厦的顶楼点燃篝火

在梧桐枝上挂满单车

他玩得很开心

却不怎么快乐

哦，他不快乐

就像你见到的任何一个

过客

吴璜的鞋变重了不少，脚步迟滞，迈了两步便停下来。她转身看去。年轻人坐在池边，抱着吉他，手指在琴弦上拨动，轻轻唱着。

他唱歌的时候，头也是低着的。但吴璜知道，他在唱给自己听，他跟她说过话，这一天里，他的声音只有她能听到。

夜晚起了风，在吴璜的袖口缠绕，有点儿冷，她握住了自己的手腕。歌声清清朗朗地传来，有那么一会儿，她以为歌声跟风一样，都是这样缓慢地掠过她的身体，带走一些温度。

唱歌的时候，年轻人很专注，一直没有抬头。他的右手在吉他弦上起伏，其实没有意义，因为吉他的声音不但吴璜听不到，他自己也听不到。但他还是这么认真地弹着。

等到一曲终了，吴璜看看他，又看看不远处那条灯火通明的街道；她想，要不要过去呢？她掏出一个硬币，告诉自己如果正面朝上就过去，反面的话，就回家给妈妈打电话。她把硬币扔到地上，硬币弹了一下，又滚动起来。但地面幽暗，滚动又是无声的，转瞬间她就失去了硬币的踪影。

好吧。她想。

她走过去，坐在了年轻人的旁边。

后来吴璜努力想重拾这一晚的记忆，但每次尝试，记起来的都是很模糊的画面。她总结原因，无奈发现，是因为一切都显得太不真实了。

她记得那个年轻人给她唱了一首又一首的歌。她都没有听过，只知道是民谣，节奏舒缓。歌词的差异很大，有些关于山水，有些关于流浪，还有一首是跟爱情有关。

唱这些歌的时候，他们身边不断有散步的人经过。年轻人抱着吉他的样子很有魅力，人们会多看几眼，顺便看到了坐在他旁边的吴璜。但他们听不到任何声音，沉默在保护这两个人的小小秘密。吴璜后来想，这么多结伴的人来来往往，说不定也在说话，广场其实是喧嚣的，只是她也听不到。每个人都守着自己的安静。她只能听到年轻人的歌声。

后来，人群在广场上散开，四周空旷。年轻人也唱累了，把吉他放在一边，跟吴璜说起他的经历。

在沉默时代以前，他是个歌手，不太有名，但可以靠酒吧驻唱活下去的那种。他待过很多酒吧，被人献过鲜花到怀里，也被人用酒瓶砸破过头。他喜欢这种生活，想一直持续下去，但后来发生的事情改变了一切。他在人群里歌唱，没人听得到声音。于是他开始流浪，寻找愿意花钱听他唱歌的人。今天运气不太好，一整天都没有，所以在这个夜晚的最后时刻，他把歌声和絮叨对着吴璜倾泻了出来。

“你放心，”年轻人说完，在黑暗中冲吴璜笑笑，“现在不收钱。”

吴璜也笑了下。

“对了，你去过酒吧吗？”

吴璜摇头。她的生活平静乏味，毕业之后就留在这个一趟公交就能横穿的城市，租着房子，奔波永远是为了上下班，即使工资如此微薄。她听在大城市工作的朋友说过，他们下班之后，就会去酒吧坐会儿，听听歌，聊聊天。在她的印象里，那是很好的消遣。这个小城前几年开过一个酒吧，但营业没几天，沉默便笼罩星球，酒吧就此落寞，成了跟随声音一起消失的众多产业之一。

她再想去，也没有了机会。

“酒吧很乱，但也很热闹，像是原始丛林，一切都野蛮地生长着。欢乐、暴力，还有艺术。”年轻人说，“我的理想就是挣够钱，也开一家酒吧，吧台很长，可以让很多不愿回家的人坐着，但每个人只能喝三杯，毕竟他们最终还是要回家。酒吧里不会很热闹，只是放着我的歌，等到下半夜，要是还有人没走，我就上台去唱。我想，应该没多少人，那样我可以唱得很好。”

他絮絮叨叨地说着，说到后来，突然自嘲地一笑，闭上了嘴——开酒吧，在原来还可以实现，但现在的情况下，这个理想就像今晚刮起的夜风，说出来，能让皮肤感觉到温度，但想抓住，就会从指缝溜走。

在整个倾诉的过程中，吴璜都没有开口，她要把今天说话的份额留给母亲；年轻人则理所当然地以为她早已说过话，并不指望她的回应。吴璜跟他打过手语，但他摇头，说："我没有去学手语。我只会弹吉他，流浪的时候，我也只带了吉他。"

这个意思就是，他连手机都没有。他只有无声的吉他，每天只为一个人唱歌，就这么活下去。要是一天没有生意，他就把声音献给路边遇见的人。

所以吴璜猜，他也并不是想对自己说话，只是在公车上意外开了口，让自己成了今天唯一能听到他声音的人。他的诉说更像是说给他自己听，说给这个夜晚听，说给这个沉默的世界听。

时候已经不早了，广场上除了他们，一个人都没有了。吴璜站起来，准备离开。

"你知道吗？"年轻人突然站起来，提着吉他，走到她身边，"我待过的每一个酒吧，都有很好听的名字。"

他们并肩走着，走向连接广场的那条街道。夜深了，街两旁的灯光也有些暗，长街一路蔓延至幽邃中。

吴璜听着年轻人一个个地念起了酒吧的名字。

"进来吧、黑匣子吧、AK47、玩偶酒吧、别处、桥西、星期八、可可走廊吧、忘忧地带、海伦会咏唱、零心情、酒点过半、8号地铁、醉意西雅图、猎人、第七季……"

每走一步，一个酒吧的名字就跳进了她的耳朵。那些酒吧都不再营业，但名字真是好听，年轻人这么说着，她都仿佛听到了酒杯轻碰的脆声。她都有了错觉——这条街的两边不再是梧桐和泛黄的路灯，而是并排开着的一家家酒吧，灯火通明，歌舞喧哗，买醉的人进进出出。年轻人一个个介绍酒吧，每说一个，就有灯牌亮起，正是他提到的名字。他们一直往前走，两侧的酒吧也跟着他们延伸，没有尽头……

等她反应过来时，年轻人已经沿着三岔路口的右边，独自走远了。她只能看到他的背影，很单薄，吉他却显得硕大。再走几步，这个背影就被黑暗消解得模糊了。

吴璜心里一动，想要叫住他。她的心怦怦怦跳了起来。她深深呼吸，清凉的空气涌进胸腔，但就在喊出声音前，她口袋里的手机震动了起来。

她划开手机，是母亲的电话。

“怎么没给我打过来？”

“妈，”她说，“等一下。”

但声音一出口，她就后悔了。她看向年轻人离开的方向，夜幕浓重，他的身影已经完全融化。

原来母亲所谓的大事，是要给她介绍男朋友。

这事她早有预料。这几年母亲跟她聊天的主要话题，就是催她找一个男朋友，常说的话是：“现在这世道啊，一个人更不容易活下去，找个人一起吧。”

但她找不到。

还能说话的时候，她就不擅长跟人接触。也谈过恋爱，但很快无疾而终，两任都是，所以她对自己没有太大信心，对别人也没了太大兴趣。母亲每次提起，她就说工作重要，搪塞过去，加上这个小城远离家乡，母亲也就说说而已。

但这一次，母亲惊喜地说："我刚打听到，我们隔壁小区，也有个小伙子在你那边上班，这就是缘分。老家的人，知根知底，又跟你在一个地方工作，真的合适！"

母亲反复说了好些遍，吴璜脑子有点儿乱，敷衍几句之后，母亲突然说："先见一面吧。我给你安排好了，后天，后天你不上班。对了，记得见面之前不要跟人说话啊。"

说完，就挂掉了。

过了两天，他们真就见上面了。由于是两方家长安排的，两人都做了准备，留着说话的份额。在一家餐厅，吴璜见到了这个叫阿凡的男孩。

母亲在电话里描述阿凡时，吴璜就在脑袋里有了他的模样。真见面了，她发现阿凡就跟母亲形容的一模一样，老实可靠，脸上微胖，说话有点儿紧张。

她倒是不紧张，但完全提不起兴致。的确，一个能被语言描述得一清二楚的人，能引起别人的什么兴趣呢？

吃饭的过程中，阿凡一直努力在说话，介绍他自己——工作、收入，以后的打算。吴璜坐在他对面，默默地听着。她其实也不是在听。她有点儿走神，看着餐厅外来来往往的人群，每个人的身影都很笔直，每个人的背上都没有吉他。

一顿饭吃得很快，吃完后，他们也没有别的计划，吴璜便提议回家。

走到公交站台需要几分钟。阿凡也看出来吴璜对他兴趣不大，声音低了许多，走到站台时，深吸口气问："这些就是我的情况了，也没什么特别的，你还有什么想知道的吗？”

吴璜收回目光，愣愣地看着阿凡。这张脸跟她的想象里，跟窗外的那许多张脸都一样，所以即使是第一次见面，她也没有陌生感和局促感。她看了好几秒，才意识到阿凡在对她说话，这时，一个身影在她脑海里浮现，她犹豫了一下，问：“那你，记得多少酒吧的名字？”

2

到达海边时，已经是下午。吴璜和阿凡在大巴车后排睡得正沉，被导游叫醒后，昏昏沉沉地下了车。一抹淡金色的斜阳铺在海面，海浪一卷，又把斜阳揉碎。吴璜看了几眼，对阿凡说：“我还是去睡会儿，你看吧。”

阿凡点点头，就转身走向其他旅客，掏出手机拍照。

为了这次婚前旅行，吴璜昨天收拾了一晚，因此白天都在补觉，到现在还是晕乎乎的。但此时再上车，又睡不着了。她把车窗拉开一个缝隙，空气顿时清新不少。侧过头，她看到阿凡挤进人堆，瘦小的身体几乎被遮住，倒是手机举得很高，不停地按拍摄键。

一阵风吹来，冷得刺骨，所有人的手都收了回来，像是受惊扰的含羞草叶。导游摆摆手，示意大家上车。

人群又一下涌回来。车里的空气刚新鲜没几分钟，又变得闷热浑浊。

阿凡把手机伸到她眼前，兴奋地给她介绍照片。听着他絮絮叨叨的声音，睡意顿时席卷，眼皮沉重，又迅速睡了过去。

再醒来的时候，车已经进了小镇。镇子靠着海，建筑都是尖顶，走西式风格。沉默时代前，这里就是专门用作旅游，一度很热闹；世界失声后，小镇很快就顺应形势，在所有建筑的外面铺满了彩灯，此时还是傍晚，但灯光此起彼伏地亮着。各种色彩在吴璜脸上划过，即使闭上眼睛，迷乱的光线依然刺进眼球。

她有些后悔来这里旅游了。

这是她和阿凡的婚前旅行。对结婚这件事，她其实是比较犹豫的。她跟阿凡的恋爱已经持续了一年半，很顺利，她这么觉得。这么长的时间里，他们没有过争吵，没有过分歧，即使出现了矛盾，也是她退让，或者阿凡退让，总之能很快地平顺度过。从恋爱的第一天到现在，他们对彼此的态度都没有变化。这肯定不是坏事，但这是好事吗？她不知道答案。

但时间在流逝。母亲给她打电话，说："你也不小了，该考虑结婚了。不管时代怎么变，有声音还是没声音，这一步总是要走的。"那天她已经跟阿凡说过话了，因此无法在电话里回应母亲，便沉默着。母亲知道她在听，继续说："阿凡这小伙子还不错。"她继续沉默。

母亲顿了顿，又说："但是如果你有什么担心的，可以试着出去旅游。都说长途旅游是婚前试金石，能考验他是不是靠得住。你听妈的，要是旅游里他也把你照顾得很好，你们就结婚吧。"

吴璜想这也有道理。一个人就算平常掩饰得很好，到了旅途中，多少会暴露。她倒是不指望阿凡能把自己照顾得多好，只要不暴露什么大毛病就好。那就听妈妈的建议吧。结婚，她心里念着这两个字，有些空落落的，不知哪里缺了一块。

所以，这场旅游就成行了。她在选择路线的时候，查到了这个海边小镇，上面的宣传语是“当世界失去声音，我们用色彩来填补”。她看得很心动，就来了这里，但现在看到混乱而强烈的彩光晃来晃去，只觉得群魔乱舞，心烦意乱。果然不能信广告，她想。

其他人倒是很开心。旅客们把行李放好后，便蜂拥而出，在小镇的主街上逛着。除了他们，还有不少旅行团过来，街上到处是人影和笑脸，配上这迪厅一样的灯光效果，会让人有种“喧闹”的错觉，仿佛置身于往昔世界。

阿凡也在开心的人群里。他拉着吴璜，兴奋地在摊铺边逛着，看到什么精致的小商品，会把玩半天，并掏钱买下其中几样。吴璜跟着他。

过了主街，前面光影晃动得更厉害，人影更多。“我们去那边吧！”阿凡说，没有留意到吴璜疲惫的神色，拉着她就挤向更密集的人群。

他们来到了一个广场，门口写着“表演区”。阿凡买了两张票，牵着吴璜走进去。这里的商铺就不多了，全是一个个装饰着彩灯条的棚子，棚内都是正卖力进行翻跟斗、喉咙顶枪等各种民间表演的演员们。

游客围在棚外，人头攒动，一切却又是无声的，像是规模浩大内容却很空洞的默剧。

吴璜对阿凡说：“我们走吧，我有点儿累。”

阿凡有些不舍地看了看四周，刚要说话，一蓬烟花突然从广场中央升起，光焰胜过所有彩灯，人群又向中央挤去。

“好像是抽奖，”阿凡用有些讨好地语气说，“我们去看看吧，很热闹……”

她点点头，就像以往的无数次一样。

阿凡没说错，烟花的确是抽奖的信号。在中央的圆形舞台上，一对主持人正在暖场，他们身后巨大的电子屏上写着抽奖规则。原来只要买了入场券，就有中奖的机会，一共抽十人，奖品分别是现金、电脑、手机、代金券等。

见围着的人多了，主持人开始公布中奖号。

右边那个主持人又高又瘦，怕是有一米九，掏出一个信封，而左边的主持人显然是侏儒，身高不到右边主持人的腰，此时踮着脚，一跳一跳地够那个信封，惹得周围观众都是笑脸。吴璜听不到他们的声音，只能听到阿凡也笑得很开心。

滑稽又做作的争抢持续了几分钟，侏儒主持人终于面红耳赤地抢到了名单，拿起道具话筒，用最夸张的口型宣布了号码。人们虽然听不到他的声音，但他每“念”一个数字，电子屏上就显示一个号码。观众们连忙去看手里的入场券，中奖了的连忙举手，被请到台上，开始派发奖品。

阿凡买的这两张票没有中奖，有些无奈地叹口气，说：“运气不好，我们走吧。”

吴璜点头，刚转身要走，眼角突然抽搐了一下，余光落到了舞台的角落。“等一下，”她说，“我……我想再看看。”

“哦。”阿凡不知道发生了什么，但也没有反对，就像以往无数次一样。

舞台上，前九个幸运观众已经领了奖品，兴高采烈地下台了。最后还有一个站在上面的，是一个肥胖的妇女，三十出头的样子，还推着婴儿车。车里的襁褓遮得很严实，吴璜只能看到婴儿半张肥嘟嘟的侧脸，不知是男孩还是女孩。

妇女显然很期待奖品是什么，但当电子屏上出现“点歌”两个字时，她一下子愣住了。

舞台的角落里，那个一直站在阴影里的年轻人走出来，走到妇女身前。他背着硕大的吉他，比他的肩膀还宽，走起路来一晃一晃，令人疑心他瘦削的身子是不是扛得起吉他。

随后，电子屏上出现了“奖品”的解释——幸运观众可以留在舞台上，获得著名民谣歌手李川的专属歌唱。

原来他叫李川。吴璜暗暗想。

李川这一天显然都没有说过话，所以作为“奖品”，他可以对妇女唱歌。而整个台上台下，只有妇女能听到他的声音，的确是独一无二的礼物。但妇女还没等李川把吉他卸下来，就转身去找那对高矮主持人，用手势比画着什么。

虽然她挥舞得很混乱，但所有人还是一眼能看出：她并不满意这个奖品。

其他幸运观众拿到手的，都是实实在在的钱或商品，对妇女来说，比一首歌实惠得多。于是，李川提着吉他，站在舞台上，微微侧头，光线迷乱晃动，人们也看不清他的表情。但他肯定很尴尬吧，吴璜想。

妇女跟主持人交涉了半天，她挥手，主持人摆手，死活不能换。她只得认了，气鼓鼓地走回来。

李川这才弯腰把吉他从包里拿出来，调了调弦，刚准备唱，妇女突然冲他打了个停止的手势，不仅李川愣住，舞台下的观众也面面相觑。妇女本来是用嫌恶的眼光看着李川，此时变成了得意，她指了指手上牵着的狗绳，意思不言而喻：让李川给吉娃娃唱歌。

吉娃娃瞪大乌黑的眼珠，看看主人，又看看李川。

这下，台下观众的笑脸更灿烂了，显然对狗弹琴，比主持人的滑稽表演更能让他们开心。主持人见台下这样的效果，便没有阻止。

李川提着吉他，好半天没有动。

观众们着急了，离舞台近的，使劲拍着舞台的地面，主持人看阵势不对，走到李川面前，使劲推了推他的肩膀。

李川后退一步，站稳后，低下了头，随后把吉他抱在怀里，手指搭在弦上。

吴璜轻轻叹了口气。阿凡听到，问："你怎么了？"她摇头说："就是累了。"

"等下，我们看完就走哈。"阿凡颇有兴致地指着舞台，"怪有意思的。怎么想出来的啊，让人给狗弹吉他……可惜他给狗弹我们也听不见，不知道会唱什么。"就算李川给吉娃娃唱，吉娃娃也听不见，因为外星人定下的规则是："人"一天只能跟一个"人"说话，所以在这个带着恶意的舞台上，李川和吉娃娃都是茫然的，但一个被绳子牵着，一个被现实禁锢，都无可奈何。

李川往后站了站，抱起吉他弹唱。

他唱得有多认真，底下的人就有多开心。阿凡也乐不可支，对吴璜说："你看啊，多滑稽！我都怀疑这女的是不是托儿了。"

但吴璜没有听清他的话，这很少见。此前的一年多，他们都是把说话的份额用在对方身上，除了阿凡的声音，整个世界一片安静。而阿凡并不口吃，听起来一清二楚。但她现在没听清，是因为舞台上传来的歌声。

他是许多城市的过客
在大厦的顶楼点燃篝火
在梧桐枝上挂满单车
他玩得很开心
却不怎么快乐
哦，他不快乐
就像你见到的任何一个
过客

听到歌声的一瞬间，她的脸色就白了，仿佛血色被冷风吹得退潮。她能听到李川的歌声，只意味着一件事情——李川看到了她，李川记得她，李川并没有妥协于对他的羞辱，而是将唯一的声音，唱给她听。

回到酒店后，阿凡早早就入睡了，吴璜却一直睡不着。一来是白天在大巴上睡了一天；二来是因为外面闪烁的灯光。窗帘的遮光效果不好，即使拉上了，也能看到彩色灯柱在外面晃来晃去，她又比较敏感，灯光晃一次，就像有针在眼皮上扎一下。

当然，她知道，这些都不是她无法入睡的真正原因。

就这么睁着眼睛，时间在彩光的晃动中流逝，很快就过了午夜。要是这么熬下去，恐怕一整晚都睡不着了，她索性爬起来，披上羽绒服。

“你去哪里呀？”阿凡被扰醒，迷迷糊糊地问。

她回道：“出去转一下，吹吹风。”

“哦。”阿凡闭上眼睛，又躺回去。

出门前，她听不到一点儿风声呼啸，但刚走出去，头发就被吹得扬起，寒冷也像刀子似的往脸上扎。她连忙裹紧帽子，走上了彩灯四溢的街道。

这时的街上已经没什么人了，她也并不知道自己的目的地——他只是来唱歌挣钱的，经过了那样的羞辱，还会待在这个过度开发的旅游小镇吗？镇子又这么大，想找一个人……

但好在，她的胡思乱想还没有结束，就又听到了歌声。她心里的石头落下来，但又泛起另一种紧张。

她犹犹豫豫地循着歌声，走到海边。

李川坐在一块鸟翅般伸出的岩石后面，前方就是缓缓起伏的海面，看到他那被阴影遮蔽但依旧可以看出清瘦和孤单的身影，她的忐忑顿时消失，顺着卵石路走过去，在他身旁坐下。

“又见面了。”他说。

是啊，没想到在这里能看到你，你没有怎么变。她说着，却发现李川皱皱眉，像是听不到自己的声音。她这才想起，出门时已经跟阿凡说过话，而当时已过了午夜。

总是这么不巧。她低下头，帽檐的白色绒毛遮住了她的脸。

李川倒是不介意。他像是对什么都不介意的样子，笑了笑：“没想到能在这里看到你。”顿了顿，“你没有什么变化。”

吴璜有些诧异，回忆了下，确定他听不到自己的声音。那又真是很巧了，仿佛刚才这一瞬，改变了世界的规则在他们之间不复存在。

“但肯定发生了很多事情吧，”李川说，“恭喜你。”

你呢。吴璜掏出手机，在上面打下这两个字，递给他看。

“我身上也发生了很多事情，也遇见了很多人。”他摆摆手，“但这些人都离开了，事情也都过去了。”

你的酒吧计划怎么样了？吴璜刚打出这一行字，想了想，又删掉了。他现在比上次见到时更落魄，衣服破旧，脸更瘦了，今天还在舞台上受人羞辱，这样艰难的处境，活下去恐怕都是问题，更别说花费不菲的酒吧了。

于是，短暂的寒暄结束了。吴璜坐了一会儿，觉得冷，缩了缩身子；又看他，发现他穿得更单薄，外套不像是能防寒的样子，不知道里面穿毛衣没有……

“我继续给你唱歌吧。”

她点点头。

这样的夜晚，虽然冷风刮遍大地，但有歌可以听，总是令人满足的。

李川唱了一首又一首。

有时候他唱的声音很大，在寂静世界里令人心安；有时候又细若呢喃，闷闷的，没来由地让人酸楚。这些歌唱完，他把头埋在膝盖里，不知想到了谁。

吴璜没忍住好奇，在手机上打下一行字：“这就是你的生活吗？”

“什么样的生活？”李川问。

“这样……漂泊。”

“这不是漂泊，是追求自己想要的东西。其实那个电子屏上是骗人的，我并不是什么著名歌手，我只是想要弹吉他，有人听和没人听都行。我也有试着去老老实实工作，安安稳稳活下去，但我发现我做不到。”他的声音里有一丝苦恼，彩光在海面闪过，又映在他眼里，看起来有些迷离，“那几天，我出现了幻听，耳朵里吵吵闹闹的，像是很多人挤在里面吵架。根本睡不着，为什么整个世界都失聪了，只有我被噪音困扰呢。我甚至把我的耳膜刺破了，变成了聋子，那些声音还是能灌进耳朵。但我发现，只要拿起吉他，我就清静了。”

吴璜听着，看了眼他的耳朵。她当然看不到他耳膜上的破洞，但能想象当时的痛楚。原来为了自由和想要的生活，是要付出这样的代价。但对李川是值得的，他聋了，但他知道了自己的路。他听不到声音，但他还有吉他和喉咙，可以唱给别人听。

海水起伏，吴璜的呼吸也变得急促起来。她拿出手机，但两个拇指在屏幕上方颤抖，怎么也按不出字来。即使打出了字，但也是错的，这个过程中，李川一直耐心等着。

这时，一条信息弹了出来。是阿凡发的——

“你在哪里？别太晚了，注意安全。”

她的手顿时不颤抖了，停了一会儿，便把手机收了回去。手机的光灭了之后，只剩下海面上闪烁的彩灯。他们一起走回了街面。

这一路上，他们没有再说话。沉默是彼此的契约。这一刻，吴璜明白了默契这个词的来源。这么深的夜了，街上的彩灯还是迷幻地闪烁着，她低头走路，影子随着灯光的摆动，也明明灭灭，跳来跳去。

“你不喜欢这种灯吗？”李川察觉到了，问道。

吴璜点点头。

“那你跟我来。”李川突然抓住她的手，往镇子的另一边走过去。他个子高，步伐跨得大一些，她就不得不小跑才能跟上。他背上还有吉他，每跑一步，吉他就敲打着他的背。

李川把她带到了小镇的最西边。这里没有那么多彩灯，幽暗一些，但镇子其他地方的灯扫过的时候，还是有一道道光扫过来。吴璜掏出手机，想打字谢谢他的好意，但这里还是很多灯光，而且已经很晚了。

但她刚拿出手机，李川就握住她的手，把屏幕按灭。

“等一下。”他在她耳边低声说。

外星人带走的是声音，而温度还在。因此她能感觉耳侧拂过一阵热流，在冬夜的寒风中，格外温暖，又并不炽烈。

真是奇怪。这个人，是怎么把所有的事情都做得恰到好处的？她耳朵发红，退了一步，想着。

李川没有察觉她卷涌的心理活动，转过身，快步走到一个黑沉沉的屋子旁，他脚下是七八条粗大的线缆，蜿蜒着，通过墙壁延伸进屋子。吴璜眼角一跳，隐约猜到他要做什么了。但她还来不及阻止，就见李川的手顺着门缝伸了进去。

她没猜错，这里是小镇的配电房。李川明明是拉下电闸，却像是引爆了炸弹，大片大片的黑暗溅射出来，以他们为中心，飞快地向四周扩散。密布整个镇子的彩灯，在一秒内，全部熄灭。

黑暗和寂静一样纯粹。头顶的夜空也是黑漆漆的，没有丝毫光线，这样高密度的黑暗，把夜晚都变成了固体。但吴璜并没有丝毫慌张，她知道，李川就在附近。黑暗遮蔽了一些东西，却让另一些东西萌芽而出。她的心跳开始加速。

接下来呢，她想，他会做什么？他会对自己做什么？

她有些紧张，明明是大冷天，手心却出了汗。

但她等了很久，她都没有再听到李川的声音。直到风变得更大，小镇的维修人员赶了过来，让彩灯再次群魔乱舞，四周明亮而迷幻，她扫视四周，发现李川已经不见了。

这场原计划半个月的婚前旅行，在第一天过后，就结束了。

是吴璜执意要结束的。

阿凡刚开始很诧异，以为她是开玩笑，搂着她往大巴车走去。但走了两步，就被她挣开了。他这才知道吴璜是认真的，他也看着她，过了好久才问："我哪里做错了吗？"

他没做错什么。某种程度上，做错事情的其实是吴璜。但这些她没办法解释，只能沉默。整个回程中，他们都没有说一句话，到小镇后，吴璜提着行李回到住处。阿凡在后面看着她，没有说什么，站了一会儿，也回到了他的单位。

晚上，吴璜给母亲打了电话。

但因为她今天已经跟阿凡说过话了，所以母亲从话筒里听到的，也是一阵沉默。

"你们现在不是在外面玩吗？"母亲说，"玩就好好玩，别挂念家里。"

吴璜握着手机。

"怎么了，是不是发生了什么事情？"

听筒里一片沉默。

母亲也安静了很久："真的不喜欢他吗？"

吴璜鼻子有些发酸。

"不喜欢也没关系。"母亲说，"日子是你来过的，冷暖都只有自己知道，要是不喜欢，不用勉强，也不用担心，妈妈去打招呼。"

吴璜挂了电话，有些发怔。她看向窗外，这时候已经是深冬了，外面飘着细蒙蒙的东西，她以为是下雪，凑到玻璃前一看，才发现是起了夜雾。

3

雨突然下得特别大。

吴璜刚推开门，一股潮气就迎面扑来。她本想尽早离开，但这么走出去，恐怕不到一秒就得浑身湿透。在犹豫的关口，身后的王烨就跟了上来，说："我送你吧。"

"不用。"吴璜说，"我可以自己打车。"

"你走出去就淋湿了。毕竟是出差，家不在附近，要是感冒了都没人照顾——你们公司说不定还得怪我。走吧，我去取车。"

这话半认真半调笑，倒是让吴璜也不好拒绝。她点点头："那麻烦王总了。"

"都说了，叫哥就行。你今天说话的额度都留给我了，这缘分，当得起一声哥吧。"

吴璜没再说话，跟着王烨去了车库。车缓缓驶上大街，雨更急了，冲刷着车窗，让外面的景色都迷离成一片。不过就算没下雨，要看清外面也很难——夜幕笼罩，街上的指示灯和彩条都亮了，光晕在车窗上糊成一片。

大城市就是这样，为了在一片沉寂中维持城市交通的运转，就只有使用大量灯光来做指引。跟多年前她在海边旅游时在小镇见到的景象一样。

咦，她突然心头一紧，怎么会突然想到那个遥远的小镇呢？

“你是明天回去吗？”王烨扶着方向盘，目视前方。

“是啊。”

“难得出次差，不多玩几天吗？”王烨依旧没有看她，“跟你把事情谈完，这阵子公司也不用我操心了，打算带女儿转转，还想着你也一起呢。”

这就有些露骨了。

来出这趟差之前，吴璜就做了功课：这个王烨，弄出的手语资料都是质量上乘，为人却有些下作。因此今天谈定了采购的价格和周期，她就赶紧离开，不料被大雨挡住，让她落入跟王烨同处一车的窘境。

“工作还很多，早点回去处理。”她敷衍道。

王烨嗤笑：“女人啊，就别这么拼，找个靠得住的男人就行。”顿了顿，又说，“噢，对不起，我忘了，你还未婚。”

这句话里没有丝毫抱歉的意味，倒像是在刻意强调。

吴璜皱起眉头。

果然，王烨又接着道：“要是没见到合适的，你觉着我怎么样？”说着，他的右手从方向盘上滑下来，落到了吴璜腿上，“这么多年，我也是一个人……”

“停车。”吴璜说。

王烨把手收回来，谄谄一笑：“开个玩笑，别介意。”

“停车，我要下去。”吴璜声音有些冷。

王烨这才终于瞧了她一眼，说：“别来劲啊，合同还没签呢。”

这是威胁，吴璜很清楚，但也是实话。她像是噎住，往右缩了缩，没再说话了。

这些年，她在单位混得并不好。在那个传统闭塞的小县城，到了这个年纪还没结婚，就会被视为异类，慢慢被疏远。她也并不热衷于熟络人情，这一点，年轻时被当作个性，到后来就成了毛病，因此也不受领导待见。这种氛围在沉默中被放大，只要在办公室，她就能感受到。这次被外派出差，她松了口气，想必办公室的人也松了口气。但要是搞砸，办公室的人依旧会开心，自己可就麻烦了。

王烨敏锐地察觉到了她的退缩，笑了，手也再次放下："你以为，我把一天的说话机会都花在你身上了，真的只是谈生意吗？"

吴璜推开他的手，攥紧裙子。

"是因为你的声音好听，你也好看，虽然有了一点点皱纹。"王烨不自觉地把手移上来，拂过她的眼侧……

为了避开他的手，吴璜不得不侧过头。也就是在这一瞬，透过窗外横流的雨幕和光晕，她突然看到了一家店的灯牌。那几个字一闪而过，迅速被雨幕遮住。

"放开！"她尖叫起来，同时伸手去抓方向盘。

王烨吓一跳，脚下意识地去踩刹车。汽车在布满雨水的街上碾出两道水帘，滑行几米后停下。幸好这条街已经算偏僻了，车不多，后面的几辆车也紧急刹车，没撞到。

但这样也很惊险，王烨反弹回靠背上，转头对吴璜怒道："你疯了！"

吴璜没理他，去拉车门，没拉开；又扑过去打开车锁，再开门跑出。雨势丝毫没有止歇，当头浇来，她赶紧将包顶在头上，一路小跑到街边屋檐下。饶是如此，身上也打湿了大半，头发湿漉漉地沿着脑门垂下。

王烨伸出头，叫了她几声。车后方的车辆焦躁地闪烁着车灯，交通系统判定王烨违规，前方的彩灯条也变成了刺眼的红色。他怒骂几声，缩回去，启动车子走远。

吴璜始终没看他一眼，仿佛从拉开车门的一瞬间，她就跟他再无关系。她小心地贴着街边往回走，有些店设计了屋檐，为她挡住了雨水，有些却没有，她只得顶着包，快步涉水而过。

雨滴又大又重，纷乱地砸着这个世界。街上只有倏忽驶过的车辆，没有行人，因此车里和路边店里的人，都好奇地看着吴璜，看着她边躲雨边张望头顶的店牌。

她路过了一家饭馆、一家蛋糕店、一家便利店（她进去问了，没有雨伞）、一家复印店、一家花店、又一家饭馆……咦，怎么没有？她焦急起来，不会看错了吧？她又停下，转身往前，又重复一遍。

饭馆、花店、复印店——在复印店的后面，她终于看到了那行字——

“没有你的小镇。”

这六个字的灯牌是竖放的，挤在两道墙壁的中间，且有些暗，一不留神就晃过去了。但她在车上居然能一眼瞧见，不得不说也是有缘。

两道墙壁隔出了一条巷子，有台阶向下延伸，两旁贴着向下的箭头。吴璜沿阶而下，走到尽头，再一拐弯，前方豁然亮起来。

她本以为会到一间狭小的地下室，没想到地下室还挺大，两百多平，乍一拐进来，还有种空旷的感觉。地下室的顶上没有灯，只在四周歪歪斜斜地挂了些灯管，荧荧放亮，而桌子就围着中心的舞台而摆。因此四周的观众处在荧光中，而中心舞台一片幽暗。

她正要走过去，门旁一个十来岁的男孩拉住了她。

男孩举起一个PAD，上面是十几个排成一列的名字。

吴璜露出疑惑的神情。

男孩收回平板，熟练地点了几个键，再翻过来给她看。屏幕上显示着这间酒吧的规则，原来每个名字代表一个歌手，绿色的代表“可选”，点击后，歌手就会到台上为客人唱歌。

舞台中间虽幽暗，但能看到站着几个人，各拿乐器，各自弹唱。四周的光晕里也坐着几个人，有的闭目聆听——显然有专属的歌手在为他而唱，有的则只是喝酒，闷头一口又一口。

吴璜让男孩把界面调回去，扫一眼，果然看到了李川的名字。

这明明只是中文里很常见的两个字，却仿佛某种咒语，出现在她眼中，让她心头猛地一跳。她伸出手，朝李川的名字下点去，点了好几次，却都没反应。

男孩收回PAD，疑惑地看着她。

她这才看清，原来李川的名字是灰色的，自己刚刚心神激荡，没看仔细就去点了。她有些失望，想离开，但身后小巷一片幽暗，落雨声依旧不绝，想了想，还是转身找了个小桌坐下。

中心舞台上有人弹唱，但她没有点歌，耳旁依然是一片寂静。她拿了一瓶啤酒，没看什么牌子，喝下一口，冰凉冰凉，跟身上的雨水一样。不知道是幸运还是倒霉，她想，在自己最潦倒狼狈的时候，重新又遇见了他。

这时，她看见了李川。

上一次见他，已经是五年前了，时间在这五年改变了她，每天早上，她都会从镜子里看到变化。外表可以用化妆品遮住，而更深处的，体质和心态，更是日复一日地被蒙上灰尘。而他，突然出现在光亮中，却几乎跟上次在小镇的舞台上一样，如果非要说有什么不同——他的衣着变得得体整洁，头发不再潦乱，整个人看起来更精神，也更……年轻。

时间果然是不公平的。

李川出现后，也跟其他歌手不一样，人们纷纷向他点头示意。他也含笑一一回应。看见一个须发皆白的老先生面前的酒杯空了之后，他朝吧台招招手，那个脸上有细密文身的服务员就给老先生端来一杯酒。

不出吴璜预料，李川是这间酒吧的老板。

看来时光不仅没有摧残他，还让他真正实现了理想。而反观自己——她低头看了看湿得皱起的裙摆，发丝贴在脸颊的触感依旧冰凉，不由得沮丧起来。

李川从吧台后摸出那把吉他，走上舞台。其余歌手给他让出一小片空地，服务员递上椅子。他调了调琴弦，清清嗓子，刚要唱，手突然扣住了吉他。

吴璜眼角一跳。

她不知道这间“没有你的小镇”酒吧怎么会设计得如此奇怪，将灯管贴在顾客周围，而舞台陷入一片幽暗。她只能模糊地看到李川顿了顿，随后站起来，冲酒吧西北角一个西装革履的中年男人鞠了个躬。

想必是那个男人点了他唱歌。男人微笑，举起杯子，一饮而尽后转身出了酒吧。

但吴璜把目光从男人背影上收回来时，一转头，就看到了李川的脸。近在咫尺，灯光在他脸上流淌，清晰得能看到他瞳孔里倒映的自己。

“所以，你今天还是不能说话吗？”他坐在她身旁，问。

吴璜有些慌张，理了理裙角，几秒后才反应过来，点点头。

“真是遗憾，过了这么多年，你都还是沉默。”李川说着遗憾，表情却不以为意，伸手把吉他抓过来，“那我就给你唱歌吧。这几年，我新写了很多首。”

他连寒暄都略过，也不提当初在海边小镇为什么不辞而别，就这么快活地弹唱。

吴璜却做不到他这样风轻云淡，很短的时间里，脑子里掠过许多念头。她懊恼为何会在如此狼狈的时候被他认出，好奇这些年他是怎么在无声时代里靠一把吉他挣出一间这样大的酒吧，亦感到无奈，最后却是想知道他上一次为什么离开。

但她没有问。一来是摸了摸兜里，才发现手机落在了王烨车上；二来是想起了当时的处境。那时是她的婚前旅行，跟他一起在夜里的冒险，本来就接近禁忌，如果他不是趁黑暗离开，那事情会怎么发展呢？她真能当面跟未婚夫摊牌吗？

想到这里，她满脑袋的心思都像是失焦的电影画面，模糊成了一团团光与暗的混合物。她往后躺了躺，靠在座椅上。耳边是李川的歌声，一千多个日子过去了，他每天都要对一个人唱歌，声音却跟从前一样。

其余人看到老板跑到角落里给一个陌生的女孩唱歌，也只是扫了眼，没人大惊小怪。这里是没有你的小镇，不管你路不路过，雨都一直下个不停。

不知听了多少首，酒吧慢慢人少座空。吴璜逐渐平静，左右张望，想找笔和纸，正好看到一个抱着婴儿的女人走到了吧台处。

女人很高挑，一手抱着婴儿，一手提着滴水的雨伞。她把伞靠在墙壁上，向李川看过来。

“你等一下。”李川冲吴璜笑笑，放下吉他，向那个女人走过去。

他自然而然地接过了襁褓，用手指逗了逗，再向女人比画着什么。吴璜与他们隔着斑斓的灯光，发现他们几乎是一样高，他们手势交流时的表情却看不到。

但也不用看了，吴璜平静地想：是啊，五年这么久，能遇上许许多多的人，像现在这样才是正常。而自己，的确是异类。

她站起来，把杯中酒喝完，湿答答地走向巷子的出口。直到她离开，吧台前的两个人加一个婴孩，都没看过来。

还真被王烨给说中了，淋了雨后，吴璜当晚就发起了高烧。她从酒店退房，直接住进了医院，意识昏沉中，她还想起要给领导请假，但手机不在身边，只能放心地昏睡过去。

一通折腾，等退烧已经是三天后了。她没去找王烨要手机，而是直接打车去车站，偏偏出租车又路过了“没有你的小镇”。

算了，她对自己说，没有告别的必要。反正自己也不辞而别，算是两不相欠。

出租车驶到街角，她依旧这么劝说自己，手却伸到司机肩上，拍了拍，司机很配合地停了车。

她这才反应过来，对自己说，咦，怎么回事，手不听使唤吗？还是走吧，继续去车站，早点儿回公司。

司机回头，疑惑地看着她。

等她掏钱结了车费，钻出车门，回过神来时，已经站在了空旷的街头。那没有办法了，她只得这样安慰自己，去看一下吧，别让他发现就好。

李川的确没发现她来，因为他压根不在店里。下午的酒吧没有客人，她一进去，只看到吧台前那个文身密集的女服务员。服务员看到她后，没理会，又低头继续擦杯子。

吴璜问："李川呢？"

服务员抬起头，看着她，眉头皱起。

"就是，这家酒吧的老板，他在吗？"

服务员长久地看着她，突然笑了，拿起PAD，打下一行字：我就是这家店的老板。

"可是……"

服务员不等她说完，手指点了点，屏幕上再次出现一连串的歌手名。她指着李川的名字。

吴璜点点头。

"他走了，把店给了我。"服务员——或者说店长又继续打字，"你是他朋友吗？"

吴璜不知道自己算不算，因此没有回答，又问："那他什么时候回来？"

"他说不会回来。他只带走了吉他。"

这的确像他做出来的事情。吴璜讷讷地想，有些恍惚，她转身要走，但走到门口时又意识到一个问题，连忙问："那他的……"

刚说出这两个字，就停住了，因为她回头看到了那个高挑而长发披肩的女人。女人依旧抱着婴儿，走到吧台前，她正和店长说话。吴璜听不见她们的声音，但从她俩聊天的神态，以及两人左手无名指上戴的相同戒指，吴璜大概知道自己误会了什么。至于婴儿，有太多种可能了，而其中大部分可能，都与李川无关。

最后一个问题便没有必要问了。她慢慢吐出一口气，沿着阶梯，离开了酒吧。

省会离县城有直达火车，中午出发，下午就到了目的地。她已经三天没有联系领导，到底有些急，一出站，来不及放行李就赶到了办公室。

也是不巧，刚进门就到了下班的点，同事们一起涌出。她几乎是逆行在这股浪涌里。每个同事都与她打了照面，却没人打招呼，他们说话的机会自然不会用在她身上，但连眼神接触都刻意避开，就让吴璜产生不好的预感了。

果然，她硬着头皮敲开领导的办公室门，不用听声音，仅从领导的脸色，她就察觉到了气氛的严峻。

她本来想把说话的机会留到此时，跟领导好好解释，但上午在酒吧，她已经说过话了。她徒劳地张张嘴，领导的表情更加失望，从办公桌旁拿出一个文件夹，递给她。

文件夹的东西不多，一个手机，一张辞退通知书。

手机是王烨寄回来的，一起寄回来的，还有他的怒火。合同显然没搞定，领导已经派了别的办事员。而辞退函，已经盖好了章，上面写有工作疏漏和无故旷工的字样。

到了这个地步，她知道说什么都没用，便接过文件夹，又拖着笨重的行李回到了出租房。

天还没暗，她掏出手机，拨通了母亲的号码。

“怎么了？”母亲说，“好几天没联系到，是不是不顺利啊？”

吴璜握着手机，躺到床上。窗子斜照进一丝夕阳，先是落到她耳朵上，又慢慢移到下巴边。

母亲也沉默了一会儿，又说："没关系的，不用太拼，还有妈在。"

她闭上眼睛，点点头。

"其实，如果外面不开心，"电话里，母亲犹豫着说，"你可以回家。"

住了近十年的屋子，要整个搬空，竟然不到一天。看着骤然陌生的四周，吴璜心里没有一丝波澜，东西一寄走，仿佛过往十年都变得模糊了。既然无可留恋，她提起随身的小箱子，转身去了车站。

在路上，她给母亲打了电话，说今晚上车，明天下午才能到。母亲说没关系，做好了饭等你。她想说声谢谢，但张了张嘴，还是没说出口。

这时节人竟然不少，进站口拥挤慌乱，又沉默无声。吴璜赶着进站，也加入了拥挤的大军。人多脚杂，她没挤几步，脚上一痛，却是被一个穿高跟鞋的女人踩个正着。她还没反应过来，那个女人便被人群裹挟，消失不见了。

吴璜只得自认倒霉，小心一点儿，也慢腾腾地过了安检。

前面就是幽长的通道，穿过去，就进了车站。就彻底告别——她眼角突然一抽，余光里掠过了一个人影。这道人影在无数背影中一晃而过，太像是幻觉，但吴璜的心脏像是被突然启动的发电机，在她胸膛里突突跳动。她想逆着人群走出去，但这个难度更甚于挤进来，她试了试，反被推到了更里面。

她有点儿着急，连行李都丢了，侧起身子，贴着安检通道，死命往外挪。人们对她侧目而视，要是还能说话，她一定被抱怨和喝骂淹没了，但她顾不得了，一边不停地道歉——尽管没人能听到，一边逆行而出。

等她来到车站外，外面依旧满是行色匆匆的旅人，却没有那道身影。

不可能看错的，她对自己说，又跑向车站右侧。她跑了好几条街道，傍晚的风和路灯的光，都拉扯着她的衣服，尤其是沁出微微汗水后，风还在她的皮肤上留下了一阵阵冰凉。

街上的人都诧异地看着她奔跑的样子。其中还有些是她认识的，她能想象他们在群里会怎么嘲笑自己，但此时也不在意了，她只是喘着气，茫然地环视四周。

路灯昏黄，行人只是剪影，不远处，一辆公交车缓缓发动。

她站得笔直，大口呼吸，抹了一把额头上的汗珠。在手放下的一瞬间，她看到了公交车的后窗，她并不能透过窗子看清里面同样拥挤的人群，但她能看到，那把吉他的轮廓。

她想追上去，但车已经启动了，她的脚又被踩过，经过刚才的奔跑，实在聚不齐力气。于是，她只能把手拢在嘴边，大声喊着他的名字。

然而，四周无处不密布着吞食声音的纳米虫，她的呼喊，只如沉默。

公交车一点点驶远，拐过街，即将彻底消失。

她依然用尽力气喊着，胸膛压缩着气流，喉咙扩展，嗓子震颤不休。她喊的是他的名字，而一个人的姓和名，是不能随便被叫出来的。这个名字会像透明的漆，每喊一次，都泼洒在空气里。即使没有了声音，也洗不去。

公交车进入拐角，停下，背着吉他的李川走下来。

吴璜停止呼喊，放下手，大口大口地呼吸。

像多年前的夜晚一样，李川穿过光和风，走到她面前。他比吴璜高半个头，因此是微微俯视的姿态。他穿得有些单薄，微笑地看着吴璜，说：“我听到你的声音了。”

深处

厄勒克特拉和欧瑞斯提兹弑杀生母，犯下有悖天伦的罪孽，也使他们成为复仇女神欧墨尼得斯的牺牲品。复仇女神总是跟着他们，使他们的良心忍受着痛悔的煎熬。厄勒克特拉和弟弟只有请求神明的庇护，但即使有神明的庇护他们也不能摆脱复仇女神的追踪。

最后，雅典娜主持法庭。控辩双方争执不下，最终决定投票决定为父报仇杀死母亲是否有罪。

然而支持者与反对者人数一致，关键的一票握在雅典娜手中。

——希腊神话

上篇

1

李川早上出门时，宿管老王问他看过昨晚的新闻没。他正要问错过了什么，看看表，发现已经很迟了。他连忙骑上老式轻轨单车，在离子引擎的轰鸣声中向C大疾驶，好歹在上课前赶到了教室。他一直想着老王说的新闻，讲课心不在焉，底下的学生们更无心听讲，互相窃窃私语。

“出了什么事吗？”李川发现今天上课的气氛格外不对劲，放下手里的《动力地质学原理》，问道。

一个男生站起来，说：“老师，您知道昨晚的新闻吗？”

“这跟我现在讲的课程有关系吗？”

“有的！”男生说，“昨晚，发生了一场地震，却没有一个人伤亡。”

“这不奇怪，地球从来不是安静的，平均每年会发生五百多万次地震。其中绝大多数都很轻微，甚至都察觉不到，更别说伤亡了。”李川皱起眉，“这是基础知识，你们大一就应该学过。”

“可是，这次地震有8.5级，震源在美洲大沙漠。”

“这倒是不正常了，那里并不是地壳活跃带，而且地震级数也太大了。”

男生的脸有些涨红：“还有更不正常的地方！当地政府派直升机去查探，地面上到处是裂开的痕迹，驾驶员是中国人，他往下一看，发现裂缝居然组成了一行汉字，您看 ”他把折叠手机递过来，屏幕翻转成十几寸，上面清晰地显示出一幅航拍的震后地表图。沙漠不再平整，布满纵横交错的深褐色裂隙，如同被揉过的旧纸片。李川眯起眼睛，发现较粗的裂缝互相绞合，看上去确实像是几个汉字。

“请……你……们……”李川仔细辨认，轻声念道，“请你们离开我？”

“是啊，只要是识字，都能看懂这一行字。太离奇了！超级地震出现在地壳稳定带，震后留下六个汉字，现在网上都在说这事儿……听说您收集了很多地震的资料，那您对这个是什么看法？”

李川放下手机，说：“谁告诉你我收集地震资料的？”

“其他老师都这么——”男生刚要说，发现李川的脸色已然变了，沉郁得像要滴出水来。男生突然想起，跟他说这事的老师在说完后，还补了一句：“他可怪得很，三十好几了还一个人，下班后就回宿舍研究地震，没几个朋友，还得罪了副院长，恐怕要永远倒霉了。”后面的话就吞进肚子里了。

下课铃声适时地响起，学生们一阵欢呼，纷纷离座。李川沉着脸，默默转身去收拾教案。男生有些尴尬。他是学生会干部，跟院里很多老师关系都不错，却唯独对李川不熟悉。李川仿佛是游离于众人，活在自己的世界里，留下的永远都是这样孤独的背影。

2

下了课，李川走向办公室，还没进去，就听见同事们也在讨论地震的事情。

“要我说啊，这多半是巧合。我们都知道地震是地球能量的释放，放出来了，肯定会破坏地表。那么多裂隙，横横竖竖的，你要是有心，肯定也能找到别的汉字组合。”

“哪有这么巧！你看，这六个字的裂隙宽度几乎是相同的，所以才能一眼认出来。还有，这个‘离’字，看上去甚至像是楷书。”

“小陈，你的意思是，这是人为的？”

“我可没这么说。这事啊，嘿嘿，你得问李老师，我听说他家里的地震资料，光纸质的，摞起来就有半人——”小陈突然看到周围的同事向自己眨了眨眼睛，赶紧闭嘴，转过身，果然看到李川面无表情地走进来。其他同事跟李川打招呼，他逐一回应，但没说话。

办公室里一下子安静了。

正尴尬着，陈副院长走进来，环视一圈，说：“今年评职称和分房子的名单出来了，你们上学院主页看一看。”说完，看了李川一眼，转身出去。副院长有自己的办公室，只有普通讲师才挤在这间狭小的屋子里办公。

老师们立刻回到办公桌前，接着，不时响起欣喜的声音。有人分到房子，有人评到职称，小陈就是后者。

“恭喜啊，你评上副教授，可以有自己的办公室了，这下舒服了吧？”恭维声里带着明显的酸味。

“其实我挺喜欢这里的，办公室空荡荡，怪寂寞的。”话虽这么说，小陈却满脸得意。

没人注意到，李川正木然地看着电脑屏幕。名单上没有他。其实论资格和业绩，他都比小陈要好——他二十七岁地质学博士毕业，然后直接任教，学生对他的评价很高。但他现在三十四岁了，还是一个普通讲师，窝在寒酸逼仄的教职工宿舍里，年年的职称和房子，都落到别人手里。

这一切，都是因为他得罪了副院长。刚才副院长离开时看他的那一眼，分明带着鄙夷和嘲笑。事情很简单，几年前一个男生经常旷课，考试一塌糊涂，副院长打招呼，说男生是他侄子，要出国，让李川放一马。但李川觉得对其他学生不公平，就没让那男生及格。男生出国的事情泡汤了，李川的好日子也到头了，只要陈副院长在一天，小鞋就永远穿不完。

好不容易熬到下班，李川骑车回宿舍，半路下起了雨。由于单车年头太老，被雨水浸了，引擎“突突”响了两声就熄火了。李川的愤懑在这一刻爆发，狂叫一声，把车狠狠掼在地上，使劲用脚踩。路人用诧异的眼神看着他。

发泄了几分钟，他冷静下来，推着车在雨中艰难前行。雨越下越大，城市笼罩在蒙蒙水雾里。到了宿舍，李川已全身湿透，胡乱擦几下身子，就坐在电脑前，开始查新闻。

几个门户网页的头条都是关于这场地震的，标题耸人听闻，像什么“浩大地震袭沙漠，神秘汉字显迷局”。他扫视几行，内容大同小异，便直接点击到讨论区。

讨论的人很多，主要观点有两种。一种是巧合说，认为只是裂缝的组合恰好符合汉字笔画而已；另一种是人为说，是中国人发明了大规模地质武器，想夺取美洲土地。两派人争执不下，前者骂后者被“中国威胁论”吓得草木皆兵，后者则对前者的鸵鸟主义表示不屑。此外，还有一些想法也得到不少人的支持，比如这是外星人的杰作，或是末日的征兆，是玛雅预言推迟了五十几年后的重新降临。

网上的讨论逐渐变成谩骂，李川便关了电脑，走到阳台上。天色已晚，雨声不绝，路灯在雨中被淋成了模糊而昏黄的一团光。雨声中隐隐传来了哭声，李川循声望去，看到一个五六岁的小女孩站在角落里，抹着眼放声大哭。

“妈妈……妈妈，你不要我了……”女孩边哭边喊，声音透过雨幕，稚嫩而委屈。李川认识这个女孩，她住在楼上，格外调皮，经常惹父母生气。眼下，肯定是又犯了什么错，不敢回去，只能靠哭声来博得原谅。

果然，没过几分钟，她的妈妈就出现了，拉着她回家。妈妈余怒未消，寒着脸，也不说话。

“妈妈，我再也不敢了。”女孩小声说。

妈妈缓和了一下脸色，说：“你要是再弄坏家里的东西，我就把你赶出去。”

女孩连忙把头点得跟鸡啄米似的。

看着这对母女走进楼道，李川笑了笑，也转身回屋。雨顺着屋檐滑落，滴到他头上，头皮一阵冰凉。他突然浑身一震，刚才听到的对话在脑袋里一遍遍回响，由微至强，不啻惊雷。

他猛一拍脑门，跑回卧室，从书柜里搬出一大摞资料，都划满了红红绿绿的标注。他几乎把脸贴在资料上，仔细地凝视着。他的脸色越来越凝重。

这一夜，他通宵查阅，资料散了满地。接下来的整个周末他都窝在家里，电脑连着开了几天，在浏览器访问记录里，“地球”“生命”“环境”是出现频率最高的几个词。

几天下来，李川的身体开始吃不消，加上之前淋了雨，他终于病倒了。

3

李川拖着病来到学校，发现办公室没人。问保安才知道，学校办了一场地震知识普及讲座，主讲人是副院长，所以老师们都过去捧场了。

等李川赶到演播厅，副院长已经讲到了尾声："……地球内部充满了巨大的能量，释放出来，板块活动，地表破裂，这都是正常现象。至于最近闹得沸沸扬扬的什么地震写汉字，大家不要惶恐，也不要乱猜，这多半是某些人为了制造噱头弄出来的。"

接着是学生提问。一个戴眼镜的女生举手说："可那怎么能弄出来？有人说这是地质武器，但就目前的技术来说，根本不可能。虽然现在科技很发达，太空技术已经成熟，深海探测也日趋完备，但对于脚下这片土地，我们仍然知之甚少。"

"我举个例子吧，你知道麦田怪圈吗？"副院长说，"最开始的时候，人们也对它很不解，认为只有外星人的飞船才能做到。但事实上，那是当地人为了吸引旅游而搞出来的名堂，制作很简单，只需要木杆、绳子和板。还有魔术，看的时候觉得很神奇，但一旦揭开原理就什么都不是了。这次也一样，虽然我不知道是谁、是怎么弄出来的，但只要同学们保持一颗求知探索的心，答案就会不攻自破！"

最后几个字的声音很大，响彻厅堂。老师们心领神会，带头鼓掌，学生也纷纷拍手。副院长满意地点头，等掌声弱了，拿着话筒道："那今天的讲座就结束了，希望同学们听了之后，能有一定的收——"

“您说错了，这次地震没有那么简单！”

所有人的头同时转向，无数道目光汇聚到角落里一张惨白的脸上。

“是李老师啊。”副院长笑了笑，温和地说，“那你有什么高见呢？”

李川往台上走去，眩晕使他的步子有些虚浮。途中一个老师起来给他让路，错身而过的时候，低声说：“算了！就算名单上没你，现在也不是闹的时候，私下里再说。”

但李川没理会，踉跄地走到台上。“这次地震……”他深吸口气，脑袋里的嗡嗡声小了些，说，“美洲沙漠下的地壳很稳定，不应该突然发生这么大的地震，震后的裂纹不但组成汉字，而且这些汉字还排列成了有明确意义的一句话。世上没有这样的巧合……”

“跟我说的一样嘛，是有人故意而为。”

“是故意而为的，但不是人类。”李川摇头道。

台下响起一阵哄笑，已经有学生拿出手机来拍摄了。副院长脸上笑意更浓——这可是李川自己要上来当众丢脸的，怪不得他。他饶有兴致地问：“李老师，你的意思是，这次地震真的像网上所说，是外星人干的？”

不料李川依旧摇摇头，“除了外星人，地球上还有其他智慧生命。”久病带来的眩晕感越发浓了，他不得不靠咬舌尖来保持清醒，“是地球本身。”

哄笑声逐渐消失。副院长愣了一瞬，冷声道：“荒谬！”

“这个想法脱胎于洛夫罗克在二十世纪中叶提出的盖亚假说。地球本身就是生命体，是行星尺度的巨型智慧生物。这近似于狂想的理论被无数人嘲笑过，但我查资料，发现越来越多的事实证明了这一点。最典型的是，太阳系中，只有地球处于不冷不热的状态，适宜生物生存。”

“那是因为地球恰好处于与太阳恰当的距离上，适宜的温度加上充足的水分，使得生命繁衍。”副院长心里隐隐冒出不安的感觉，决定结束这场闹剧，“李老师，你身为师长，任何猜想都要进行在科学框架内，不要把盖亚假说这种神棍学说摆上来！好了，现在——”

李川打断他，声音猛地拔高：“但与地球相比，金星和火星都离太阳更近，为什么前者热而后者冷？尤其是金星，化学性质和体积都与地球相似，表面温度却高达四百多度，所以距离并不是决定温度的原因。”

“那——”副院长窒了一下，“那是因为金星表面有大量二氧化碳，包裹住了星球，这形成了一种‘超级温室效应’。”

“是的！”李川似乎就是在等这句话，转过身，目光炯炯地看着底下的学生，“在地球形成之初，大气内的二氧化碳浓度也高达98%。但这并没有使地球变成跟金星一样的蒸笼，而是逐渐转化为适宜生命发展的乐土。这种负反馈的调节方式是极其精准而宏大的，很难说不是地球有意而为之。除此之外，辐射加剧而地球恒温，永不停止的地壳蠕动，这些都在向我们展示地球的生命特征。我们是地球养育的子女，生活在它的表皮上。”

副院长怒极反笑：“好，就算地球是生命，有智慧，养育了我们，但我问问你，既然它是人类的母亲，那为什么它现在要让我们离开？”

“如果我身上寄生了细菌，我也会用药来杀灭它们。相比起来，地球已经很温和了。”

“笑话！你竟然把人类比作细菌？”

“对，人类不是细菌……”嗡嗡声在脑袋里越来越响，李川晃了晃，差点儿跌倒。他掐着手指，咬着舌头，视线却愈发模糊。他声音近乎嘶喊，“事实上，人类连细菌都不如，人类是病毒！只有病毒才会无休止地扩张，疯狂掠夺资源，破坏母体的健康。我查过，自工业革命以来，环境的恶化几乎呈指数增长。到了现在，57%的水体被污染，61%的森林被砍伐，这是我们母亲的血液和皮肤啊！臭氧层几乎全部消失，我们制造的垃圾可以填满黄海，地球已经承受不了，就像母亲不能再忍受调皮的孩子一样……”

他的声音在回荡，台下一片寂静。

“现在，母亲要抛弃我们了。”说完，李川眼前一黑，倒在台上。

工作人员连忙来扶他，学生们散去。回去后，有人把这段激烈辩论的视频传到了网上。

4

李川在医院里待了半个月。出院时，看着账单，他犯了难。医保可以解决一部分，但剩下的依然够呛，本来讲师工资就不高，加上他把钱都花在购买地震资料上，或是飞到地震现场考察，没有攒下一分钱。这也是他一直单身的主要原因。

他想了很久，能借到钱的人，竟然只有宿管老王。

老王到医院把他接了回去，付账时叹息了一声，说："好歹是大学老师，怎么混得这么惨？"李川苦笑一声，没回答。

生活继续。他回教室上课，在办公室里办公，似乎什么都没发生过。唯一变化的，是人们对他的态度。原来还有同事跟他打招呼，现在他进办公室，没有一个人抬头。

看似平静的海面下，往往酝酿着滔天巨浪。一个月后，李川接到通知，他需要重新接受教师资格考核，停薪留职，等待院领导做进一步研究。

这肯定是副院长在捣鬼，李川清楚，但毫无办法。收拾东西时，同事忍不住说道："李老师啊，你不要犟了，去求求副院长，说你不是故意的，那天是发高烧了说胡话。你要是什么都不做，肯定凶多吉少。"

李川在门口停下了，但没有转身，"迟早有一天你们会知道我说的都是正确的。那个时候，整个人类都要依靠我。"

回去后，李川只能在老王那儿蹭饭了。老王倒是豁达，唯一的要求是让李川陪他下棋。李川正愁时间没处打发，每天搬个板凳，和老王在棋盘上厮杀不休。

"你怎么一点儿都不着急啊。我老得半截身子骨都埋土里了，耗时间无所谓。"这天，老王又下赢一局，却没急着摆棋谱，"但你不同，得为以后打算啊。要是真被开除了，以后怎么办？"

"你是不是怕我老是赖吃赖喝啊？"李川把棋谱摆好，说，"放心，欠你的钱我肯定能还上。这局我先走，就不信赢不了你！"

见李川满不在乎，老王也就不再说什么了。

有时他们还去钓鱼，钓到了就熬一锅汤，整栋楼都能闻到鱼香味。每次钓鱼结束，李川都不急着走，怔怔地看着落日在水面铺出点点碎金，看着波光渐隐，看着暮色覆盖。只要老王催他，他就会幽幽地叹口气，说：“再多看一眼吧，很快就看不到了。”

半个月后，一场罕见的地震在芝加哥爆发，整座城市陷入地下，两百多万人丧生，这是人类史上最重大的自然灾害。正当全球处于悲恸中时，人们惊愕地发现，已经从公众视野中退出的美洲大沙漠上，那行汉字发生了变化，巨大沟壑组成了另外的句子——请你们离开我，我无意伤害，但如果你们还不启程，会有更多的城市消亡。

“现在所有的报纸都在报道这事。已经没人相信是巧合了，全在猜到底是谁干的。”老王照例买了份报纸，一边看，一边啧啧称奇。

李川接过来看，硕大的标题映入眼帘，“谁为两百万亡魂的控诉负责”。报道详尽地叙述了芝加哥的惨状，并引用了美国政府的声明：“无论是谁，哪个组织，甚至是哪个国家，只要我们查出来，必定会让其付出惨重代价。”另外，已有十几个恐怖组织宣称对此事负责。

李川翻了几页，果然都是类似报道，只有尾页用小篇幅报道了其他事，如“俄罗斯杀手刺杀美国总统，失手被擒”之类的。

“要搁往常，这事一定能上头条，但现在……”老王叹息一声，摆好棋局，“来来来，今天看你能不能赢过我。”毕竟芝加哥远在另一个半球，老王只关心眼前的事情。

没下多久，李川就露出败象，丢了一马一炮。轮到他了，他拿起车，却迟迟不敢落子，盯着棋局思考。老王稳操胜券，也不急，乐呵呵地晃着腿。

这时，一辆黑色豪华车滑翔进来，停在院子里。两个戴墨镜穿黑鞋、黑西装的男人从车里走出来。他们径直走过来，问：“你是李川博士吗？”

“我就是。”

“我们需要你的协助。”

“我知道，我一直在等。”李川点点头，又转头对老王道，“这些日子谢谢你。我屋里的东西不要了，全部送给你，虽然不多，但够我欠你的钱。”说完，他跟着西装男人上了车，车子刚离地，他又把脑袋伸出窗子，“对了，这局棋要下完。我下一步是把车沉底，你肯定会用马回防，然后我就摆炮。那接下来，我在五步之内就能赢。”

直到车无声而迅速地在半空远去，老王才反应过来。他按李川说的步骤摆棋，发现自己果然露出了破绽，五步必死，绞尽脑汁都没有解法。

“臭小子！”老王扔了棋，喃喃骂道，“原来是扮猪吃老虎。”

5

李川并不是唯一被邀请进这间会议室的。

很多人走进来，他只认识其中少部分——都是国内地质学的顶尖人物。他知道自己本不够格参与这次会议，但他与副院长激辩的视频在网上很火，拥有不少支持者，所以也受到了政府的邀请。

“你是李川？”一个苍老的声音传来。

李川往后看，发现是一个满头白发但精神矍铄的老者，正微笑着看向他。他疑惑道：“您是？”

老者说：“我姓钱，是代表中科院来主持会议的。我看了你那段视频，很好，年轻人就应该敢想敢说！”

正说着，人陆续到齐，会议开始了。钱老拍拍李川的肩，走到会议桌前，满屋子的议论声安静下来。

“各位都是在地质学领域有声望的人，想必清楚这次地震的始终。我就不多说废话了。”钱老说着，身后的全息影像依次浮现出几行字，“关于地震的猜测，目前主要集中在巧合论、外星人论、地质武器论和母亲弃儿论上面。这次会议，就是要综合以上可能性，商量出各种应对方案。”

所有人都点头。

“那我们逐一讨论，在座支持巧合论的有哪些？”

零星几只手举起来。巧合论本来是最主流的观点，但芝加哥在地震中被摧毁，同时汉字再次改变，使得这个理论失去了大部分的支持者。

既然假定为巧合，就不必讨论方案了，议题很快跳到外星人论上。支持这个观点的人多了些，方案是一方面加强防卫，另一方面发出信号，争取与潜藏在地球上的外星人取得联系。

支持地质武器论的人最多，认定是某些组织掌握了先进技术，能驱动地壳移动，制造恐怖的人为地震。这样的话，就需要联合处理，科学家查出地质武器所在，同时警方加大反恐力度。

“现在，就剩下最后一个观点了，母亲弃儿论，谁赞同？”

整个会议室，只有李川举起了手。周围的人诧异地看着他。

“各位，他叫李川，是C大地质学院的讲师。”钱老介绍道，“是他提出了母亲弃儿论。”

李川站起来，点头致意。

钱老问：“那你对此有什么建议？”

“我们要与地球对话。”

周围的人本不屑区区一个讲师出风头，闻言更是摇头，讥讽道：“地球妈妈的家里不会装了电话吧？”

李川面色不变，说出了自己的主意。

“荒谬！胡闹！”会议室里顿时闹哄哄的，像一锅沸水，有人摇头，有人冷笑，有人嚷嚷，“地质学的资格可不是靠网络点击率获得的。在小学生课堂里，我听到这种话会觉得想象力不错，但在这间房子里，我只有四个字——不学无术！”

钱老把这次会议的讨论结果报上去，除了最后一个方案，其余全部通过。于是，所有波段的信号都发出去，向外星人表示友好；地质学家研究土样，试图找出人工地震的痕迹；情报人员在全球穿梭，恐怖组织被逐一端掉……

这个过程中，东京在地震中化为废墟。美洲沙漠的汉字再度变化：请你们尽快离开，我已无法承担。

于是领导们重新翻出报告书，揉了揉太阳穴，问钱老：“这么干真的可以吗？”

“只能死马当活马医了。”

“啪！”计划书的最后一个方案被盖上了红章。

翌日，一条招募信息在全国各地电视台滚动播出，并占据互联网所有头条。一周后，三百万应召而来的人们齐聚华北平原，在专人指挥下，有序地站成“你是谁”三字阵型。他们都背着沉重的铁块，同时起跳，大地颤动。

两个月后，一场地震在华北平原上爆发，直升机俯视大地，十几个汉字赫然显现——我是地球，孕育人类的母亲，满目疮痍的生命。请你们离开我。

“为何要驱逐我们？”

“我受到损坏太重，需要休养。”

“可地球是我们的家园，除此之外，我们无处可去。”

“不，宇宙才是生命茁壮的舞台。你们去往宇宙，不要逗留。”

“我们会悔改的，环境在恢复。”

“太晚了，十年后我将引发全球地震，尔后，是长达数万年的冰川时期。”

“我们还没有能力使所有人都登上宇航舰。”

“请再给我们一次机会。”

“您还在吗？”

“请回答我们。”

“……”

6

李川回到C大的时候，已经是四年后了。

与地球的对话很耗时，一次问答就需要两个月。刚开始，各国都在组织人民跳跃沟通，地球逐一回应。人们渐渐了解了这个行星尺度的生命体——地球类似于单细胞生命，大气层、水体、岩层分别对应细胞壁、细胞液和细胞核，它的信息采集及思维运算都集中在地心。此外的很多细节，还属未知。

但到了后来，当所有人都恳求能继续留在地表时，得到的回答就是一片沉默了。沉默意味着坚决。每隔一段时间，地震就会毁掉一座城市，以示督促。无奈之下，各国只能全力制造舰只，准备进行外空间移民。李川顿时清闲下来，便跟钱老请了假，回C市看看。

正值深秋，枯叶在萧瑟的风中发抖，空气又干又冷。他缩着脖子来到职工宿舍，发现宿管已经换成了一个妇女。

“你问老王啊，收拾东西回老家了。现在都在分配移民名额，他说年纪大了，就不去争了。他还说，他母亲过世之后，就以为没有亲人了，现在发现还有个地球妈妈，想趁晚年多陪陪她。虽然这个妈妈要赶我们走。”

李川怅然若失地听完，正要转身离开，妇女又迟疑着问：“你是那个地质学家吧？我在电视里见过你的采访。多亏你了，不然我们永远都不知道脚底下这片土地是活的……”

李川在校园里漫无目的地走着，银杏树光秃秃的，校道上人很少。叶子在地上滚动，整个校园一片荒凉。

“李老师。”身后突然有人叫他。

称呼已经有些陌生了，但他记得这个声音。他转过身，果然看到陈副院长小跑着过来，脸上满是殷勤而胆怯的笑。

“是副院长啊。”李川故意把声音拖得很长，“这可真是稀奇，居然跟我打招呼了。”

“你是学校的骄傲，应该的，应该的……”

“怎么会呢？我记得我都要被学校开除了，我想您都不会跟别人提起我，嫌丢人吧？”

副院长欠了欠腰，连连摇头，头上几缕白发在秋风中抖动着。李川愣住了：这两年来，他想过很多羞辱副院长的办法，但现在，看到对方唯唯诺诺甚至略带佝偻的样子，他发现竟生不起气来，仿佛过往一切都烟消云散了。

他叹了口气，说：“你有什么事吗？”

副院长犹豫了一下：“我想求你件事。我儿子一家三口，申请了几次都拿不到移民名额，现在你是名人，有影响力，能不能帮我弄三个名额？”

“只要三个？你呢，不走吗？”

“我本来就是该退休的年纪，估计活不了十年。我以前是不地道，得罪了你，但毕竟共事一场……”

李川点点头：“我会想办法的，你放心吧。”

“你……”副院长一愣，他事先想了很多说辞，低声下气也能忍，却没想到李川这么轻易就答应了。

“当整个人类都要被驱逐时，个人恩怨实在是微不足道，以前的事就算了吧。”李川望了望昏黄的天空，无数星辰隐在背后，却看不到，“不过，就算在太空生活，也不容易。我们还没有找到适宜居住的行星，只能在宇宙中流浪，那会很寂寞的。”

副院长哆嗦着唇，深深鞠了一躬，哽咽道：“不管怎么样，能活下去就好了。”

是吗？只要能活下去，哪怕无家可归，哪怕永远流浪都是值得的吗？李川怔怔地想，直到脖子仰得酸了，也没想出答案来。

几只大雁在半空掠过，叫声格外寂寥。

辞别副院长，李川爬到教学楼顶，风倏地变大，衣摆猎猎鼓荡。他坐在栏杆上，看着天色渐暗，看着华灯初上，高大的建筑在黑暗里站成模糊的巨人。这才是人类能够生存的环境，而一旦移民到宇宙，等待人类的将是一片未知，或许文明之火会熄灭在那无边无际的虚空中。

他在楼顶坐了很久，也想了很多，深夜时才站起来，掏出手机拨通了一个号码。

“钱老吗？”他哆嗦着，声音在寒风中飘忽，但无比坚定，“我想到了一个办法，可以让人类留在地球上。”

中篇

1

“快出来！”

话音未落，破损的承重墙在余震中轰然倒塌。汤姆的心顿时揪起来。所幸灰尘弥漫中，一个人影迅捷地奔出来，脸上满是尘土，怀里抱着一个昏迷的男孩。

“要是迟一秒钟，你就被埋在里面了！”汤姆心有余悸，大声呵斥，“你不能再这么冒险了！”

“下次不会了……”那人微微喘气，胸前起伏，竟是个女人。她短发齐肩，满脸尘土遮不住面容的清秀，典型的亚裔面孔。

“见鬼，南宫，你上次就是这么答应我的！”

“以后再说吧，这孩子失血过多，你赶紧把他送到医院。”南宫璇把孩子递过去，蹲下来，深吸好几口气。刚才她一听到小孩的哭声，就奋不顾身地冲进危楼里，现在回想起来，才后怕得心脏狂跳。

休息一阵后，南宫璇站起身，环视四周。

这是震后的哥本哈根。它曾被誉为全球最美的城市，现在却以一种令人触目惊心的姿态铺展开：大地像是被成群的巨兽蹂躏过，沟壑密布，裂缝纵横，建筑物密集地倒塌，视野里只剩一片苍灰色，以及零星的救援者。余震未消，脚底能感受到隐隐的脉动，南宫璇知道，这是地球母亲的呼吸。

略带咸味的风从波罗的海刮来，在废墟中穿梭，像是呜咽，又像是一曲哀歌。

休息好后，她匆匆赶往医院，得知那男孩叫拉姆斯，十岁，被埋了九天，是靠吃死老鼠和喝尿活下来的。他的腿被压住，血管阻塞坏死，即使截肢也不能保证脱离危险。

“疼吗？”南宫璇看着病床上的男孩，心疼地说，“不过你真坚强，很多大人都撑不了这么久！”

“爸爸妈妈呢？”

南宫璇心里一抖，脸上挤出笑容，说：“放心，他们被救出来了，在别的医院，等你伤好了他们就来接你。”

拉姆斯的脸十分苍白，金色头发耷拉着，咳了几声。他似乎有些累了，慢慢闭上眼睛，眼角却滑出了泪。

“你先休息，姐姐会再来看你的。”南宫璇俯身亲吻他的额头。

“他们是不是死了？”

南宫璇浑身一颤，喉咙顿时哽咽了。她不知道该说什么，长久地沉默着，长久地亲吻着。拉姆斯也没有说话，他的呼吸逐渐均匀悠长，睡着了。

接下来的日子里，南宫璇白天在废墟里寻找幸存者，晚上看望拉姆斯。地震过了十几天，搜救希望越来越渺茫，停尸场上的尸体已经摆不下了，为防瘟疫，尸体来不及确认就聚堆焚烧。整个城市弥漫着令人压抑的气味。

但幸好拉姆斯是个天使般的男孩，他睡着时脸庞洁净无邪，醒来后眼睛清澈明亮，金发柔软，眼神安详。这样的男孩简直无可挑剔——除了他的两腿被截掉。

他很快地从失去双亲和残疾的阴影中走了出来，他很喜欢南宫璇，总黏着她。在他纯净笑容的感染下，南宫璇的郁闷一扫而空，跟他讲述起自己参加援救组织的见闻。

“姐姐，你救过多少人啊？”一次，拉姆斯枕着南宫璇的腿，睁大眼睛问。

南宫璇一边捋着拉姆斯的头发，一边回忆：“七十五个。因为每救一个，都代表一条生命不必消失，或许对整个人类来说微不足道，但对当事人很重要，所以我记得很清楚。不过，每次地震就有成千上万的人死，我能做的还是太少。”

“我听说，地震都是因为我们做错事了，地球生气了，在催我们离开。他们说地球是人类的母亲，死了那么多人，地球妈妈就不心疼吗？”

“地球是另一种生命，思考方式跟我们不同。”南宫璇努力想着简单的说辞，“比如你犯错了被体罚，妈妈打你屁股，她不会下狠手，但你屁股上的细胞肯定会死几个。地球也不想伤害人类，但要惩罚，就顾不得个体伤亡了——我们就是屁股上小小的细胞。只要不对整个文明造成致命伤害，地球就不会在意的。”

拉姆斯似懂非懂，想了好久，才撇着嘴说："我妈妈才不会打我屁股呢，她可疼我了！"

几天后的晚上，南宫璇刚从医院出来，就看到了站在墙角抽烟的汤姆。火光在黑暗中明灭不定，照得汤姆粗犷的脸也一闪一闪。

"怎么了，有事找我？"

汤姆深吸一口烟，吐出烟头，踩灭："这里的搜救工作基本上结束了，所以，救援队打算去莫斯科——今天早上，那里发生了地震。"

"好的，我这就收拾东西。"尽管舍不得拉姆斯，但想到还有更多的人需要专业救援，南宫璇便立刻点头，"我们明天什么时候走？"

"不是'我们'——你不用去。"

"为什么？"南宫璇愣住了，"是不是我每次都冲进去救人？我发誓，以后一定听你的指挥！"

"不是的，你有更重要的任务。"汤姆拿出一块晶片，晶片四周立刻翻转扩展，延伸成A4纸大小的显示屏，上面流水般显示出南宫璇的资料，"这是我给你写的推荐信，已经被北京方面通过了，他们同意你去参加应征谈判员的面试。"

"谈判员？跟谁谈判？"

"跟地球。"见南宫璇一头雾水的样子，汤姆耐着性子说，"你可能没看新闻。是这样的，前不久，你们中国决定实施一个让人类继续留在地球上的SP计划——拯救人类。计划的内容是派人到地心去跟地球谈判。本来所有人都觉得这很荒谬，但提出这个想法的人叫李川，正是他想到了母亲弃儿论，还提议用脚踩地面跟地球交流——刚开始这两个想法也很荒诞，但事实证明他都对了。他说，地球本可以轻易毁掉人类，但还是不嫌麻烦地警告和催促，说明对人类还有感情。”

南宫璇用心听着，点点头。

“踩地面来沟通太耗时，主要是通过震动的信息传递方式太慢，而地球的思维中枢在地心。到了那里，直接跟地球说话，就相当于省去了反射弧，会快很多。最重要的是——”汤姆把手按在南宫璇肩上，郑重地说：“到了地心，让地球亲眼见到我们，看到它的子女们，或许它就不会赶我们走了，就像这个世界上所有的母亲一样。”

“那为什么要推荐我？你才是队长，一手创建了这个人道主义组织。”

“你是最适合的。中国方面的要求，是懂谈判，会说汉语，地质知识过硬，而且，还要是女性——善良的女性。你是中国人，有心理学博士资格，参与过地质调查……至于最后一点，我可以保证，你绝对符合！”

南宫璇说：“可是，我想跟你们一起去救人。”

“听着，南宫，现在航天技术虽然比五十年前进步很多，但想在十年内把所有人转移到太空中，是不可能的。最多只有一半人能进行星际移民。这意味着，六年后，有接近四十五亿人会死。所以，你要去应征，那样你会救更多的人。”

黑暗中，汤姆目光灼灼地看着她，即使隔着衣服，她也能感受到皮肤上的炙热感。

第二天，跟拉姆斯道别后，南宫璇登上了去北京的飞机。

2

刚出机场，一股沙尘便迎面扑来。南宫璇一手捂鼻，一手招了辆出租车。

司机边开车边喋喋不休：“北京这地儿，现在还没出啥事儿，可保不准什么时候就给震没了。嗨，你说这叫什么事儿，住得好好的，突然要被赶走！”

南宫璇没搭话，望向车窗外。外面是北京昏黄的天空，几丝旧棉絮一样的云耷拉在空中，没有鸟儿飞。

车子驶上二环，一路朝地质所开去。南宫璇问：“这里怎么不堵车了？”

“这是什么地方！”司机用鼻子喷了口气，“怎么说也是京城！多少有钱有权的，移民的名额一放出来，怎么说也得先顾着咱北京人哪。人一走，地儿也就空了。”

“是吗，那你怎么还留在这儿？”

司机顿时闭上嘴，好半天才嗫嚅着说：“我那……过阵子我也是要走的。”

南宫璇不置可否，就算是北京户口，也不是所有人都能移民，但她没说出来，闭目养神。

到地质院后，她行李都没放下，按着标识进大厅去办手续。让她吃惊的是，大厅里居然挤满了人，各色人种都有，闹哄哄的。工作人员手忙脚乱地维持着秩序，让大厅里的人排队。

等到南宫璇排到队前时，已经是一个多小时后了。她把证件递过去，工作人员扫描一遍，点点头：“嗯，有你的记录。来，拿着这个挂牌，三天后到这里有场考核。”

“好的。”南宫璇把挂牌接过来，又问，“那我这几天住哪里？”

“哦，来应征的人实在太多，我们包下的宾馆、酒店都住满了。你在北京有认识的人吗？”

“没有。”

“那你得自己想办——”工作人员漫不经心地说，突然看到屏幕上南宫璇的推荐信，一脸惊讶，“你是救援队成员？汤姆·帕克的救援队？”

南宫璇点点头。

工作人员顿时对眼前这个风尘仆仆的女人肃然起敬。“你们都是好样的，无偿救援灾区，我在电视里看过对你们的报道。”顿了顿，他打开抽屉，“一个高官的老婆也来应征，这张房卡是给她预留的，来，你拿走吧！”

南宫璇到了酒店，放下行李，立刻给哥本哈根打电话。医生说拉姆斯的病情并不乐观，腿部断口有恶化的趋势。但当电话交给拉姆斯后，她还是听到了爽朗轻快的声音，仿佛病魔没有在这个少年的天空里掺杂一丝阴霾。

“姐姐，你要加油，你一定能够选上的！”拉姆斯在电话里肯定地说。

3

第一轮考核是笔试，内容无所不包，地质、历史、汉字学……仅试卷就有十几页。地质所严格按分数筛选，来应征的数千人中，留下的只有一百人。

看到名单上有自己的名字，南宫璇松了口气。接下来的五天都没事情，她打算好好游一下北京。

天空依然昏黄，像一张在古旧岁月里粗糙泛黄的纸，北京这座古城在其笼罩下，也带着时光磨砺的苍凉感。这趟游玩并不尽兴，南宫璇来到香山，只发现一片枯败；上了长城，满眼都是黄沙呼啸的场景；而名满天下的天安门广场，也因行人寥寥而显得有些萧索。

第四天下午，她到了故宫。古老的皇城沉默在金色阳光的沐浴中，门前只有一个检票老头，看到南宫璇，咧嘴笑道："今天不错，还有两个顾客。"

"人怎么会这么少呢？"南宫璇一边掏钱，一边问。

"唉，都在想办法弄船票，弄到的立刻就走，弄不到的在家里惶恐不安，没什么人有闲心来这里。"老头叹口气，"世道变了。故宫也不是原来的故宫了，早些时候，被砸坏了很多东西，你也看不到什么了。"

南宫璇默然。

正如老头所言，故宫被损坏了不少，到处残砖碎瓦，倾圮的墙壁似乎在哀声诉说着什么。南宫璇知道，这种破坏，并不是出于地震，而是人为。

当地球要驱逐人类的消息传开后，世界一度陷入混乱。谁都不知道下一个被震毁的，会不会是自己的城市。网络上弥漫着悲伤绝望的气氛，而现实更加疯狂，无数教派趁机兴起，敛财行骗。无数人上街游行，好事者趁机起哄，游行变成暴行，打砸抢烧，犯罪率上升，达到前所未有的高峰。故宫就是在这场浩劫中被破坏的。各国政府花了很长时间，动用军队镇压，才逐渐恢复社会秩序。

但无论怎么恢复，有些东西肯定是回不来了。一个在薄冰上行走的世界，每前行一步，都会失却它曾拥有的美好。

就像眼前的故宫。

太和门前的狮子雕像被推倒了，公狮碎成几块，母狮侧躺着，空洞的眼睛望向远处。南宫璇伸手去摸，粗粝的触感在手心蔓延。

再往前走，转过几个墙道，她发现她已经不记得回去的路了。故宫深广曲折，以前就有不少人迷路。她有些着急，快步找路，但没有效果。最后，她坐在一处台阶上，太阳西沉，淡金色的光辉在断壁残垣上缓缓游移。

一个男人走进了她的视野，他拿着相机，走走停停，对着断壁残垣拍照。男人也看到了她，坐过来，揉揉腿：“你是第一次看故宫吗？”

“嗯。”

“那太遗憾了，以前的样子才好看，夕阳照过来，从那里，”男人指着远处的乾清宫，“到这里，都闪着金色。那才像是皇宫的样子。”

“你以前看过吗？”

男人摇摇头：“没有，所以我才觉得更加遗憾。现在的故宫都快成废墟了，跟圆明园差不多。圆明园是被英法联军破坏的，故宫，却是毁在自己人手里。人啊，发起疯来，真是……”

南宫璇有些奇怪地抬起头，打量这个三十几岁的男人，样貌普通，眼神中却透着一股子苍凉。不知道是他本身的气质，还是倒映在他眼中的古老的、荒废的故宫所致。

“你说，自然界这么多物种，为什么最后爬上进化树顶端的，是我们人类？”男人这样问着，眼睛却看向渐渐下沉的夕阳。西边仿佛有潭深渊，在一点点把太阳往下拉，光线变得暗淡。

“是因为人类对感情有了真正的领悟吧。”南宫璇思索着，说，“原始社会，一个家族的人住在一起，努力使每个人都能活下去。提供这种凝聚力的，就是感情。优胜劣汰，感情是人的优势，当然，其中也伴随着智力上的提升。”

“你是说，人类爬上进化树，是因为我们有——”男人似乎不愿意把最后那个字说出口，“爱？”

“是的。”

男人突然笑起来：“嘿嘿，真是幼稚！我告诉你，人类之所以能够进化繁衍，统治地球，是因为贪婪！这是埋在基因里的欲望。从古至今，我们的战争就没有停止过。我们占领地盘，猎杀其他物种，我们掠夺资源。这才是我们的看家本领！你看，如果不是这种贪婪，我们根本不会被地球这么快赶走。”

他的声音里带着一点儿狂热。南宫璇有点儿被吓到，往旁边挪了挪。

男人也意识到了自己的失态，不再笑，也没说话。两人坐在台阶上，断墙的阴影慢慢覆盖过来。起风了，沙子在地上摩挲。

“走吧。”男人站起来，“再不走就很晚了，晚上这里可不安全。”

南宫璇点点头，跟着男人走出了故宫。检票的老头还在，孤零零的，一头萧索的白发在风中凌乱。而天边的夕阳，正无力地洒下最后一抹余晖。

4

第二轮考核是面试，考查心理素质。

南宫璇被十几个专家围着，回答起问题来还是淡然从容，吐字清晰，整个过程都很顺利。

“好的，我们没有别的问题了。”

南宫璇道了声谢，转身要走，这时，办公室里突然响起一个声音：“等一下，南宫博士，我还有一个问题。”

所有人的目光都往角落里看去。那人之前一直没说话，南宫璇也没有留意到，但现在，她的眼睛像针扎似的缩了一下——是在故宫遇到的那个男人。

“这是李川博士，SP计划的发起人。”一个专家笑着介绍。

南宫璇有些诧然，但脸色未改，“还有什么问题呢？”

“我想问，你觉得是什么使我们人类在自然界中脱颖而出，占有领导地位的？”

“是因为我们懂得爱和尊敬。”

“哦，”李川笑笑，“是吗？”然后没再说话了。

回到宿舍后，南宫璇把行李收拾好，然后等着自己被刷下来的消息。

名单一出来，她就起身去莫斯科找汤姆。

但到了晚上，名单公布，最后剩下的十人里，赫然有她的名字。另外的九人，无一不是声名显赫之辈。她在网上查了一下，惊讶地发现，其中竟还有欧洲某国的公主。

最后的审核安排在十天后。在第九天晚上，南宫璇接到了来自哥本哈根的电话，是医院打来的，医生的语气很凝重，让她心头掠过一丝不祥。

“怎么了？”

“是拉姆斯，他病情恶化，可能撑不了多久了……”

南宫璇只觉得心口一凉，像被塞进去了一块冰。她握电话的手有点儿颤抖，深吸几口气才勉强镇定下来，问：“他现在怎么样？”

“陷入昏迷中。但他在昏迷前，说希望能够见你一面。”医生犹豫了一下，补充道，“最后一面。”

“好的，我马上过来。”

放下电话，她立刻上网查机票。要是现在过去，最早回北京的飞机是在后天，那明天的考核就赶不上了。她揉着太阳穴，拉姆斯天真纯净的笑容在脑海里浮现，随着记忆涨落，越来越明晰。

她咬咬牙，给地质所的办公室打电话。

已经很晚了，但电话还是立即接通了。“喂？”传来的是李川的声音。

“我想请假。我明天的考核能不能往后延迟几天？”

“南宫博士？”李川听出了她的声音，“不能。不可能所有人都等你的。”

“可我有急事，必须要离开一趟。”

"难道现在还有事比拯救整个人类都急吗？"

南宫璇一愣，临行前汤姆的谆谆叮嘱又回响起来。的确，整个人类和一个垂危的男孩放在天平两端，孰轻孰重她自然知道。

但——但她怎么能辜负那个男孩清澈的眼神？

"还是不行，"听了事情的原委，李川的语气依旧冰冷，"我们为这件事花费了你想象不到的人力、物力，不能这么儿戏。"

南宫璇闭上眼睛，长长吸了口气："那我退出。"

"什么？"

"我说，我退出这次应征。"

"你想好了？你知道你刚才说了什么吗？你会为你说的话后悔的。"

"是的，我肯定会后悔，但那是以后的事情了。"南宫璇不想多谈，"祝你们顺利。"

"等等，别挂电话。"

南宫璇拿着电话，但听筒里只有尖锐而繁杂的声音，似乎是一大群人在激烈地交谈着。过了很久，李川的声音才再度传来："南宫博士，你还在吗？"

"在。"

"请你认真回答我，"电话另一头的李川郑重地说，"你愿意为人类的生存深入地心，用你的全部才能来跟地球谈判，替整个人类文明争取尽可能的生存资源吗？"

"我愿意，但是我现在要去哥……"

"从现在开始，南宫博士，你正式加入SP计划！欢迎你！"

后来南宫璇才知道，这一切都是测试。拉姆斯没有病危，医生的电话，只是为了让她做抉择。而其他九位候选人，也面临了同等重要的选择。比如那个欧洲国家的公主，她母亲苦苦哀求，让她回家看一眼濒死的父亲，但她拒绝了，说要为了拯救全人类而留在北京。

“你们的抉择都是正确的。”李川对这些不满的候选人解释，“出于理智，你们应该这么做。但这次不同，我们要让地球看到人类的善良，这一点至关重要。人类跟地球是两个尺度不同的生命，我们的智慧、权势和财富，这些东西在地球看来不值一文。只有善良才能激发它的母性，而母性，是我们能够留在地球上的唯一筹码。”

5

成为谈判员后，南宫璇的生活一下子忙碌起来。她要参加发布会，和李川一起，对记者信誓旦旦地表示能够劝说地球；她要搜集各国的文化资料，便于见到地球后能够展示人类灿烂辉煌的文明；她要通过分析地震位置分布，研究地球说过的话，以此来分析地球的性格……

绝大多数时间李川和她一起。李川工作时全神贯注，不爱说话，有时候南宫璇都怀疑那天在故宫遇到的男人到底是不是他。

“有个问题我一直想问你。”一次休息时，南宫璇忍不住说，“在复试时，你问我人类为什么能够进化。我记得在故宫时你问过我，为什么问第二遍？”

李川说：“因为当时你已经知道了我的身份，也知道了我自己对那个问题的答案。我想看看，你会不会因为要讨好我，而选择我的答案。你没有，说明你坚信人类是因为爱而进化，这个观点虽然幼稚，但正是我们所需要的。”

“其实我只是一个普通人而已。”

“你并不普通。最后测试时，我听到其余九个候选人都选择留在北京，都快绝望了。我的计划最关键的，就是谈判员的善良。幸亏还有你，不然，这个计划就会取消，政府只能把希望放在全力移民上。”

这次聊天拉近了他们的关系。但真正让他们不再生疏的，是那个夜晚所看到的景象。

那天，回住处时已经天黑了。无尽的夜色笼罩着城市，建筑物站在夜的背景里，模糊得像融化了一样。

街上人很少，路灯把南宫璇的影子拉长又压短。她独自走着，长街空旷，街边的店铺大都关闭了，门户紧掩。

“南宫博士，等等！”

南宫璇回过头，看到李川快步走过来，喘息不已。“你跑过来的？”她不解地看着他。

“嗯，你落了外套。”李川把外套递给她，“外面有点儿冷。”

“谢谢。”

两人并肩行走着，路灯伸向远处，街道长得没有尽头。“对了，我一直很好奇。”南宫璇突然开口，“你为什么从很早以前就开始研究盖亚假说了呢？在此之前，它被主流科学界摒弃，你一个人研究，很辛苦吧？”

“嗯，连我的导师也劝我放弃，他希望我把注意力放在更有经济效益的研究上。”李川把手插在上衣口袋里，缩着肩。

“那为什么还一直继续呢？”

“我七岁的时候，家乡发生了一场地震。”李川顿了一下，深深吸气，清冷的空气润进肺腑，“我在院子里玩，亲眼看见房子像积木一样倒塌，我的父母、爷爷和姐姐全部被埋在里面。”

“啊？”南宫璇连忙说，“对不起……”

李川木然地摇头：“不用，已经过去很多年了。从那之后，我就开始研究地质。后来翻阅到盖亚假说，觉得很多地质现象一下都能说通了，就更深入地研究。”

南宫璇低着头，不知如何回答。她原以为李川只是运气好，研究方向恰好跟人类危机挂钩，所以成了全人类的明星。但现在，她知道了世界上没有巧合，所有伟大的成就都源于漫长岁月的积累和不堪回首的往事。

她抬起头，正想说什么来打破沉默，却突然听到了一连串的脚步声。“有人！”李川皱眉，迅速拉起她的手，跑到街边一个广告牌的阴影里。大移民以来，社会管制逐渐松散，很多买不起船票的人开始自暴自弃。这个时间的街上，并不安全。

但看到涌出来的人群后，李川松了一口气——那是一大群老人。他们从每个街巷里走出，汇聚到主街上，每个人手中都捧着一支电子蜡烛。光辉荧荧，照亮了他们那皱纹纠结如树皮的脸。

老人们没有交谈，沉默地汇聚到一起，烛光渐渐联结成一条光河，淌向前方的广场。

“他们是……”南宫璇沉吟了一下，“是留守者吧？”

“嗯。”李川点头。由于运输压力，很多老人自愿放弃了移民权，甘愿留在地球上。李川见过许多关于留守者的新闻，画面中，父母子女乘坐飞船离开，地面上只有拄着拐杖的老人久久遥望，满面萧索。其实政府并非不顾人情，也多次劝说他们上船，但老人们固执地拒绝了。一方面固然是因为他们想把生存的机会留给后代，另一方面，却是出于对地球的歉意与不舍。

“我们跟着去看看吧。”李川看着流动的人群，轻声说。

他们走在人流后，出了大街，来到城北的一处建筑空地上。其他方向也涌来了几群人，汇合在一起，每道烛光后都凸浮着一张苍老的脸。空地上的老人成千上万，互不交谈，捧着蜡烛站立。

人群中响起一个声音：“开始。”随后老人们缓慢而有序地移动，烛光流转，一张张脸忽明忽暗。南宫璇看着眼前离奇的一幕，问：“他们在干什么？”

“应该是准备跟地球交谈，点蜡烛是为了确定各自的位置。”

正如李川所说，老人们很快就站定了，组成有序的纵横和转折图形。只是南宫璇离他们太近，即使踮起脚尖，也只能看到黑压压的脑袋和漾成一片光海的烛火。

李川突然拉起她的手，向后跑去，她不由得跟着他的步伐跑起来。他们跑到一栋废弃的建筑物里，在深黑的楼道里奔行。跑到十层时，南宫璇已经气喘吁吁。此时震动传来了，一下一下，楼道有规律地晃动着。这表明老人们已经开始蹦跳了。

几分钟后，他们终于爬到了楼顶，刚一上去，呼啸的风便猛扑过来。

南宫璇发梢后扬，险些被风吹倒，幸好李川及时拉住了她，并为她挡住了大部分的风。

他们走到护栏边，俯视空地上的人群。老人们沉默地跳着，烛火晃荡，大地震动不休。而那些明亮的烛火，在沉沉夜色中互相勾连，结成了七个硕大的汉字——

“妈妈，请原谅我们。”

6

穿梭器是在两年后制成的，从美国运到北京。

一掀开幕布，所有人都为这个极具工业美感的仪器惊呆了。它呈梭形，长近十米，后部有强力推进器，前部的钻头闪着冷光。李川抚摸着穿梭器的外壳，赞叹道：“这是中微子材料，特殊加工过，不但坚硬得能钻开钻石，而且隔热，即使掉到岩浆里也不怕……”

穿梭器中部的门弹开，李川立刻弯腰进去，南宫璇也跟着进去了。里面挺大，大约是半径2.5米的圆柱形空间。而驾驶室里，前后摆放着三个座位。

她知道，SP计划需要派三个人下去。她是谈判员，李川负责驾驶穿梭机，最后一人则是由美国军方指派。这台穿梭器耗资近百亿美元，美国付了大半，条件就是要送一名美国人下去。而让南宫璇疑惑的是，这两年来，她从来没见过那个美国军人。据说是在某个基地参加训练。

接下来的日子，李川和南宫璇都在穿梭器里进行模拟训练。把在地底可能会遇到的种种困难都预测出来，一一商量对策。两人合作很默契，毕竟过了两年，磨合已经完备，甚至滋生出了某些说不清道不明的情愫。

训练完，他们总会一同离开，在路上聊天闲逛。这景象落在旁人眼里，不可避免地传出了流言蜚语。

这天，结束了训练，他们正要离开，李川突然被钱老叫住了。他有些不安，以为被人告状，解释说："其实我和南宫博士只是……"

钱老表情凝重，摆摆手："准备一下，换身西装，飞机在外面等着。"

"去哪里？"

"纽约，你要去参加联合国的一个会议。各国领导人都会出席的。"

几个小时后，李川踏上了纽约的土地。几个神情冷峻的特工在机场接到他，把他带到位于曼哈顿东河沿岸的联合国总部，在一个隐蔽的会议室前，他们停下了，示意李川推门进去。

很久之后李川才意识到，这是命运的一扇门。他踯躅在门外，懵懂无知，纽约的阳光明亮。但他推门而入后，命运却已转身，对他展现了阴冷可怖的面孔。

下篇

1

一架空天飞机从地球轨道高速下降，穿过大气层后，缓慢减速，稳定地航行在距地面一万米的高空。

宽阔的主舱中间，坐着一个穿黑色长袍的男人。十几个荷枪实弹的军人在他四周站着，手都放在枪柄上，紧盯着男人，目光憎恶而畏惧。他们不能离男人太近，过去的六个月中，已经有太多的例子告诫了这一点，每个例子代表一幅星条旗和一具棺材会派上用场。

男人对这些虎视眈眈的特种兵视而不见，满脸冷冽。主舱里一片安静，只有切割空气的呼啸。

高空中，一架客机无声地接近，与空天飞机保持共速，衔接通道在两架飞机间展开。

一个军人说："起身，有人要见你。"

男人沉默地站起身，径直向衔接通道走去。高空寒冷凛冽的风被金属通道挡住，发出呜呜的响声，似乎一个透明的怪兽在哀号着拍打管道。

他进入了客机的内舱。

按照墙壁上的箭头指示，他穿过了数道门廊，这期间，他没有见到任何人。这与这架号称“空中酒店”的飞机在他心中的印象不太符合。最后他走进了一个幽暗的小房间，里面正坐着一个人，隐在阴影中，他看不太清。

“这是你第一次离我如此之近。”阴影中的人说，“六年前，你离我1200尺，那是你的最佳狙击距离。但很遗憾，你失手了。”

“我没有失手。我射中了目标，我只是没想到他是你的替身。”男人冷哼一声。

“不管怎样，你暴露了自己，我的人抓住了你。你做过的事情可以让你死五十次，但我没有那样做，我知道，像你这样的人，总会有用处的。”阴影里的人继续说，“现在就是时机了。过去的六个月中，我安排你进行了全面的无重力格斗训练，为此，又有十七条人命在你手中消失。我和你都有罪，但是，现在有更重要的任务。”

“我现在不想做任何事，除了杀死你……就像我六年前打算做的一样。”男人扭动手腕，阴影里的人离他不到十尺，他只需要两秒钟就可以扭断其脖子。但他知道，这个房间外至少安排了七个狙击手，有超过二十支枪管对着自己，他们可以在零点五秒内让自己的脑袋像西瓜一样爆开。所以他只是冷笑着摇头。

阴影里的人拍拍手，两个壮汉走出来，把男人按住。一支针管刺进他的手臂，注射了什么东西，阴冷而刺痛的感觉在血管里蔓延。

“这是纳米毒。现在它们藏在你的身体里，我只要按下开关，它们就会立刻吞噬你的心脏。”

男人抽着凉气，嘶哑地笑了：“你以为用死亡来威胁我会有用？”

“我还不至于幼稚到这个地步，它们只是用来预防。你不要急着拒绝，先看看这个。”一块显示屏被放到男人面前，上面流水般涌出文字，“它只显示一遍，所以，你得快速而仔细地阅读。”

男人目不转睛地盯着屏幕，渐渐地，一抹微笑在嘴角扬起。看完后，他抬起头，眼角因激动而颤抖不已。

“好的，这个任务我接受。”

两架飞机继续并行，穿过厚厚的云雾，阳光洒在机身上。客机正上方，“空军一号”的字样在阳光下闪闪发亮。

南宫璇是在一个山坡上找到李川的。

他不知坐了多久，抬起头，望着傍晚的天空。

南宫璇顺着他的目光看去，只见最后一抹晚霞也在天际消逝，沉沉暮色自西边涌来。偶尔划过一道亮光，自下而上，倏忽消失在遥远的黑暗夜空中。那是移民飞船，载着背井离乡的人，去往空旷未知的宇宙。

移民潮已经持续了六年，但滞留在地球上的人，还有七十亿左右。造船厂日夜赶工，飞船一出厂就立刻载人升空，但这样的速度远远不够。如果谈判不顺利，恐怕灾难来临时，会有超过五十亿人无处可逃。

“李博士，”她轻声说，“走吧，他们已经在等着了。”

李川恍然回神，“哦，对了，今天是SP计划实施的日子。准备了这么久，终于要开始了……”

他这个样子让南宫璇很担忧。前几天他去联合国开会，回来后就心神不定，她问过，但他只是摇头。

“咦，”她看到李川的脖子上有一条红绳，“你什么时候买了吊坠？我记得你不喜欢佩戴这种东西的？”

李川把吊坠从衣服里拉出来，握紧，金属的冷感在手心沁开。他说：“要去地心了，我买来保佑自己，希望一切平安。希望还能爬出来看这片天空。”

南宫璇点头。这次任务确实很危险。人类已经对头顶几光年内的空间了如指掌，肆意驰骋，但脚下仅仅几千公里的地心，仍然是一片神秘。

他们沉默了好一会儿，直到天边隐约看到一轮月亮时，李川才站起身，拍拍身上的灰，说：“别担心了，走吧，我们去拯救人类。”

2

飞机把两人运到了距离名古屋海岸两百千米处的太平洋海域，一艘航母正静静地浮在海面上。夜幕悬月，疏星点点，微光在海面上荡漾，偶尔有鱼类浮出，将波光击得聚散离合。

两人走出飞机，咸湿的海风在甲板上掠过。矍铄的钱老已经等着了。他身边，还站着一个高大的男子，身穿美国陆军军装，手里提着一个箱子。

“这是韦德上校，他将跟你们一起，深入地心。”钱老介绍说。

李川和南宫璇点头致意，韦德则敬了个不太标准的军礼。

“你们是人类的希望和骄傲。”钱老的语气有些颤抖，“数十亿人的生存都仰仗你们了，请务必尽力。”

“我们一定会完成任务！”李川郑重地说。

南宫璇则不解地看着四周。偌大的甲板上，只有他们四人，以及不远处被幕布遮住的穿梭器。她以为会召开发布会，毕竟SP计划耗资巨大，且担负了全人类的希望。但现在，一切都在夜色下秘密进行。

钱老掀开幕布，呈完美流线型的穿梭器显露出来。中微子外壳在月光下如同淌着水一样，流光四溢。舱门开启，李川坐上了驾驶座，南宫璇坐在第二个座位上，韦德抱着箱子，沉默地坐在最后面。

甲板逐渐抬高，几秒后，穿梭器滑到甲板边缘，“咔”的一声，甲板突然收回，穿梭器笔直地落入海中。

“哗”，水花四溅，海面上的月光上下起伏，遥远的地方响起海鸟扑腾的声音。

在失重的一刹那，李川启动了穿梭器，钻头急速旋转。在嗡嗡的振动声中，穿梭器破开森寒的海水，如炮弹般向下射去。这片海域下的地壳是全球区域内最为薄弱的，钻头将轻易钻开地层，让三人一直向下。

穿梭器在海水中下坠，此时的海中一片昏暗，李川的视线透过观望窗，只能看见黑暗在窗外如铁般凝结。偶尔有发光的深海鱼类掠过，拉出一道流影，转瞬即逝。

“马上就要到海底了，注意！”李川沉声说。话音未落，钻头撞到海底土地，剧烈的抖动传来。南宫璇还好，但韦德上校显然没有习惯穿梭器的运作，身体向前一撞，脑袋磕在南宫璇的座椅后背上。箱子也被摔出来，落在南宫璇脚边。

“小心。”李川头也不回，“这是去地心。在此之前，只有小说和电影里的人做过同样的事。”钻头如搅豆腐般破开泥土，一头钻进地里，震动逐渐消失。李川放开操作柄，启动自动驾驶：“现在我们还是在地表，穿梭器保持37km/h的速度，半小时后我们将离开地壳，一小时后穿过莫霍间断层，接着在地幔中行进约75个小时后进入地核。那时速度将增加至80km/h，在液体内核中行驶29个小时，随后减速，以15km/h的速度穿过1200km的地心固体内核，这最后一段距离将花掉我们三天时间。”

韦德的额头被撞出血，却哼都没哼一声，只是弯腰把手伸向摔出去的箱子。

“上校，我帮你吧。”南宫璇抓住箱子的手柄，但箱子重得出奇，竟提不起来。

“谢谢，还是我来吧。”韦德的中文不太好，听上去怪怪的。他提起箱子手柄，放在身侧，抬头看向李川，“你刚才说，地心里还有液体？”

南宫璇看了一眼韦德，“上校，来这里之前，没有人对你进行航行训练吗？”

“哦，有人教了我一些，不过是其他的训练。关于地心的知识，他们说可以请教你们。”韦德耸耸肩。

李川接着说：“接近地心时，温度会达到7000℃，比太阳表面还要炙热，压力也足以使金刚石变得像黄油一样柔软，在这种环境下，岩石和金属会熔化，形成液体。不过不用担心，这台穿梭器是现代科技的结晶，为了它，政府投入了一百多亿美元，还有近千名科学家两年的努力，模拟了数百次，不会让我们在地心里有危险的。”

韦德站起身：“我去处理一下伤口。”说完他向穿梭机后部的小舱室走去，那里有循环维生系统。走了两步，他又回过身，把箱子提起，走进小舱室。

“我觉得有问题。”小舱室的门关上之后，南宫璇突然小声说。

“嗯？”

“之前三个月的训练，全部是我们两个人在做，你负责操控机器和观察地心情况，我负责谈判。这样的安排已经够了，为什么还要再加一个人，而且是一个完全不了解地质的军人？”

李川摇摇头：“他是上校，应该是来保护我们的。”

“要保护，至少应该是有地理常识的人……”南宫璇身子一颤，下意识地说，“难道是来监督我们的？可是这是一项和平任务啊，而且我们都是经过重重检核的，怎么会被监视？”

“或许美国想掺一脚，怕我们从地心带回来什么先进科学。”李川突然提高声音，“现在穿梭器运行良好，保持着四十节的速度。接下来的一周里，我们将离地表越来越远，我希望大家能够享受这一趟旅程。”

南宫璇一愣，转过头，看见韦德已经出来了，提着箱子回到座位上。

接下来，谁都没有先开口说话，舱室内沉默如死。只有泥土摩擦外壁的声音，黏滞而不绝，如同巨兽的舌头舔过。

3

一个小时后，穿梭器钻进地幔。

地幔由致密的造岩物质构成，厚约2865公里，是地球内部体积最大、质量最大的一层地质结构。李川看了下仪器上的数据，启动了一个按钮，钻头顶端顿时喷出一道超高温光束。挡在前面的岩石立刻成熔融态，让穿梭器穿过，而后又凝结，仿佛是一条通向地狱的路，气氛格外压抑。

每下降一点儿距离，就意味着天空和海洋在他们身后更加远去。在宇宙中航行，还能看到星河流转、光晕璀璨，但这里，只有密实的岩石在将他们一点点吞噬。

“我们现在已经突破了人类到达地球最深处的纪录。”李川忍受不了这种墓穴般的氛围，说，“二十世纪末，苏联探井队在科拉半岛，钻探深度达到了12 262米，这就是著名的科拉超深井。但现在，我们远远超过了这个深度。”

“哦，他们当时为什么停下来了，不继续钻探呢？”韦德饶有兴致地问。

“官方原因是经费不足，不过，内部人员否认了这个说法。他们透露，真正的原因是井里面发生超自然现象。”李川顿了一下，“这件事在地质界很出名，我当老师时，经常跟学生们提到，用它来活跃课堂气氛很有效。”

“那么，你现在又有了两个学生。”韦德说，“而且这里的氛围确实需要活跃。”

李川看看南宫璇，的确，她的脸色有点儿发青。他清了清嗓子，说：“他们说，井里面有妖魔。钻探机接近13 000米时，从钻井里传出了奇怪的声音，像是有人在说话，在惨叫，还有强烈的爆炸声。他们把声音录了下来，放到了网上，据说听的人都被凄厉的惨号和爆炸吓坏了。”

“是地底文明吗？”

“不，他们发誓说，他们钻开了地狱。”

“李博士，你是地质学家，你信吗？”

“我保留意见。人类对这个世界的了解太少，不能轻易断言。但那个录音是真的，回去后，你可以去网上搜一下。”

“如果我们还能回去的话。”韦德笑了起来，“你知道吗，小时候我怕黑，晚上睡不着，就缠着我奶奶给我讲故事。但她只会讲鬼故事，所以我更加睡不着了。”

李川一愣，随即发现南宫璇的脸色更加铁青了，醒悟过来，连忙闭上嘴。

穿梭器继续前行。到达450千米深度时，他们遇到了一块富含黄金的岩石，屏幕显示，其金含量居然高达260克/吨。而只要达到4克/吨的金矿层就具有商业开采价值，地球表层中很少能找到超过10克/吨的矿层。李川扩大了搜索范围，结果表明，这块岩石的体积比珠穆朗玛主峰还要大。

在更深的地方，穿梭器钻进了无法测出体积的钻石矿层。

两天后，穿梭器发出一阵抖动，将韦德惊醒过来。他抱紧箱子，问：“怎么了，是不是出故障了？”

“没有。”李川的声音也有些疲劳，“我们已经穿过古登堡不连续面，马上就要进入地核了。穿梭器外面，温度是3800℃，压力达到一亿千帕。”

韦德点点头：“如果真的有地狱，那么，我们身在其中。”

南宫璇揉揉眼睛，趴在观望口前。但她什么都看不清，视野里只有比夜更浓重的、更有压迫感的黑暗。

外地核主要由铁镍合金的熔融态组成，厚度有两千公里。在它面前，穿梭器只是一只在汪洋大海里潜游的小鱼。地球上所有的水体加起来只有13.8亿立方米，而这里，液态合金是地球水体的30倍。它不仅浩大，而且炙热，但与喧哗浮躁的岩浆层不同，它是寂静的。这是因为高压和缺少气体，所以熔融的金属并不会沸腾翻滚。这个庞然大物，以冷静沉默的目光，注视着即将闯进它躯体的小玩意儿。因地球的自转，它与地壳间有缓慢的相对流动，而正是这种流动，导致了地球磁场的产生。

穿梭器通过交界面，一头扎入这片金属之海。

4

“嗡嗡”，钻头突然加速，惊得李川从轻微睡眠中跳了起来。

由于钻进了固体内核，重力已变得微乎其微，他一跳，脑袋便撞到了舱顶。顾不得疼，他扑到显示器前，发现钻头比正常速度快了十几倍。

这不可能！

地核外层是液体，而内层是一大块金属球体，也主要由铁镍构成。但因为超高压，内地核的密度极高，穿梭器以全功率运行才能勉强前进。所以尽管只有1200千米的半径，他们还是花了整整三天。越往里，应该越艰难才对。

李川检查了一下仪器，没有故障，他突然浑身一震：“难道……前方没有阻碍了？”

他调慢了钻头的转速，小心操控着推进器，穿梭器像土拨鼠一样向前拱动。几分钟后，穿梭器剧烈晃动，三人急忙扶住座椅。待稳定后，李川看着显示屏，张着嘴，满脸惊讶。

“怎么了？”南宫璇问。

“我们……”李川吞了口唾沫，“我们到真空里了。”

这是地心，地球的最深处，致密的金属球内部，居然是一片真空？

南宫璇犹自不信，从观望口看去，语气也诧异至极：“有光，外面是亮的？”

穿梭器外不止有光，还有许多灰白色的触须。它们像蛇一样蜷曲，缠住穿梭器，往更深处拉去。

“你们来了。”

“母亲，您知道我们要来吗？”

“你们钻开我的身体，到我的大脑里来，我怎么会无知无觉呢？”

“这是您的大脑？”

“对，我所有信息的处理，都在这里。这些触须，相当于你们身体里的神经元，它们附着在这个球形空间的内壁上，传递我的想法。”

“您怎么会知道我们人类身体的构造？您在观察着我们吗？”

“你不用急，我知道你有很多问题，我会一一解答。这些触须，不仅能够传递我的意念，还能收发信号。你们的科技认为，无线信号穿不透大地，但对我不同，地层、岩浆、金属溶液，这些结构形成了放大器，将你们发出的信号都转换成高频波段汇聚到我的脑腔——也就是这里。我把信号解调（调制），就能看到一切，广播、电视，以及网络信息。不得不说，你们是想象力很丰富的物种。”

“那以前，我们用信号联络您，为什么您不回应？”

“因为我已经失去了接收信号的能力。我的身体受损太重，大气和森林并不洁净，而地表又结满了水泥硬痂，这些痛楚干扰了我。现在，我只能发出信号，连跟你们交谈，也只能用触须组成汉字这种低效率的方式。”

“对不起……”

“不必抱歉，只要你们离开，我休养几万年，就能恢复。”

“您的汉字，是从广播电视里学来的吗？”

“是的。”

“可是，为什么是汉字呢？英文不是更简单吗？”

“但汉字更有美感。而且对我而言，你们人类的一切都很简单——身体构造简单乏味，科技水平落后野蛮，至今连空间壁垒都没有打破。而我们行星生物，几乎每个个体之间都不同。”

“您是说，您并不是唯一的行星生命？”

“宇宙何其大，从无唯一之说。事实上，每个星球都是智慧生命，只是形态不同。海王星由气体构成，它整个星球都是大脑，每一丝风都是一抹思绪；太阳靠核聚变来思考问题，辐射是它的语言。但并非所有的星球都还是活着的，比如月球，它已经在七千年前死去了。”

“我们是在您的身躯上进化而来，那您呢，星球生命也是自然形成的吗？”

“哈哈哈哈哈哈……”

“您笑什么？”

“我笑你们的浅薄。宇宙中，每一件事情都是必然的。你觉得星球生命已经足够宏伟，但在你们听不到、看不到甚至想象不到的地方，还有更高等的智慧生物。他们是宇宙的主宰，任意穿梭维度，随手一挥，就是一场造星运动。我们只是它们打发无聊时间的产物。”

南宫璇不停地发问，李川则紧张地把对话内容记下来。这是人类首次与异文明接触，每一句话，都有划时代的意义。

屏幕显示，这个球形空间的环境很温和，压力为零，温度也只有150℃。它半径约有5千米，布满了手指粗的触须。在正中心，是一个不规则的柱状物体，高约20米，形似古树，所有的触须就是从它上面散发出去的。按照地球所说，它应该就是地球的脑干，而触须从内地核吸收热量，供它维持生机。

这种奇异的生命形态并没有引起韦德的兴趣。他抱着箱子，嘴角挂着一丝若有若无的笑。

“您知道我们来的目的吗？”

“知道。但很遗憾，我不能答应你们。”

“为什么？难道我们不是您的孩子吗？”

“是的，你们是。在你们没有发明广播之前，我就感觉到你们的存在了。你们在我身上爬动，有一些痒，但我忍受着，小心呵护你们。在你们短暂的文明史上，至少有三次足以灭绝整个物种的灾难，陨石、辐射和冰川覆盖，都是我挡住了，你们甚至都没有察觉到它们的来临。看着你们像幼芽一样，逐渐成熟，破土而出，我很欣慰。”

“是啊，我们也没有辜负您。虽然人类两万年的文明史在您面前不值一提，但其间也诞生了无数的光辉灿烂。我们创造了美术、文学和音乐，我们从以前拿着石头围捕野兽，到现在已经有能力航行宇宙，这些都说明人类文明是充满了艺术情怀和进取精神的。”

“你们对我造成的创伤也是无法原谅的。我已经负担不了你们高速发展的代价。每一个城市都是我皮肤上的毒瘤，而你们还在无休止地扩建。”

“我们可以改的。”

“难道你们愿意从工业文明退回到农耕文明吗？”

“……”

“另外，你们已经有了在宇宙中航行的能力，不应该再依赖我。你们总说，地球是人类的摇篮，没错，只是摇篮而已。人是不能在摇篮中度过一生的。孩子大了，总要离开。”

“可是，现在技术不成熟，会有近一半的人死掉的。”

“但还有另一半人能活下来。你们可以找到新的星球，开辟新家园。”

“您不能就这么驱逐我们，我们是您唯一的孩子啊。”

“谁说你们是我唯一的孩子？”

三个人都愣住了。南宫璇颤抖着手，在屏幕上打字：“难道您还有别的孩子吗？”

“当然。这么漫长的生命，我衍生出了两个子文明。”

李川最先反应过来，一拍脑袋：“恐龙！”

果然，前方的触须盘根错节地扭动，组成了答案。是恐龙。

“它们在我身上存在了一亿多年，文明程度远远超过人类。但与你们相比，恐龙是大型生物，对生态的消耗很大。当恐龙文明到达极致后，我以地震的方式，让它们离开。”

“结果呢？”南宫璇心里掠过一丝不祥。

“它们不肯走。所以我在公转轨迹上稍稍挪动了一下，我的引力捕获了一颗陨石，不大，但足以让恐龙灭族。”

南宫璇脸色惨白，后退两步。

她并不知晓人类有个哥哥，而哥哥正是因为不肯离开而灭绝。她是心理学博士，知道谈判已经没有希望了。地球是人类的母文明，但它管教孩子的方式跟人类不同，果决凌厉，无可更改。

南宫璇不甘心，再次恳求，地球终于答应再让人类逗留十年。她松了口气：“这一趟，总算不是一无所获。”

没有人响应。她诧异地回头，看到李川面无表情，手握着脖子上的吊坠，似乎在发怔。而韦德，不知何时穿上了防护服，正在打开他日夜不离身的箱子。

“你在做什么？”

韦德给箱子输入密码，头也不抬：“南宫博士，你的任务已经完成了。”

“嗯，那我们就可以离开了。”

“但是，我的任务才刚刚开始。”韦德说完，咔，箱盖弹开，露出里面的东西。

密密麻麻的武器。

5

匕首、战术折刀、锯齿刃、狩猎刀、消声手枪、短柄霰弹枪、激光枪、毒素针筒、爆裂弹……韦德的手在上面依次拂过，眼神温柔，喃喃地说：“好久不见了，我的伙计们。”

南宫璇吓了一跳。她通晓多国语言，立刻听出，韦德这句话是用俄语说的。“你不是美国人吗，怎么会说俄语？你是谁？”

“我才不是美国人！我叫莫洛斯基。”

这个名字很熟悉。南宫璇惊叫道：“你就是六年前那个刺杀美国总统失败的杀手！你、你为什么会到这里来？”

“我也是来拯救人类的。”莫洛斯基取出一柄狩猎刀，“只是，与你的方式有点儿不同。”

“你要干什么？”

“我要，杀了地球！”莫洛斯基一字一顿地说，脸上勾出一抹邪笑。

“可我们是来谈判的啊！”

“哦，他们说你善良，果然没错——因为善良往往伴随着愚蠢！任何一次行动，都不会把希望放在谈判上：人质危机，谈判专家的身后，一定会有狙击手；跳楼自杀，也会一边叫人辅导，一边在地上铺弹床。这次也一样，我就是你背后的狙击手。”

一瞬间，南宫璇明白了很多事情：难怪莫洛斯基从不露面，也不参与模拟训练，难怪进入地心时低调隐秘……原来美国根本没有打算派军人下来，他们派的是杀手。

“不行！我不能让你这么做！”南宫璇醒悟过来，向莫洛斯基扑去，但莫洛斯基眼皮也不抬，只是反手一挥，她便跌回舱壁下。“李川！快，快阻止他！他要杀死地球母亲！”她急忙冲李川喊道，但李川没有动，只用沉默的眼睛看着她。

她心里顿时一阵冰凉，“原来你早就知道……”

“是的，我知道。上次去联合国，他们告诉了我这个计划……”李川有些发颤，闭上眼睛，当时的场景在脑中浮现：会议室里光线阴暗，他站在中间，看到计划书后，惊讶得不能呼吸。三十七国的领导人坐在周围的阴影里，所有人的目光都在他身上。

“李博士，这个计划，可行吗？”开口的是美国总统。

李川语无伦次地说：“我不知道，它太……我们没有必要这么做……”

“你是最了解地球生命信息的人，我只想知道，地球能被杀死吗？”

“照理说，只要是生命，就能被杀死，但——”

“那地球死后，地表生态会剧烈变化吗？”

“不、也不会……地球的生命很长，以亿万年记，那它的生理周期就会很缓慢。就像龟类一样，活得久，必然行得慢……但肯定会有影响的，所以我不认同……”

美国总统再次打断他：“多久才会有影响？”

“大概，”李川默算了一下，“大概九百多年后，外地核的金属溶液才会冷却，到时候，磁场消失，恶劣的气候会笼罩全球。”

“足够了，九百年的时间足够了。”总统的声音拔高，“各位，我们已经确认了，地球能被杀死，而且死后不会有剧烈影响——为这个计划投票吧。”

接下来是漫长的沉默。

“同意。”一声法语响起。

同意，同意，同意，弃权，同意，同意，弃权，同意，同意，反对，同意……这些声音包围了李川，在他耳边狞笑。他觉得有些眩晕，差点儿瘫倒。

“21∶7，九国弃权。我宣布，计划启动。”

“按照计划，如果你说服了地球，让我们永远留着，这个计划就终止。”李川呆呆地说，“但地球毁灭了恐龙文明，我们都知道谈判已经没有希望。”

“可是它答应让我们再留十年！”

“十年不能满足人类的贪婪。你还记得我们第一次见面吗？当时我说，人类因贪婪而存在。其实当时我对这个观点也有抵触，但现在……没有人愿意离开温暖舒适的地球，到空茫无际的宇宙中去流浪。”

为了安稳，能对孕育了人类的地球下手，而且是在地球毫无防备的大脑里。这个计划里扑面而来的浓重罪恶，几乎要让南宫璇窒息。她像是不认识李川一样，带着哭腔：“可是，这是谋杀啊！”

“哼，谋杀又怎么样？”插话的是莫洛斯基，冷笑道，“如果地球要赶我们走，我们就杀了它。就这么简单。”

“但，你要杀的是我们的母亲啊！这种罪，你承受得起吗？”

莫洛斯基冷笑不减，说：“在希腊神话里，有一个故事。两姐弟为报父仇杀了他们的生母。为此，复仇女神始终跟着他们，让他们昼夜不安。后来，众神审判，投票确定他们是否有罪。但支持者和反对者人数一样，决定性的一票在雅典娜手里。你猜，她最后投了什么？”

南宫璇看着莫洛斯基狰狞的脸，下意识地往后退了几步。

莫洛斯基逼上来，凑到她眼前：“我告诉你，是无罪！雅典娜判那对姐弟无罪！只要理由得当，即使是弑母，也能得到神的原谅！”

“那只是神话，我们不能……”南宫璇的眼角泪水滑落，声音如同呓语，“你不能因为一个神话，就拿起刀……”

“我并不是因为什么神话。事实上，我不关心移民，不关心人类的贪婪。我当杀手，不是为了钱，是要体验杀戮那一瞬间的快感。我杀过平民，不管老人还是小孩，杀过奔跑最快的美洲豹，还独自乘船猎杀了一头蓝鲸。这就是他们找我的原因，我是世界上最懂得杀戮艺术的人。但我以前所杀的，加起来，都没有外面那个东西让我兴奋。能杀掉一颗星球，天哪，光想一想我就浑身战栗！”

莫洛斯基说完，举起狩猎刀，伸出舌头在刀刃上舔过，一丝血迹顺着刀刃流下来。

“地球不是说我们的科技落后野蛮吗？”他扣紧防护罩的头套，狩猎刀上冷锋流转，“那我就用最野蛮的方式！”

舱门开启，他跃了出去。

哀号。

球形空间里布满了无声的哀号。

每一根触须都在颤抖，紫色的液体从断口流出来，悬浮着，凝成完美的球形。触须收紧，想缠住莫洛斯基，但他受过无重力格斗训练，灵活如鱼，从容地在触须孔隙间穿梭。刀光不时亮起，每亮一次，就有数十根触须被斩断，无力地耷拉下来。

“我要阻止他！”南宫璇咬破嘴唇，清醒过来。她迅速套好防护服，正要出去，却被李川拉住了。

“没用的，他是专业杀手，你挡不住的。”

“不行！他会让整个人类文明都被染成黑色，我们无法面对子孙后代。即使是为了生存，也不应如此疯狂，否则，即使我们活下去，又有什么意义呢？”南宫璇满脸通红，大声说，“要给岁月以文明！”

“而不是给文明以岁月……”李川如被当头一棒，喃喃地念着这脍炙人口的名句。他下意识地伸手去摸脖子上的吊坠，但想到了什么，又停下了。

趁他失神，南宫璇打开舱门，向莫洛斯基跳去。周围都是剧烈抖动的触须，她笨拙地靠拉扯触须来调整方向，到莫洛斯基身后时，她一把抱紧他。

但她小看了莫洛斯基。

他轻轻一挣就脱身了，同时抓住南宫璇的防护服，往地球的圆柱形脑干掷去。他犹不放心，拉过来几根触须，把她牢牢困在脑干上。

“现在，我要你看着我是怎么一刀刀杀死地球的。”即使知道真空不能传播声音，莫洛斯基依然狞笑着说。他转过身，长刀一旋，又有数十根触须绵软地垂下来。

地球的脑干在颤抖，那是忍受着剧痛的反应。这种颤抖传到南宫璇背上，一种莫大的悲伤和绝望弥漫了她全身。她拼命喊叫，泪流满面，但莫洛斯基听不到，他的刀划出一道道死亡的轨迹。

触须纠连缠绕，组成了一排汉字——

“你为什么要伤害我？”

莫洛斯基想都没想，狩猎刀自上而下地劈去，“害”字被劈成两半。

“你们会有报应的。”

一刀横斩，七个字全部裂开。

整整一个小时，莫洛斯基都在不停地劈砍。整个球形空间的触须都断裂了，最后，脑干爆发出一阵剧烈地抖动，尔后归于安寂。困住南宫璇的触须也萎缩断开，她挣脱出来，抚摸着枯萎的脑干。

她痛哭失声。

见证了宇宙兴衰的宏伟行星，存在了四十六亿年的漫长生命，就这样，被渺小的、文明进程不过两万年的人类，谋杀了。

6

莫洛斯基提着南宫璇，进到穿梭器里，脱下头罩：“真爽！好久没有这么痛快地杀戮了！”

“嗯，该回去了。”李川解下吊坠，握在手里，扭头看着莫洛斯基，“但你不能跟我们一起。”

“你想干什么？”

“无论谈判是否顺利，你都不能活着回去的。这是一项不能让公众知道的任务，我以为你会有这个觉悟的。”

“哼，凭你一个书呆子，能挡得了我吗？”

“我不能，但你体内的纳米毒能。”

莫洛斯基脸色一变，突然想起在空军一号上，自己曾被注射了纳米毒。他猛地提刀砍来，但李川更快，把吊坠捏碎了。

开关藏在吊坠内，无数纳米机器立刻启动，在莫洛斯基的血管里游动。它们汇聚到心脏旁，张开利嘴，以疯狂的频率啃噬着。

莫洛斯基只来得及惨叫一声，便倒在地上，抽搐了两下，再不动弹了。就在几分钟前，他杀死了比他大亿万倍的地球，而现在，他被比他小亿万倍的纳米毒杀死了。或许，地球的遗言成真，他遭到了报应。

“你看到了吗？”李川走到南宫璇身前，摇了摇她，“你不用再伤心了，我已经替地球报了仇。”

但南宫璇只是冷冷地看着他，说：“当初在联合国，你不阻止他们的计划。刚才，你明明能用纳米毒制服莫洛斯基的，但你无动于衷。从心底里，其实你赞成这个计划是不是？”

在她的目光下，李川沉默了，良久后才开口：“是的，人类不适合在宇宙中生存，留在地球上，是更好的选择，所以我没有制止。”

“别碰我！”南宫璇打开他的手，满脸鄙夷，“莫洛斯基是凶手，但你，是帮凶！”

李川无言，默默回到驾驶座上。整个回程路上，他们没有再说一句话。

SP计划很顺利，地球同意让人类继续留在地表上。

听到这个消息，人们欢欣鼓舞，已经到达宇宙空间的飞船纷纷返航。劫后余生的喜悦在这颗星球上弥漫。

而作为拯救人类的英雄之一，南宫璇再也没有出现在公众视野里。所有的报告和庆功会，都只有李川一个人，他受到追捧，得到了荣誉和奖金。但他总不开心，据说，直到生命结束，他都没有笑过一次。

李川试图寻找过南宫璇，但总是无果。经过两年的合作，他们本已对对方有好感，但在目睹了人类史上最大的罪恶之后，爱情之花还未绽放便已凋零。

直到十几年后，他才在东南亚海域一带遇见了南宫璇。她坐在一条渔船上，在清理鱼的内脏。她脸上有了风霜留下的痕迹。

南宫璇也看到了李川，她笑了，邀请他上船。他这才得知，这些年来，南宫璇加入了巴瑶族。这是一个号称“水上吉普赛”的民族，终身生活在海上，不踏足陆地。

“从那之后，我就害怕再走在地上。我们脚下，是母亲的尸体，我怎么也迈不开步子。”南宫璇解释说。

那天，他们像久别重逢的老朋友一样，坐在船边聊天。他们聊了很久，但说话很轻，一出口就被海风吹散了。或许只有渐沉的夕阳和高飞低翔的海鸟听清了他们的交谈。李川还留在船上吃了一顿饭。他留意到，船上不止南宫璇一个人，还有一个断了双腿的少年。

打那以后，李川再没有见过南宫璇。他开始拒绝演讲，不接受采访，过起了隐姓埋名的日子。他终身未娶，只有一个保姆照顾他的起居。

在他生命的最后时刻，他时常感到孤独。他长久地坐在院子里，看着夕阳一点点衰落，有时候看着看着，他会跳起来，一边哭号，一边奔跑；更多的时候，他会睡着，而且睡着的时间越来越长。

他是在卧室里去世的。临终前，只有保姆守在床前。他的意识陷入了一片混沌，嘴里在不停地念叨一句话，不知是说给保姆听，还是讲给自己听。保姆凑近，耳朵贴在他嘴边，才勉强听清了那句话：

“我做的一切，都是为了人类的未来……”

尾声

人类的未来

“爸爸，我们什么时候才会停止流浪？”

每当彼得问这句话时，爸爸就会抚摸着他的头，望着舷窗外无尽的星空，告诉他：“很快了。只要我们找到合适的星球，就会定居下来，不用在宇宙中流浪了。”

“会有那样的星球吗？”

“肯定有，宇宙那么大。”

于是，彼得渴望着侦测部门传来的消息。他不断地刷新报告页面，等啊等，但看到的永远是“KYF003号星球，适宜等级3.1，弃”和“GTF182号星球，适宜等级2.5，弃”之类的消息。

彼得实在是太厌倦现在的生活了。

每天待在飞船里，从一个舱室到另一个舱室，所有的人都穿着防护服，窗外永远是单调的星空。语文课上，他听老师说，很久以前，人类过的不是这种流浪生活。他们住在一颗名叫地球的行星上，一年有四季，每天太阳升起，每晚月光环绕，有森林和海洋……

“那我们为什么离开呢？”彼得举手问。

“因为生态恶化，地球没了磁场，极端气候不再适合人类生存。无奈之下，人类才告别家园，来到这无尽的宇宙。”老师解释完，又加上一句，“但我们会有新家园的，只要找到宜居行星！”

从那时起，彼得就立志要加入侦测部门。他很用功，成绩出类拔萃，二十二岁时，终于如愿得到了侦测部门的聘书。当他想回家告诉爸妈这个喜讯时，却先被告知了一个噩耗。

一颗指甲盖大小的陨石，击中了舰队西侧的一艘四级舰。核子引擎焚毁，氧气泄漏，十五万人失去生命，其中包括彼得的父母。这种事很常见，陨石、辐射、黑洞……宇宙的每一寸空间都潜藏着危险。人类从地球启航时，有百亿人口，数万艘舰只，但不到五百年，损失已超过大半。

彼得很伤心，把更多的精力放在工作上。他驾驶小型飞船，去往舰队前方的行星侦查，但总是无果。他的同事们都很懒散，总是聚在一起打牌，只有他，总在专心分析一颗颗行星的参数。

那天，他的飞船到达了一颗命名为“PJI890号”的星球上空。无人侦探球放出去后，传来的信息让他欣喜若狂：PJI890号星球上的空气里，氮氧比为3：1，无有毒气体，更重要的是，上面有大量的液态水！

这简直是地球的孪生星球！

他把PJI890号的适宜等级定为9.5，兴冲冲地向主任汇报。但主任看了报告，只哦了一声，就继续把自己接入虚拟交往游戏。彼得愣住了，扯掉线头，大声强调：“这可是目前为止最适合人类居住的星球啊！我们不用流浪了，不怕宇宙的危险了，我们可以安居下来了！”

主任无奈地点点头，说：“好，我会向舰队议会呈报这件事的。”

但彼得等了几天，毫无消息。他去找主任，却在主任的垃圾桶里发现了自己的报告。他顿时大怒，要去投诉，主任拉住了他，叹口气说：“唉，有些事，你还是不知道好啊。”

“什么？”

“其实，我们这个部门，只是给公众做样子的。我们不可能找到让我们定居下来的星球。”

“难道PJI890号不是吗？”

“它确实适合，但它不会收留我们。每颗星球，都是有生命有意识的，我们的地球母亲也是。但很久以前，它要驱逐人类，当时的政府不愿意离开，派人到地心去跟地球谈判。但谈判不是主要目的，他们——”主任摇摇头，肥大的脸颊晃动着，“杀死了地球。”

“那是一场谋杀，毫无防备的地球被用凌迟一样的手法杀死了。其实它在死前可以用最后的意念，让全球爆发大灾难，和人类同归于尽。但它没有，它只是发出了一句诅咒。”

“什么诅咒？”

“它发出了信号，在宇宙中无衰减传播，让所有活着的星球警惕，拒绝人类投靠。航行这么多年，其实我们发现过四颗适宜等级在6以上的星球，可每次飞船降落后没多久，就有地震和飓风袭击。它们不欢迎人类——因为我们是连母亲都能杀掉的物种。”

彼得无法相信，浑身颤抖。

“人类被打上了罪恶的标记，宇宙中，再也不会有我们的家园。侦测部门唯一的作用，只是让公众有撑下去的希望。先人们种下恶，在我们身上结了果，真的是报应。人类啊，只能一代一代地在宇宙里流浪。只有人类灭绝了，这种流浪才会停止。”主任说完，又接上感应器，进入了虚拟空间。不然，他也没有办法打发这漫长而孤寂的一生。

从主任办公室出来以后，彼得就像是变了一个人。他真正融进了这个部门，每天跟同事打牌嬉闹，对侦探球发回来的数据毫不在意。

很多年后，彼得的儿子厌倦了舷窗外一成不变的景色，抱怨说：“爸爸，我们什么时候才会真正地住下来啊？”

彼得的心微微一颤，似乎想起了很久以前的往事。他叹口气，摸着儿子的头，说：“不会很久了，只要找到合适的行星，我们就会停止流浪。”

科幻文学群星榜

科幻文学群星榜

出版书目

序号	作者	书名
1	郑文光	侏罗纪
2	萧建亨	梦
3	刘兴诗	美洲来的哥伦布
4	童恩正	在时间的铅幕后面
5	张静	K 星寻父探险记
6	程嘉梓	古星图之谜
7	金涛	月光岛
8	王晋康	生死之约
9	刘慈欣	纤维
10	潘家铮	子虚峡大坝兴亡记
11	韩松	青春的跌宕
12	星河	白令桥横
13	凌晨	猫
14	何夕	异域
15	杨鹏	校园三剑客
16	杨平	神经冒险
17	刘维佳	使命：拯救人类
18	潘海天	永恒之城
19	拉拉	永不消逝的电波
20	赵海虹	月涌大江流
21	江波	自由战士
22	宝树	人人都爱查尔斯
23	罗隆翔	朕是猫
24	陈楸帆	动物观察者
25	张冉	灰城
26	梁清散	面包我的幸福
27	七月	撬动世界的人于此长眠
28	杨晚晴	天上的风
29	飞氘	讲故事的机器人
30	程婧波	第七种可能
31	万象峰年	点亮时间的人
32	长铗	674 号公路
33	迟卉	蛹唱
34	顾适	为了生命的诗与远方
35	陈茜	量产超人
36	刘洋	单孔衍射
37	双翅目	智能的面具
38	石黑曜	仿生屋
39	阿缺	收割童年
40	王诺诺	故乡明
41	孙望路	重燃
42	滕野	回归原点